寂寞囚徒

The Slaves of Solitude

［英］帕特里克·汉密尔顿 著

邹文华 —— 译

上海文艺出版社
上海故事会文化传媒有限公司

编委会

总策划 夏一鸣

主　编 黄禄善

副主编 高　健

编辑成员（按姓氏拼音为序）

蔡美凤　高　健　胡　捷

黄禄善　吴　艳　夏一鸣　杨怡君

名家导读

/邹文华

邹文华，女，江西樟树人，英语语言文学硕士，教育学博士，上海翻译家协会资深会员，英国皇家特许语言家学会高级会员，现为上海体育大学新闻与传播学院英语系特聘副教授，主要从事英美通俗文学、体育人文社会学、体育传播学等相关研究工作。已出版《城堡》《大路条条》《小公主》《黑衣新娘》《斯芬克斯之谜》《生死兄弟》《海上梦魇》等九部译著。

"二战"中的伦敦，因受闪电战的轰炸，市民被迫逃离，周边偏僻地区成为男女老少躲避战争轰炸的"庇护所"，这些地区的寄宿公寓和酒吧也因此生意红火。《寂寞囚徒》便设置在这样的社会背景下，以伦敦郊区洛克顿小镇的一家罗莎蒙德茶室为缩影，作者以独特的视角和细腻的笔触描绘了以"罗奇小姐"为代表的一群生活在英国乡村寄宿公寓的"寂寞囚徒"。

罗奇小姐，一位牙医的女儿，在伦敦一家出版社工作，因伦敦被轰炸而临时逃到洛克顿这个小镇，受姑妈邀请，寄居在罗莎蒙德茶室。三十九岁的罗奇小姐生性温和、善良、敏感，同时又有些古板和老套。

因此，她成了寄宿公寓的恶霸斯怀特先生欺负的对象。战争让人们的生活已经倍感压抑，可是在死气沉沉的罗莎蒙德茶室的寄宿生活让罗奇小姐感到更加压抑：战时的灯火管制、餐厅里的鸦雀无声、斯怀特先生对她的言语霸凌和精神攻击……

正当生活被灰色压抑的基调填满时，美国士兵派克中尉的出现给罗奇小姐的生活增添了一抹亮色，带来了一丝希望。然而，好景不长。正当罗奇小姐沉浸在拥有了一个"她自己的美国人"的幸福中时，一个名叫"维基"的德国女人闯进她的生活。这个女人暗中支持纳粹主义，诡计多端，贪婪泼辣，她消费罗奇小姐的善良，肆意践踏她的精神和情感世界，甚至联合斯怀特先生和派克中尉，构陷罗奇小姐，几乎将她逼到疯狂的边缘……让人欣慰的是，罗奇小姐最终凭借自己的理性和正义感，"战胜了"维基，"战胜了"那个一心想要复仇的非理性自我，冲破了斯怀特先生和维基为她织就的精神樊笼，逃离了让人压抑的罗莎蒙德茶室，回到了伦敦。尽管她对伦敦即将发生的闪电战和所要面临的危险一无所知，但她仍然对自己的成功逃离充满喜悦，内心对明天仍然满怀希望。

小说从女主人公"罗奇小姐"的出场铺陈开来，以"罗奇小姐"的视角和内心活动为描写重点，用"罗奇小姐"的生活为主线，将与她共同生活在罗莎蒙德茶室的斯怀特先生、派克中尉、德国女人维基、斯蒂尔小姐、普雷斯特先生、巴拉特太太等人物的性格和命运串联起来，向读者展示了当时伦敦社会的状况以及在那种状况下个体的命运。

这部作品让读者感觉仿佛在看一出舞台剧：罗莎蒙德茶室就是这出剧的舞台，罗奇小姐、斯怀特先生、派克中尉、维基、斯蒂尔小姐、佩恩夫人、巴拉特太太和普雷斯特先生……一个个鲜活的角色粉墨登场，共同演绎了这出精彩的剧目。作者用细腻的笔触、优美的语言，将舞台中这一群"寂寞囚徒"的性格、心理活动刻画得栩栩如生！帕特里克·汉密尔顿不愧是英国文学界知名的小说家和剧作家，也难怪会被称为狄更斯、笛福和乔治·吉辛的"继承人"。

帕特里克·汉密尔顿生于1904年，父亲是一位不成功的小说家，酗酒、暴力，与妻子关系不睦，汉密尔顿作为家中最小的孩子，常年目睹父亲的情况，这给他后来的文学创作和个人生活奠定了悲剧和阴暗的色彩。汉密尔顿早年曾短暂地从事过演员的工作，二十多岁才开始创作小说，直至20世纪30年代才开始活跃于英国文坛，1962年因过量酗酒导致车祸丧生。

最早使他闻名于世的作品是他的剧本《夺魂索》，该作品于1948年被阿尔弗雷德·希区柯克改编成同名电影。另一部剧本《煤气灯》也被改编成同名电影，并获得奥斯卡金像奖最佳影片提名。尽管他的主要成就和名声来源于优秀的舞台剧创作、广播剧以及为英美电影制作人创作的剧本，但他的小说《寂寞囚徒》无疑是他文学创作中的一颗璀璨明珠。

《寂寞囚徒》被英国文学评论家认为是一部黑色幽默喜剧作品和一部具有强烈救赎意义的小说。故事以罗奇小姐那来自灵魂的呐喊"上帝助佑我们，上帝助佑我们所有人，每个人，我们所有人"结束这部悲伤的小说，而这句话似乎也是作者帕特里克·汉密尔顿本人发出的灵魂呐喊，一种对现实的无力感：事实上，我们每个人、所有人都像是一个被困在生命牢笼里的"寂寞囚徒"，一生都在寻求突破和逃离，就像罗奇小姐从罗莎蒙德茶室向伦敦的逃离，就像汉密尔顿向写作中逃离……然而，最终，你会发现，事实上，在这个世界，我们都无处遁逃！

帕特里克·汉密尔顿的小说有着独特的风格，以狄更斯式的叙述方式来展现战时伦敦的街头文化。他的创作充满对英国底层阶级的强烈同情，并打上了黑色幽默的深刻烙印，他以其独特的洞察力和才华，在文学、戏剧和电影领域留下了深远的影响。

快打开这本小说，去体验一把汉密尔顿带给我们的黑色幽默吧。

Contents

第一章　1

第二章　35

第三章　55

第四章　76

第五章　94

第六章　104

第七章　110

第八章　125

第九章　129

第十章　142

第十一章　162

第十二章　174

第十三章　185

第十四章　192

第十五章	200	第二十三章	262
第十六章	204	第二十四章	270
第十七章	211	第二十五章	276
第十八章	215	第二十六章	284
第十九章	225	第二十七章	294
第二十章	234	第二十八章	299
第二十一章	241	第二十九章	311
第二十二章	252		

第一章

一

伦敦,这只蹲伏着的怪兽,像其他任何怪兽那样,必须呼吸,用它自身那令人费解、充满恶意的方式呼吸。那些从郊区来的、各式各样的劳动人民,男人、女人,构成了怪兽至关重要的氧气。每天早晨,这些人被火车上一种极其复杂的呼吸装置吸入怪兽那巨大而拥堵的肺部,停在那里数小时。接着,傍晚,通过相同的渠道,他们又被怪兽凶猛地吐出来。

这些男人和女人们天真地以为,他们进出伦敦,或多或少是出自自己的意愿,但是这只蹲伏着的怪兽将一切尽收眼底,它比任何人更了解真相。

　　事实上，受这污秽气体影响的区域已经超出了我们平日认为的城郊，一路扩展到周围的城镇与乡村，甚至已然到达离首都二十五英里之外的郊区，洛克顿就是其中之一。它坐落在泰晤士河沿岸，在巴克郡梅登海德分界线上，离梅登海德镇还有好几英里。

　　激烈的战争，严寒的冬季，还有十二月最严厉的灯火管制，这些便是当地的环境。大约七点一刻的时候，火车冒着热气，从帕丁顿驶入洛克顿车站。洛克顿是一个枢纽站，火车到站后靠着缓冲器，发出猛烈的嘶嘶声。在火车站的黑暗中，那嘶嘶声很可能是那只蹲伏着的怪兽呼出来的最后一口气。这个河畔的前哨，每天都受到它影响和统治，此时，它筋疲力尽地呼吸着，将人们从它的肺部驱赶出去。又或许，今晚，这嘶嘶声很可能只是火车发动机在寒冷中冻得瑟瑟发抖，从它的"牙缝"里挤出来的声音。

　　在车站栅栏处等着接朋友的人可以看见，火车一到站，所有车厢的门就被人迅速地用力推开（似乎车厢内发生了什么令人恐慌的事）。接着，顷刻间，一小群寻找住房的人，全力进攻，朝昏暗的防空灯冲去，那盏灯就挂在检票员的头上，仿佛黯淡了的月光。那些下车够早的人立即通过了检票口，但是涌动的人群很快就在那里卡住了，形成了一条长长的队伍。人们排着队，手里拽着绿色的车票，在昏暗的月光中，拖着脚缓缓朝前走着。

一通过车站栅栏，旅客们就踏在光秃秃的木地板上，发出轰隆隆的脚步声，路过车站售票处，一头扎进黑夜中。此处，可以隐约看见几辆小汽车和出租车，正等着那些富人，或是带着太多行李的人们。这些车子悄悄地隐藏着，或是让它们的自动启动器开着，或是小心翼翼地开走。手电筒突然亮起来，尔后又像萤火虫一样熄灭了。这些像萤火虫一样微弱的灯光朝四面八方走去，空气中夹杂着一种释放，一种在黑暗中的小心谨慎，一种再次面对寒冷的痛苦感知。

罗奇小姐到罗莎蒙德茶室去（那里早已不是茶室了，而是一家旅馆），既可以朝左走，穿过购物街，也可以朝右走，路过河边陆地旁的房子。三十九岁的罗奇小姐，从事文秘工作，在伦敦一家出版公司还有其他职位。其实，无论向左还是向右，都无关紧要，因为两条线都是五六分钟的路程。不过，她通常选择靠河边的那条路，因为河道开阔、流动，而且河里有水。她不知道，河流给了她一种短暂的逃离感，一种可以让她短时间休息的感觉，这就好像在海边度假的人沿着海滨散步时的那种感觉——尽管如此，事实上，她根本看不见那条河。或者说，除了其他像萤火虫一样微弱的手电筒，还有在她手电筒照射下的那几片人行道上的地砖，除此以外，她看不见宇宙中的任何东西。

她听见身后有几个冻僵的人一边发着牢骚一边摸索着朝前走，另外两个人在她前面嘟嘟囔囔地摸索前行。一个独自打着手电筒的人摸索着从她身边走过。大地被星光笼罩着，河流，还有那座十八世纪留下来的漂亮小桥，被行人们践踏着，而人们则彼此压抑着。这就是1943年冬天的战争。

此刻，她正路过左手边的"河畔太阳"——也许那是洛克顿最流行、最时尚的公共酒吧。它伫立在一个角落里，面朝着泰晤士河；罗奇小姐能够看见，在它的玻璃门内挂着"营业中"的招牌，上面几个欢快的字穿过插在防空材料里的透明紫罗兰，散发出朦胧微弱的闪光。然而，即使这个发光的、用来欢迎的小招牌，因它的制作方式，也给人一种压抑的印象，让人不由得联想，酒吧里发生的黑暗和隐秘的快乐，"河畔太阳"仿佛不是一个健康的公共酒吧。

她走到桥上，折道朝左，路过教堂，沿着教堂街走去。罗莎蒙德茶室就在这半路上，在她的左手边。

她看不清教堂街，不过，由于黑暗，她把它想象得更加生动，用盲人才可能拥有的那种视觉之光来想象，又或是像一个失眠的人，一直盯着灯，突然将灯熄灭，强迫自己闭上双眼时感受的那种视觉之光。她曾在夏日的阳光中看见过这条街，这条宽阔却不是很长的购物街。尽管它不是主要的商业街，购物街，但是它比大型购物街拥有更加独特的氛围，因为它宽敞，而且尽头就是教堂。她看见过街上的每一家商店和每一座建筑——汽车修理厂、酒吧、银行、肉店、烟草零售店、街道上的小商贩，各式各样的饭店和茶室，以及街上其他所有的店铺，镶嵌在这个建筑大杂烩中——优雅、富有创造力和古老的建筑受到疯狂的赝品和仿古建筑的冲击。洛克顿是一个城乡接合处，具有半乡村半城市的特点。和平时期，股票经纪人或书商开车回去他们在伦敦市中心某幢大厦里、供应着充足暖气的公寓，路过洛克顿时，他们认为，这是一个"很美丽"的地方，一个尤其值得路过的地方。

二

她从前门进去，同样可以看见罗莎蒙德茶室，那座三层高、有点狭窄的红砖房，夹在一家半心形状的玩具店和一家古玩店中间。她从底楼看见茶室弓形的窗户，突兀地伸向人行道。在此之上，二楼的窗户下方，挂着一块黑色的椭圆形木质招牌，招牌上几个拥挤的镀金大字——"罗莎蒙德茶室"——早已褪色。不过，由于战争的缘故，它如今不再是罗莎蒙德茶室了。如果是什么的话，它也仅仅是"佩恩夫人旅馆"。招牌上镀金的字母尚未破裂，尚未褪色到难以辨认的程度，要不然佩恩夫人早就把这块招牌拿掉了。至少那些头脑清醒的人到店里来，看到招牌会以为他们在这里能够喝到一杯茶。尽管如此，夏天里确实有几个稀里糊涂的人，带着这样的想法走进店里——可能是被夏日酷暑整得有点疯了——结果发现自己弄错了，也只能安静地离开。

"罗莎蒙德"是什么意思？哦，天哪，"罗莎蒙德"？一座仿古的罗莎蒙德茶楼，还是什么？佩恩夫人不可能会告诉你的，也没有任何人会知道。这个积极主动、头发花白、戴着眼镜的寡妇眼里只有利益，她对知识毫无兴趣。战争爆发之前，她已经接管罗莎蒙德茶室有大约四年的时间。当时，她把这个地方当作一个茶室来经营，几乎没有赚到钱。直到战争爆发，随着大部分人从伦敦撤离，她看到茶室可以改建为寄宿公寓的可能性，便立即按计划将茶室布置成寄宿公寓。她的计划非常成功，因为第一次闪电战抵达伦敦时，她可以让那些筋疲力尽的人们挤满她旅馆的房间，而且价格完全由她决定。当时的伦敦，还有很多私家车在路上，洛克顿就像河边的黑潭一样，正值它的旺季。自那以后，尽管闪电战已经减弱到事实上几乎什么都没有，佩恩夫人的茶室仍然一房难求。

罗奇小姐关上前门。茶室大厅里点着一盏昏暗的小油灯，刚好照亮了大厅的桌子，看得见桌子上那块东方铜锣和用黑色胶带粘起来的绿色粗毛呢信架。佩恩夫人把楼梯上所有电灯泡取下，早就停止了供电。她用这种方式来支援她那资源紧缺的祖国——这也是灯火管制普遍倡导的精神——当然，也用这种方式节约了她自己的成本。

罗奇小姐打着手电筒走上楼去。二楼"休息室"外面也点着一盏小灯。她听见身后有人把休息室的门关上了（此刻她才意识到从火车站回来的路上，她一直都期待着这声音）。斯怀特先生那带着浓浓鼻音的声音不屈不挠地、漫无止境地蔓延在楼道里……

她继续朝楼上走去，经过另一段楼梯，这段楼梯并非黑灯瞎火的。她的房间就在楼梯的最顶端，面向教堂街。

她能感觉到，灯火管制没完全执行，只是有人仔细检查，才会执行。女仆有时会执行，但最好不要指望她会认真执行。有关灯火管制的个人责任，一直是佩恩夫人对房客提醒的重点，几乎成了她注意事项中最有名的一项。"请注意：房客有责任在房间内自行完成灯火管制"——这个小纸条会贴在电灯开关下面，非常显眼（如果不够显眼，佩恩夫人也无所谓）。佩恩夫人喜欢在任何地方，或者说所有地方留便条或贴便条，非常严格，无休无止。有时，让人感觉罗莎蒙德茶室正在玩纸片追逐的游戏——不过，是一种令人讨厌的、警告性的纸片追逐。所有革新都是通过便条来宣布；无论是撤销什么还是调整什么，佩恩夫人都是用这种方式来告知的。有经验的客人都知道，如果对佩恩夫人贴出的便条告示做出任何轻微的回应，都将会刺激佩恩夫人在二十四小时之内立即在外面贴出一张语气尖锐的便条。因此，他们中大多数人都选择视而不见。

罗奇小姐打开门旁边的电灯开关，在微弱的灯光下打量着自己的房间。只见房间中央的天花板上悬挂着一盏电灯，灯泡用粉色的羊皮纸遮着。染色橡木做的浅色单人床上，罩着人造丝质的粉色床罩。在灯光的照射下，床罩发出亮光，从床上滑落下来，拖在地上。如果不小心撞上，那浅色的床架也会散落到木地板上。棉质（避光材料的这一面）的红色方格窗帘挂在铜制的横杆上，窗帘的中间根本无法贴合。若是心里不耐烦，使劲儿将窗帘朝中间拉拢，结果窗帘两头就会"露馅"。用染色橡木制成的抽屉柜，柜子上镶着一面镜子，摇摇欲坠，却与一个压扁了的火柴盒构成了一个合适的角度。一张柳条编制的小桌子放在床边，桌上放着她的闹钟，闹钟用皮革装饰得华丽闪亮。不过，桌上没有台灯，因为佩恩夫人不支持睡前阅读。煤气暖炉里的石棉柱已经发黄破碎了，暖炉里的燃气灶环清晰可见。小陶瓷台盆上贴着"冷""热"的标志（热水只在某些戏剧性时刻才会出水顺畅，大多数情况下只是勉强滴几滴；冷水总是出奇的稳定，冰凉得令人痛苦）。她看见粉色的墙纸上布满了斑驳图案，仿佛一种皮肤病。房间的一个角落里堆着她的"书籍"，那是她从伦敦轰炸中抢救出来的宝贝，不过她还没能给这些书找到架子。

　　这就是罗奇小姐在洛克顿的粉色闺房在晚饭前呈现出的景象。洗漱之前，她看着镜子里能看清楚的自己：那张消瘦的脸，那个鹰钩鼻，还有她那健康的肤色，这肤色健康到任何化妆品都无须使用。那肤色是长期在户外经受风吹日晒养成的，就像是那种红砖色制服的颜色，那皮肤的纹理和颜色如此特殊，以至于在这上面涂抹任何一种化妆品都不可能，甚至很可笑。她深知，自己拥有像农夫妻子一样的肤色和一张像鸟的脸庞一样丑陋的脸。她的双眼也像鸟儿的眼睛——深棕色的眼睛明亮清澈，忠诚感性，却又充满困惑。她的头发是一种难以形容的棕色，梳着中分的发型。她只有三十九岁，可实际上可能会被人认为有四十五岁。多年前，她就已经放弃"希望"了。事实上，她也从未拥有过任何"希望"。就像许多她这类的人一样，她们都是毫无希望的人。她太过于和蔼可亲了，而且总是太努力地让自己合群，让自己能够与人找到共同话题，所以有时候给人一种感觉，认为她是一个有教养的人，可事实上并不符合她的真实性格。

　　奇怪的是，尽管她"毫无希望"，可就在最近，竟然有人向她求婚。向她求婚的人是她就职的出版社里的老会计师——一个刻薄、难以相处的男人。不知道怎么回事，这个男人竟然希望能与她发展亲密关系。那天夜晚，她在出租车内敏感而温和地拒绝了他，她说："不——这不可能——很抱歉，不过我觉得不可能！"她说完这些话后，就害羞地朝车窗外望去。她那清澈明亮、诚实的双眼流露出沉思时才有的忧郁、顺从和悲伤，却完全没有对被她拒绝的男人有丝毫的同情（尽管他的眼神也是如此）。假使她此刻正接受或者在她一生中曾经接受过一个她会理智地接受的求婚，那么她将拥有无限的快乐。

她身材苗条、挺拔，但有点平胸。她是一位牙医的女儿，有两个兄弟。家里最小的弟弟死于最近的空袭；另一个哥哥住在在巴西，两三年才能收到他的来信。她的父母亲都去世了。她上过学，而且曾经还是霍夫男子预备学校的女教员。

她在肯辛顿遭到轰炸，匆忙逃命间只随身携带了一些小物件（因为那时她在伦敦西区）。随后，在姑妈的邀请下，她来到了洛克顿的罗莎蒙德茶室。姑妈让她睡在自己的房间里，随后便搬到吉尔福德朋友们那里去了。

当时，洛克顿简直是人间天堂。黑暗、沉寂的夜晚，偶尔响起警笛声，像是胜利的呐喊，结果只是被苍穹深沉的寂静逐渐冷落，远处传来枪炮声，却丝毫干扰不到它。而且，当时她被过分关注了，甚至被认为是一位女英雄，还获得了十四天的假期。小镇很"漂亮"，食物"很好"，而且当地的人也"很好"——甚至连斯怀特先生都曾经似乎"很温和"。

不过，现在，在这里度过一年多之后，斯怀特先生简直就是地狱魔王。

倘若她知道该去哪儿，或是她若不害怕夜晚的枪炮，又或者假设她在任何时刻都有足够的主动性，那她宁愿回到伦敦去。

她洗漱好了，听见佩恩夫人急躁地敲着那块东方小锣。然而，下楼吃晚饭前，她在房间里逗留了一会儿，在门口听着斯怀特先生经过走廊下去一楼餐厅的声音。虽然她不得不和他在同一张桌上共进晚餐，但是她对斯怀特先生的感觉是如此奇怪，以至于渴望摆脱那个邪恶的时刻，甚至避免在走廊里遇到他的风险，从而摆脱必须与他一同下楼吃饭的后果。这种病态的行为，她自己称之为"让他先下去"。

三

餐厅四周有一些特别糟糕又毫无用处的东西。里面空间狭窄，弓形的窗户向外凸出，延伸到街上。当年那家著名的"茶室"就是这个地方！很久以前，上街去寻茶喝的人会走进这个房间，匆匆撇上几眼，或是粗鲁地盯着打量，通过他们的直觉，快速掌握蛋糕的质量、顾客的阶层和数量、房间的大小、衣服的清洁度和椅子的舒适度，然后才决定是否进去，抑或到别处去……从那以后，这里一切如故，几乎毫无变化。事实上，现在整个茶室的全部用餐时间都属于所有在此寄宿的人（这也是佩恩夫人沾沾自喜地在印制传单上提及的"独立用餐"）。所有变化，仅限于此。

镶木地板上仍然铺着那块光滑的油布，桌上仍然铺着昔日的红色格子布；铺着灯芯草椅座的廉价黑色木椅，一如往日；红色的格子窗帘仍然挂着（这一边是用遮光材料做成的，这点永远不会被遗忘），墙上还挂着曾经那些破旧的蚀刻版画,画上是一些乡村小屋……

热腾腾的河边游客的灵魂仍然萦绕在这个房间里——筋疲力尽的家庭的灵魂,汗流浃背的父亲害羞地斥责孩子的灵魂,敞开衣领、面带晒伤湿疹的年轻小伙儿的灵魂,胆小的丈夫和妻子在角落里互不言语的灵魂,带着背包的自行车骑手的灵魂,以及其他所有的灵魂……正是这种遥远而又不可磨灭的、人口稠密的夏季氛围,让人想起在冬天、战争和停电时寄宿公寓的寒冷和凄凉,令人如此阴郁。

当然,红色方格桌子的数量比那时候要少很多,剩余的桌子都堆在燃气壁炉旁,壁炉就在对着窗户的那扇墙壁中间。房间被挂在天花板上的两个电灯泡照亮——和罗奇小姐卧室里灯泡一样,这两个灯泡的灯光也是那么微弱,也被同一种的粉色灯罩遮盖着。

这是一张四人座餐桌,斯怀特先生坐在这张桌子上,占据了靠近壁炉的最佳位置,罗奇小姐和巴拉特太太也坐在这张桌子上。其他客人都坐在双人桌上,有的是夫妇二人,有的是独自一人。

这种分桌制度,本意很好,却让本已令人毛骨悚然的阴郁氛围变得更加糟糕。因为,在这个空间狭小的房间里,一句话、一声咳嗽,哪怕是一根大头针掉落在桌上的声音,所有人都能听得一清二楚,这让大家都变得非常自觉。因此,在这里,人们都保持沉默,不愿交谈。最终,这里的气氛变成了一种无法搅动的冷漠。似乎没有人敢说话,哪怕是低语都不敢。坐在同一张桌子旁的两个人，想要交谈，但是为了避免引起注意，不让整个房间都参与到对话中，他们不得不鬼鬼祟祟，压低嗓音，就像恋人们亲吻前的语气。

偶尔，有人会尝试打破僵局，说上几句话。这时，坐在不同桌上的客人会进行一些欢快的交谈，声音响亮得不合时宜。不过，这种尝试几乎没有什么成功的希望。因为女仆在四周走来走去，给客人们递蔬菜，她的声音压倒全场。这时，交谈的人就像囚犯一般，迅速自动回到自己的牢房里去，气氛比之前更加沉闷。

佩恩夫人本可以改善这种情况。当然，前提是她能够重新采用她那些经营旅馆的先辈们的做法，将她自己占用的那张长桌放回原处，取代现在这种让近邻关系处于离奇分隔状态的分桌制度。毕竟，这张长桌在建立自由、坦率的人际关系方面具有重要的作用，而且所有人都愿意进入这样的人际关系，就像愿意去参加派对一样。然而，佩恩夫人的脑子里从来没考虑过要采取这种倒退的行动。况且，在目前的情况下，她也没有做出任何努力去帮助那些陷入困境的客人们。因为，她总是小心翼翼，从不在大家用餐的时候出现。

正是在这方面，斯怀特先生无意中在某种程度上得到了宽慰。很长一段时间以来，那些自觉的客人都放弃了交谈，只听不自觉的斯怀特先生一个人说话。

四

"噢,听到晚餐铃声的时候,

房客们欢呼喊叫……"

那首赞美诗曾经被这样戏仿。可如今,所有那些繁荣的景象,都已留在了遥远的过去。此刻,房客们来到了饭厅,不是欢呼喊叫,而是悄声无息,喃喃自语,尽量不引起他人的注意。通常,在铃声响了三四分钟后,他们才陆陆续续地进来。

罗奇小姐进来的时候,其他人都已经落座了,没有一个人说话。

普雷斯特先生和斯蒂尔小姐分别坐在各自的餐桌旁。两位新来的战时客人——两个羞涩的美国"战利品士兵",他们昨天才刚刚到这里——单独坐在角落里的一张桌子旁。斯怀特先生和巴拉特太太已经坐在了那张她不得不落座的桌子旁。

罗奇小姐现在也记不起来,当初她是怎么被"放"在了这一桌的,不过现在也没办法改变这个事实了。也就是说,除了要求到一张单独的餐桌上去就餐之外,在一个这种氛围的空间里,她没有能力做出任何可以引起轰动的事情。

"啊——晚上好,罗奇小姐!"斯怀特先生招呼她。她看见他那张长满胡子的老脸,正向她投来一种滑稽、略带下流的神情。那神情

（或者至少在她那异常敏锐的想象力看来）似乎意识到她在从休息室下楼的路上刻意躲避他，他因此浪费了片刻，或说浪费了片刻折磨她的美好时光。出于这个原因，那神情中带有一种责备和敌意。与此同时，那神情中还流露出一丝欣慰，欣慰她平安回到这里，而且还将出席晚餐，接受折磨——毕竟，她本可以在外面和朋友吃一顿饭。毫无疑问，罗奇小姐心里还是装着斯怀特先生的。

"晚上好，斯怀特先生，"她招呼道，"晚上好，巴拉特太太……"她坐下来时，朝两人弱弱地微笑了一下。

这个斯怀特先生是一个身材高大魁梧的男人，年龄在六七十岁之间。他面容清秀，对于他这个年纪的人来说，对于一个几乎不运动的人来说，他异常健康，充满阳刚之气。他的声音在房间里回荡，带着浓浓的鼻音，不屈不挠，稳重，健康，中气十足。最重要的是，各方面都能体现出他是一个稳重的人：在他那张扁平的、长满胡子的大脸上（还有那略显扁平的鼻子，仿佛过去有人将它揍扁了似的），在他那双慵懒而又警惕的棕色眼睛里，从他走路的样子和说话的方式，都能看出他那种稳重、自我陶醉、梦幻般、几乎是梦游症的特质，一种终身践踏他人情感的特质，也就是罗奇小姐所说的"霸道"。正是带着这种稳定的神情，他曾在幼儿时期就折断过一只蝴蝶的翅膀；正是带着这种稳定的神情，他在儿童时期扭伤了另一个男孩的手腕；正是带着这种稳定的神情，他在年轻时羞辱过一个仆人或是不如自己的人；而如今，也正是带着这种稳定的神情，他一直看着罗奇小姐。那神情从未完全离开过他的脸庞。他自己有钱，一生都住在寄宿公寓或私人旅馆里。这些地方都是他的狩猎场——那里住着一些胆怯的老妇人——非常适合他喜怒无常的性格，同时也刺激着他那特有的粗鲁和恶毒。他整日游手好闲，无所事事。曾经，他与伦敦的一家律师事务所有家族关系，但是在那里，除了折磨办事员和打字员之外，他根本没有认真工作过。"啊，我知道这个法律条款"和"啊，我恰好知道那个法律条款"，是他的口头禅。用动词的时候，他特别喜欢滑稽地使用第三人称单数来替代第一人称。

他通过大量的国外旅行进一步缩小了自己的视野。在国外旅行时，他又总是住在小旅馆里。他的穿着打扮非常整洁：笔挺的白色硬领衬衫，别着领带夹的老式领带，耐用布料裁剪的西装和高翻领大衣，裤管从不翻翘的笔挺西裤，有松紧带的靴子。

只要愿意，他就能让自己变得讨人喜欢。在与老太太们相识之初，他会不遗余力地为她们做一些小事，总是让她们对他着迷。然而，背着她们，他总会对同伴或仆人说她们是"老顽固""干瘪的老处女"等。

斯怀特先生说了声"晚上好"，看了看罗奇小姐，此刻已无话可说。房间里也没有其他人说话，因为"多面手"爱尔兰女仆希拉此刻一身女服务员打扮,匆匆忙忙地把一盘盘汤摆放在桌子上。

这道汤,像其他食物一样,是通过隐藏在房间角落里一扇屏风后面的小型服务电梯送上来的。电梯井与下面的厨房直接相连,上面的服务人员和下面的服务人员经常通过这个媒介进行对话——询问、评论,有时是挑剔性的评论,和适当的反驳在电梯的隆隆声中微弱地传上来,传到客人的耳朵里。在长时间的停顿中,在没有人说话的时候,客人们就在催眠状态下聆听着这些后台的声音和动作。

斯怀特先生开始喝汤后不久——他总是先在汤里撒上面包块,然后撒上胡椒粉,那股劲头和一心一意的劲儿让罗奇小姐很不高兴——他就打开了话匣子。

"哎呀,"他说,"你的那些朋友似乎一如既往地、非常与众不同啊。""天哪,"罗奇小姐心想,"又来了,又来了。"

五

斯怀特先生口中罗奇小姐的"朋友们"是那些俄罗斯人。斯怀特先生根本不喜欢也不支持这些人。事实上,可以毫不夸张地说,去年俄罗斯人民的抵抗和胜利几乎摧毁了此人内心的平静——他无法在公开场合充分宣泄自己对这件事的看法,因此这种状况让他更加痛苦。

自1939年以来,斯怀特先生慢慢地学会了忍受希特勒的耻辱。从一开始，他就是——现在暗地里也仍然是——希特勒的忠实信徒。如今，他甚至可以强迫自己说希特勒的坏话。但是，要说俄罗斯人的好话，对他来说就太过分了。他只要一提及俄罗斯人，就怒不可遏，充满防备，态度近乎野蛮。在战争爆发后的三周内，他还经历了攻占莫斯科和列宁格勒的不幸。因此，他在寄宿公寓中发表的个人远见与他的个人情感都受到了打击。

事实上，俄罗斯人并不是罗奇小姐的真正意义上的"朋友"。罗奇小姐对她周遭世界发生的一切完全感到困惑、惊愕和不快，因此，她不可能跟那些人做朋友。但是，罗奇小姐有时会从伦敦带回一些文学性的政治周刊，而且还傻乎乎地把它们留在休息室里。这在斯怀特先生看来，本身就是一种病态的、隐晦的俄罗斯人的行为。因此，他实际上已经把他们和罗奇小姐等同起来了。他们让他耿耿于怀，同样，他对罗奇小姐也耿耿于怀。

此刻，罗奇小姐试图躲避他的怒火，尽可能地为东部前线目前的状况道歉，她微笑着，喉咙里发出含糊不清的声音，愉快地表示赞同，双眼使劲盯着她的汤。但是，斯怀特先生不是那种人，他不会在自己急于谈论俄罗斯人时允许你看着汤。

"我说，"他说道，盯着她看，"你的那些朋友似乎一如既往地、非常与众不同啊。"

"谁是我的朋友啊？"罗奇小姐喃喃地说。她当然知道，房间里其他人都在认真地听着他们说话。与斯怀特先生坐在同一张桌子上，还让他直接对着你说话，那种尴尬像极了在学校里当着全班同学的面被叫出来一样。

"你的俄罗斯朋友们。"斯怀特先生说，他从不害怕直截了当。对话停顿了一下。

"他们不是我的朋友……"罗奇小姐扭扭捏捏地说，她想表达的意思是虽然她对俄罗斯人足够友好，但她并不比别人更友好，因此在罗莎蒙德茶室的客人中，不要指望让她为俄罗斯人最近的胜利承担责任。但是，这种表达对斯怀特先生来说太含蓄了。

"你什么意思，"他说，"他们不是你的朋友？"

"哎，"罗奇小姐说，"他们不是我的朋友，就像其他人一样。"

这时，巴拉特太太像往常一样来替她解围。"好了，"巴拉特太太说，"斯怀特先生，你得承认，他们这一仗确实打得很棒。"

巴拉特太太头发灰白、身材魁梧，戴着一副夹鼻眼镜，行动有些迟缓，约莫六十五岁的样子。她面色苍白，看起来很不快乐，这可能是因为她的生活被她所关注的事物秘密支配着——她关注各种针对消化不良、便秘、胃酸、肝病和风湿病等轻微内科疾病的药丸、药物和偏方。这些药丸、药品和偏方在日报和其他地方都有广告。她是一位老年魔术信徒，怀着满腔热情和耐心，不停地寻找理想的药方，但从未找到过她想要的东西，不过她也从未想过放弃她的追求。巴拉特太太的眼睛，在她那具有放大镜效果的夹鼻眼镜后面，如果有人能看到的话，就会看见她那憔悴、坚定、像午夜油一样的眼神。她对久坐不动的病人内心的哲学家之石充满信心。她一门心思扑在研究上，把自己的身体用在了无休止的自我实验上。报纸上的任何新广告，只要有新的角度、新的方法或新的吸引力，都逃不过她的密切观察，任何"医生撰写"或"哈雷街专家撰写"的文章也是如此。她变得越来越病态，俨然成了现代商业手段与现代医学结合的一个老怪物。不过，她的外在表现完全正常，罗莎蒙德茶室也不知道这种影响实际上已经支配着她的生活，尽管茶室注意到她的餐桌上时不时会出现许多不同的药片和专利食品。她心地善良，现在成了罗奇小姐的救星。

"噢，没错，"斯怀特先生说，"他们这一仗是打得还可以。"

他说这话时，语气中带着野蛮和阴沉，这种态度表明，他认为他们没有像其他正直的民族那样奋起抗争，或者说，他们这样做只是因为他们迫不得已，或说，他们的动机是他不屑于公开的。

"你知道的，"巴拉特太太说，"我觉得你不太喜欢俄罗斯人，斯怀特先生。我想，你没有意识到他们为我们做了些什么。"

"是的，"罗奇小姐鼓起勇气说道，"我认为，他根本没有意识到。"

斯怀特先生一时间被这突如其来的反抗吓了一跳，他的目光顿时变得呆滞。

"啊，"最后他说道，"我没有意识到吗……我没意识到吗？好吧，也许，我确实没有意识到。也许，我没有把我想的完全表达出来。也许我有我自己的观点……"

"哦，天哪，"罗奇小姐心想，"他马上又要开始那可怕的'我与第三人称'的废话了。"仿佛让自己准备好接受一个打击（她看着桌布），她等待着更多的打击接踵而至。

"我从不轻易发表自己的意见，"斯怀特先生用他那缓慢而甜蜜的声音说，"就像智慧的老猫头鹰一样，我坐在那里，深藏不露。"

罗奇小姐听了这番令人痛苦的斯怀特式的评论不禁打了个寒战，这是斯怀特式最高且最丰富的传统。她非常清楚，接下来他还会说更多。因为斯怀特先生还有一个缺点，就是当他说了一句自认为很不错的话，他自己也敏锐地意识到这是斯怀特式的话，这时他总是忍不住要把它复述一遍，或者颠倒一下顺序，或者稍加改动。这次也不例外。"没错，"他说，"我就像智慧的老鸟一样深藏不露……我碰巧深藏不露……我碰巧就像那只智慧的老鸟……"

接下来，房间里一片寂静，只有汤匙触碰盘子的摩擦声偶尔打破这种寂静。整个房间，包括房间里所有的人，似乎都不得不在这只完全未曾预料到的、可怕的鸟——它的智慧和超凡脱俗的缄默——面前肃然起敬,瑟瑟发抖……罗奇小姐猜想,斯怀特先生的虚荣心现在已经得到满足,这应该足够了。但是,这还不够。对斯怀特先生来说,没有什么是足够的。

"我有自己的怀疑,就是这样……"斯怀特先生说,"我有自己的疑惑……"

(罗奇小姐心想,他该不会加上"正如苏格兰人所说"的吧?想必他不会加上"正如苏格兰人所说"吧?)

"正如苏格兰人所说,"斯怀特先生说,"没错……我有自己的疑惑,正如苏格兰人所说——很久以前……"

(罗奇小姐意识到,事实上,只有斯怀特先生能比斯怀特先生更胜一筹,只有他能将"很久以前"从那样的袋子中拿出来。)

此时,房间里人们的汤已经喝完了,但仍然一片寂静,令人目瞪口呆,这种寂静还渗透着一种压抑。当然,这种令人压抑的寂静是斯怀特先生造成的,因为他在俄罗斯人的问题上像一只睿智的老鸟那样保持着他的智慧,像苏格兰人一样保持着他的怀疑,就像以前苏格兰人说的那样。如果说斯怀特先生没什么别的东西,至少他在饭厅里是有个性的。女仆安静地在房间里走来走去,把桌上的汤盘收走……

"啊,轮子……"斯怀特先生富有哲理地说道。他通过一种不同寻常的联想过程，把自己和他所引述的那个苏格兰人相提并论。"啊，轮子……"

再一次，当女仆把汤盘换成一盘盘温热的香肠和土豆泥时，整个房间的人似乎都在虔诚地回应着斯怀特先生的"啊，轮子"这句话，并沐浴在这句话蕴含着的苏格兰人无限智慧的话语中。

"哦，好吧，"过了一会儿，斯怀特先生说道，他轻快地回到了自己的种族和语言，并带着挑战的语气说，"毫无疑问，我们很快就会平等了。"

很显然，这是对俄罗斯人的又一次攻击。在斯怀特先生愤愤不平的眼中，俄罗斯人无疑被视为"众生平等"的，因此，如果德国人继续向西撤退（而且如果罗奇小姐继续对此表示赞同而不采取任何行动），那么，用不了多久，我们所有人都会是"平等"的。

"女主的婢女，"斯怀特先生继续说道，"很快就会对女主发号施令了；而男主也将很快要为他的仆人擦鞋了。"

斯怀特先生没有意识到，他已经完全超越了自己对平等条款的预期，继续口若悬河。

"车夫，"他无奈地说，"我猜，他们将自己发号施令；而餐具室的洗碗工将要告诉我们如何继续往前走。"

房间里还是没有人回应，斯怀特先生现在此刻已经对自己的视野和风格着迷了。他继续描绘着这样一种社会状态，这种状态可能是超现实主义艺术所推崇的，也可能是出现在鸦片吸食者的梦幻中。

"毫无疑问，矿工将要对国王发号施令，"他说，"而水兵则会在富人面前逞威风。我估计，银行家们得向街道清洁工卑躬屈膝，而百万富翁却要从流浪汉手里领取薪水。"

又是一阵沉默，斯怀特先生凝视着远方，寻找着更多奢华的图像。然而，此刻他的脑海已经枯竭，而半分钟后，人们只能听见刀叉碰撞盘子的声音。

"上主保佑，"最后斯怀特先生说，"上主，以他的恩典，保佑……"

听到这个短短的祈祷，罗奇小姐心中掠过一丝希望，希望这场讨论，或者说，独白，可以结束。但是，斯怀特先生突然意识到，一种沉寂包围了他许久。也许，他感觉到，这种沉寂有点过于沉重，完全招架不住。于是，他环顾四周，毫不犹豫地抛出挑战书。

"至少，"他直视着罗奇小姐说道，"那就是你想要的，不是吗？"

罗奇小姐把食物放进嘴里。此时此刻，她尽可能巧妙地模仿一个根本不被人注视的人，但她知道这样的努力是多么徒劳。

"我认为，那就是你想要的，"斯怀特先生说，"难道不是吗？"

这就是整个问题的症结所在。首当其冲的总是她，总是她不得不成为他个人愤怒与懊恼的替罪羔羊，被当众羞辱。

"不，"她说，她的声音因羞辱和愤怒而不安，"这不是我想要的，斯怀特先生。"

"噢？不是吗？"斯怀特先生说，"那就好笑了，我还以为就是呢。"

斯蒂尔小姐独自坐在一张桌子旁，在罗奇小姐的身后，却能看见斯怀特先生。这时，她挺身而出，来帮罗奇小姐解围。

斯蒂尔小姐是一位瘦弱文静的女性，大约六十岁的模样，胭脂水粉用得有点多。她的头发花白、卷曲、打理得很好，看起来像假发，但又不像假发，而她的整个行为举止给人的印象是她像是一个过去有故事，但又像过去没有故事的女人。斯蒂尔小姐在这种想象的过去中获得了无限精明的世俗智慧，在谈话中她沉默少言（她为自己"无事不开口"的行事风格而自豪），却有着普遍的现代性精神。她总是小心翼翼地宣称，自己喜欢"玩乐""鸡尾酒""宽广的胸怀"，喜欢那些和她一样被幽默感"诅咒"的人，喜欢和年轻人为伍，而不喜欢像她一样的"老顽固"。但是，事实上，她并没有什么乐趣，没有鸡尾酒，也没有比罗莎蒙德茶室里的客人更年轻的同伴。她在文化方面也很先进，因为她"没有时间看现代小说"。相反，她读了无数布茨写的历史人物传记，事实上，她还是一位历史学家。如果你"碰巧懂一点历史"，就能将现在发生的事件与过去的事件进行比较，大致了解未来的情况。当然，这一切都让斯怀特先生异常愤怒，要不是他有点怕她，要不是他已经盯上了罗奇小姐,他早就把她当作罗莎蒙德茶室的替罪羊了。和巴拉特太太一样,在她不乏怜悯和勇气的小谎言背后,斯蒂尔小姐也有着一颗善良和理智的心。

"哎呀,"斯蒂尔小姐说,"事实上,双方都有很多值得说道的地方,不是吗,斯怀特先生?"

"什么?"斯怀特先生说,他被这来自外部的第二次攻击吓了一跳,一时说不出话来。然后,他又说:"噢,是的,确实。各个方面。"

"毕竟,"斯蒂尔小姐说,"历史是由年轻一代来决定,不是吗?过去总是这样,将来也会是这样的,不是吗?"

就这样,斯蒂尔小姐巧妙地将现代精神和历史智慧融为一体,一石二鸟,把斯怀特先生打得落花流水。

"啊,好吧,我们走着瞧。"他只能这样说。

但是罗奇小姐再次猜测他还没有说完,而她又猜对了。

她一下子就看见他把目光投向了房间的另一侧,两名美国中尉的方向,他们因为太害羞了,到目前为止,还没开口说一句话,甚至彼此之间都没有交谈一句。

"我很想知道,"他说,"我们大洋彼岸的朋友们是怎么想的。怎样?"

说完,他便用一种可怕的、怂恿的眼神目不转睛地注视着他们。

这太可恶了——罗奇小姐觉得宁愿自己被攻击。让罗莎蒙德茶室蒙羞他还不满足,现在还要让他的国家蒙羞。

"我想知道,"斯怀特先生在没有得到答复后又说,"我们大西洋彼岸的民主党朋友们对这一切是怎么想的呢——我们这些贵宾刚从'池塘'[1]对岸过来,你们知道的,那个又老又小的'池塘'。"

又是一次可怕的停顿——最可怕的停顿。斯怀特先生的停顿总是越来越可怕。这时,只听见其中一个美国人,就是两个人中个头比较大的那个人,低声说,他同意这位女士的观点,两方面都值得讨论……

"什么?"斯怀特先生追问道。他没有听清楚,但是,那个高个子美国人不愿重复刚才的话。

"真是个老虎的屁股[2],"斯怀特先生插科打诨,以为对方能够听懂自己的幽默,"你刚刚说什么?"

但是,那个美国人仍然缄默不语。这时,希拉开始清理桌子上装午餐肉和土豆泥的空盘子,换上装着蒸好了的布丁和奶油冻的盘子,房间里的气氛缓和多了。

罗奇小姐心想,一会儿他肯定会说"嗨,老兄"或者"哇哦,老兄",因为他模仿美国人说话或谈论美国人时,几乎从来没有少过这两句。但是,这次他并没有像她担心的那样做。相反,他顿了很久,然

---

1 原文为"The Pond",俗语,指代大西洋。——编者注
2 原文为"The whale of a Problem",意为"非常大的麻烦"。——编者注

后说了一句连她都没有预料到的话。

"万能的美元!"斯怀特突然用一种很有分寸的语气沉重地说道……仅此而已,别无其他。

要弄清斯怀特先生说这话的具体用意并不容易,也就是说,对于不了解他那狂野而迂回的思维方式的人来说,这事儿并不容易。不过,对于了解他的人而言,他的用意还是相当清楚的。他指的是普通的美国人。他被放在美国人面前,因此,对他来说,作为寄宿处的主人和发言人,他的职责似乎是总结和刻画美国的特征。于是,他便用这种方式来总结和描述。

此时,他似乎意识到自己已经找到了完美的表达方式来表达完美的思想,因此他不再说什么了。

由于斯怀特先生不再说话,房间里又恢复了针落可闻的气氛,没有人再敢多说什么。大家在斯怀特先生所引发的沉重思考中,沉闷地吃着厚厚的蒸布丁。

斯蒂尔小姐是第一个起身离开的。她腋下夹着一本《凯瑟琳·帕尔的一生》,悄悄从房间里退出来。

楼上的休息室里提供咖啡。其他人跟在斯蒂尔小姐后面,一个接一个地离开。当他们站起来时,椅子摩擦着镶木地板的油布,发出吱吱声,当他们自觉地把椅子推到桌下时,又发出吱吱声。

六

她无法忍受，在楼梯上下定了决心。今晚，她实在无法也不愿再忍受了。无论如何，她要去休息室喝咖啡。她为什么不能喝咖啡呢？她不知道那些被她留在餐厅的美国人是否会到休息室来。她可以谈谈美国。从她读过的书和她哥哥告诉她的事情中，她对美国颇有了解。也许，如果她跟他们聊聊，就能消除或者弥补斯怀特先生的愚蠢和粗鲁。也许，他们在异国他乡很孤独，就像她在自己的国家一样孤独。

休息室的形状和大小与餐厅相同，但是在这里，佩恩夫人没有用粉红色，而全部使用棕色装饰，并取得了一定的效果。墙纸是斑驳的棕色，画栏上方是秋叶的楣饰；地毯是棕色的，灯罩是棕色的斑驳羊皮纸；大沙发椅和两把大扶手椅都是棕色的皮革软垫。扶手椅的扶手上巧妙地挂着烟灰缸，烟灰缸的两端系着褐色的皮绳。房间有一个又大、又亮、又热的煤气炉提供暖气。

在这里，罗莎蒙德茶室的客人们每天晚上一坐就是两个多小时。他们彼此相伴，直到眩晕——屋里的炎热、寂静，乏味的谈话，无声的嘈杂让他们感到眩晕。当镀铬时钟滴答滴答迟缓地走过几分钟，就会听到重读报纸的哗哗声、看书人翻动书页的声音、编织者手中编织针发出的滴答声、抽烟斗者吐烟圈的声音、写信的人不厌其烦的挠痒痒声、呼吸声、不安的换位声和打哈欠的声音。最后，他们在几乎完全昏迷的状态下，在煤气的醉意中——实际上就是一种眩晕，在倦怠的狂欢之后，回到自己的卧室。

当然，斯怀特先生一开始是很吵闹的，但到了一定的时候，甚至连他的头脑也被这种气氛所感染，他的舌头也安静下来了。

罗奇小姐进来时，他正坐在扶手椅上，拿着一本书，从盒子里拿出他的老花镜。巴拉特太太正准备织毛衣，问他在看什么书。

"这个？"斯怀特先生略带羞愧地说，"哦——只是我在图书馆里借来的书。我想，就是俗话说的'惊险小说'或'血腥小说'吧。它是用来打发时间的。"

罗奇小姐走过去，到炉子旁去烤火。斯怀特先生继续说。

"这可能不是狄更斯或萨克雷的作品，"斯怀特先生说着，吹了吹眼镜上的灰尘，又用丝帕擦了擦，"但它可以用来打发时间。"（在斯怀特先生经常扮演的许多角色中，语言学家便是其中之一。）

这时，希拉端着咖啡盘进来了，但是没有两个美国人的踪影。斯怀特又继续解释刚才那个问题。

"我不会说这是狄更斯的作品，"斯怀特先生说，"我也不会说这是萨克雷的作品。我甚至不会说它是沃尔特·司各特爵士的作品。但我们总得想办法打发时间。"

显然，美国人没有上来。今晚，她一分钟也忍受不了。她离开了休息室,像一个暂时离开房间的人一样,漫不经心地走了出去。斯怀特先生狐疑地看了她一眼,但不知道她在干什么。她跑上楼,回到自己的房间,匆忙戴上帽子,穿上大衣,抓起手电筒,又下楼来到前门,走进洛克顿漆黑的夜里。

七

可是,此时此刻,她到底想做什么呢?又到底想到何处呢?

黑暗的街道上回荡着靴子发出的阴沉、摩擦的踏踏声,这些应征入伍的英国士兵们背井离乡来到此处。周围还有一些美国人,他们更是远离家乡。夜晚的这个时候,他们经过教堂街,从桥那边的小旅馆出发或返回。有时,他们会呐喊或歌唱,但是大多数时候,他们一言不发,只是用靴子来表达他们淡淡的悲伤和无助。

在所有这些靴子中间,她以为自己要去哪里呢。她发现自己来到了狭窄的高街,朝火车站方向走去。

她最好一直走到车站去,然后走回来,再进茶室去。她最好试着把自己看成一个理智地出来散散步的人,而不是那个在一种恐慌中冲向河边小镇黑暗街道的真实的自己。

两个躲在街角的美国人跟她搭讪,向她发出邀请,称她为"修女"。她没有理会,继续往前走,意识到自己放过了他们——意识到让他们避免了寒冷的尴尬，如果他们实现了与她交谈和见面的奢望，就会感到寒冷尴尬。因此，她意识到，在这转瞬即逝的街头插曲中的黑色中包含着一种黑色，而他们与其他在类似情况下跟她搭讪的士兵一样，还没有意识到这一点。

黑色。罗奇是黑色的。"罗奇小姐"和"老罗奇"，这些都是她在霍夫当教师时，别人给她取的绰号。她不止一次听到他们这么叫她。他们一点也不怕她，甚至几乎当着她的面也这么叫她。她甚至从来都无法维持好课堂上的纪律。她曾经怀着雄心壮志，满腔热情，拥抱着严肃而令人振奋的"青年"和"现代教育"理论开始了这份职业。她曾以为自己发掘出了天赋，找到了人生的归宿。然而，他们曾经"喜欢"她，尽管她甚至不能维持良好的课堂纪律，并且在三周内就放弃了她那令人振奋的理论。

她路过车站，继续朝河边走去。此刻，她正沿着傍晚早些时候走过的路线返回罗莎蒙德茶室。

斯怀特先生现在一定很想念她，想知道她在干什么。虽然晚饭后他没怎么说话，也没怎么欺负人，但是他喜欢你在那里。他不喜欢任何人出去，这会让他充满了愤怒的好奇心和嫉妒心。他自己从不外出，从不下班。他把罗莎蒙德茶室看成一种强制性的室内游戏，他则永远在里面坐庄发牌。

她又拐进了教堂街，再次来到了巷子中间。现在干嘛呢？还是进去向斯怀特先生屈服？决不。要么回她的房间看书睡觉？不，不。或者就待在靴子们中间？或者一个人去看电影？她一点也不想这样做——事实上，她讨厌这个想法——但是，要么去看电影，要么就待在黑暗的街道上的靴子们中间。她最好去转转，看看能不能进电影院去。

八

最近新建成的欧典影院位于狭窄的高街上。她推开厚重的大门，门厅里的灯光让她眼花缭乱，屋子里弥漫的紧张气氛让她猝不及防。这种紧张的气氛在任何拥挤的剧院门厅都会出现，它萦绕着充满敌意的售票处，让刚进来的人望而却步，并产生一种敬畏感，让人不得不压低嗓音说话，踮起脚尖走路，以表示对里面正在发生的一切的敬畏。

她只能买到最贵的那种座位——在楼上的价值三先令六便士的座位，她能买到这个座位已经很幸运了。这可是战争时期。在以前，花上九便士你可以在夜晚的任何时段进去逛逛。战争期间，到处都拥挤不堪，无时无刻不是这样。战争似乎凭空创造出了一个巨大的人口群体，神奇地拥入并充斥着这个国家的每一个角落：城镇、村庄、街道、火车、公共汽车、商店、酒店、旅馆、餐馆、电影院。

她被安排在舷梯上的一个座位。她不再充满畏怯，因为此刻她自己也在参加这些仪式，而这些仪式在门厅里看起来是如此重要。"新闻"正在播出——自然是战争图片——战争的硝烟弥漫了整个大厅，观众席上人头攒动，烟雾缭绕，窸窸窣窣，大部分人都穿着战斗服。播音员熟悉而沉稳的声音穿梭在一幅幅画面中——那是一种奇特的威胁性声音，对敌人是威胁，对爱国者却是告诫，而且是不知疲倦的声音。在飞机坠落、枪炮齐鸣、战舰沉没、炸弹爆炸的画面中，播音员的声音始终保持着彬彬有礼但又空洞无物、令人望而却步的特点。

如果有人在白茫茫的光线中仔细观察罗奇小姐的面容，很快就会发现，她放弃自己三先令六便士的钱并不是像她周围的大多数人一样，也就是说，她并不是为了娱乐而花钱。事实上，这样一个学生很可能无法正确解读她的表情所流露出的感情。从她的紧张、不悦和半眯着眼的神情中，他可能会猜测到困惑、悲伤、对他人的同情、孤独——而且他在某种程度上怀疑这些情绪的存在是正确的。但事实上，他所观察到的主要情绪并不复杂，只是一种简单的恐惧情绪。罗奇小姐盯着屏幕，脸上带着明显的恐惧——一种对生活的恐惧，对自己的恐惧，对斯怀特先生的恐惧，以及对她所处的时代和她四周一切事物的恐惧。

第二章

一

下午五点一刻,她坐在洛克镇欧典影院明晃晃的黑暗中。

那是一个星期六。自从她上次逃离斯怀特先生躲在这里,已经过去了三个星期。今天下午,她的脸上没有丝毫恐惧的表情。然而,她仍然看着屏幕,却不知道自己在看什么。在她身边,那个美国人——"她的"美国人——戴顿·派克中尉正安静地坐着。

"她的"美国人?没错,她相信,她可以用一种隐晦的方式把他说成是"她的"。过去的三个星期发生了惊人的事情,她似乎真的得到了自己的美国人——就像镇上每个女店员、女打字员、女文员、女助理、女什么的，事实上都得到了自己的美国人一样。

美国人已经迅速占领了小镇。那天晚上在罗莎蒙德茶室吃晚饭的两个羞怯的中尉，只是两个胆小的侦察兵，他们被派作入侵队伍的先遣兵，这支队伍对小镇进行了猛烈的进攻。戴顿·派克中尉就是其中之一，他不再胆小了。事实上，他一点也不是个胆小怕事的人。

"她的"美国人，那么……但是，在多大程度上是她的呢？这个词的确切含义又是什么？这仍然是个谜。戴顿·派克中尉仍然是个谜。从一开始他就是这样，现在仍然是这样。

她很快就发现，他并不像那天晚上在餐厅和朋友在一起时那样害羞。

第二天晚上，她从伦敦搭乘火车，大约六点钟进入罗莎蒙德茶室。正巧碰到他走下楼梯。"晚上好。"他说，并在大厅昏暗的灯光下朝她咧嘴一笑。她也回以微笑，说了声"晚上好"，然后继续上楼。但是，他把她叫住了。

"嘿，"他低声说（昏暗的灯光不知为何总让人低声说话），"你去那个街角吗？"

她没明白他的意思。"街角？"她问道，"什么街角？"

"那个阳光？"他说，"或者叫什么来着？他们六点开门，对吗？"

现在她明白了，他是在邀请她和他一起去"河畔太阳"酒吧。她大吃一惊,说:"哦,我不确定……我要上楼收拾一下。"

"噢,来吧,"他说,"你也可以在那里收拾的,对吧?"

"噢……"她犹豫道。"噢,来吧。"他说。片刻后,她便和他消失在黑暗中。

他猜想,这是一个"有点黑的夜晚"。过马路时,他以最自然的方式牵着她的手。他们走到马路另一侧,他仍然没有放开她的手,同样是那么自然。他问她是否在伦敦工作,她说是的。她完全懵了,非常惊讶。她太惊讶了,无法对这种情况或这个男人做出任何赞成或不赞成的反应。不过,她意识到自己有一丝快乐的感觉,这种快乐源自自己单调乏味的夜晚就这样被打发了,来自想到这件事传到寄宿处后将引起的小骚动——尤其是斯怀特先生的骚动。毫无疑问,他此刻正得意扬扬地等着她回来,然后在休息室里用低沉的声音大放厥词。她还快乐地意识到在黑暗中牵着她手的这个男人魁梧的身材。最后,她还意识到,这个男人虽然没有喝醉,但下午一直在喝酒。

他们走进"河畔太阳"酒吧灯光明亮的沙龙休息室,在靠近炉火的角落里找了张桌子坐下。她要了一小杯法式杜松子酒,他去了吧台,回来时给她带了一大杯法式杜松子酒,一大杯威士忌和苏打水给自己。现在,她有机会看看他了。他穿着制服,身材高大魁梧,戴着一副大眼镜。他的肤色是亮棕色,她时而认为,他不到四十岁,时而又觉得,他不止这个年龄。由于天气寒冷,他的肤色和她自己的一样,此刻也是光彩照人。他的眼睛略带血丝,有时她认为这是寒冷所致,有时又认为这是因为他经常大量饮酒所致。他拥有一口整齐的美式牙齿,一脸温暖而宽厚的美式笑容。他滔滔不绝地讲个不停。

很快,她的心与体内的法式杜松子酒神秘地结合在一起,开始对他感到温暖。她意识到自己全身心地放松,非常享受。他们提到罗莎蒙德茶室,他问那到底是个什么鬼地方?他就是搞不明白。这种态度让她很高兴。她说,如果真要说出那地方是个什么,她也弄不懂,尽管她在那里已经住了一年多。她解释说,伦敦遭到轰炸,她被迫搬到这里。他说,他猜想那一定十分艰难,并用十分敬佩和天真的眼神看着她。在杜松子法式酒精的作用下,她突然有一种愉快而腼腆的自豪感,为自己是1940年的伦敦人而骄傲。他说,他和他的朋友就住在罗莎蒙德茶室隔壁。他们和佩恩夫人谈好,可以用那里的休息室,并且在那里吃晚餐。他们原以为就在隔壁,会很方便,但现在却不这么想了。他问那个叫斯怀特的家伙是什么人?他的话挺多的,对不对?她说,他这个人就是这样。

他问她要不要再来一杯,她说,她真的觉得不应该再喝了,因为刚才已经喝了一大杯。他告诉她不要推辞。于是,她就说,那好吧,再来一杯,但是这次只能喝一小杯。当他去吧台时,她发现自己容光焕发。让罗奇小姐容光焕发只需要一点酒精就行。

他回来时,给罗奇小姐拿着一大杯法式杜松子酒,还有给自己的一大杯威士忌和苏打水。他们继续讨论罗莎蒙德茶室。她详细讲述了那里许多鲜为人知的坏事、阴暗面、怪事和不便之处,而且越说越起劲。他向她提出问题,深表同情地聆听着她,时不时赞同她,就好像他们当时就下定决心,要成立一个反罗莎蒙德茶室协会,并令人振奋地完成了最初的反叛行动。

此刻,他的一句话让她内心发出最耀眼的光芒。他说,尽管他不喜欢那个地方,但是,他"一眼就发现了她",因此他"下定决心要和她见面"。在此后的许多天里,这句话一直占据着她的脑海。确实,她实际上几乎没想别的。

然后,一切突然变糟。他的朋友卢米斯中尉带着两个女孩进来了,于是这场"促膝长谈"变成了尴尬而喧闹的五人聚会。罗奇小姐在镇上就跟这两个女孩面熟,她们在商店工作,并不像某人的母亲说的那样,是"她班上的"。因此,从这个角度来说,这种聚会令人尴尬。而且,卢米斯中尉喝醉了,非要再给她买一大杯法式杜松子酒。她讨厌这样,因为她已经感到头晕目眩,饥肠辘辘而且闷闷不乐,但是出于礼貌,她还是喝了——礼貌,夹杂着一种对浪费金钱的根深蒂固的憎恨——罗奇小姐接受的淳朴教养和社会经验不足,让她完全无法克服这种憎恨。此外，这两个女孩知道，罗奇小姐的母亲也有这样的习惯。因此，她们对罗奇小姐很防备，不跟她说话，甚至也不正眼看她。不过，她们和两个美国人倒是很投机。如果说派克中尉说话滔滔不绝，那么卢米斯中尉简直就是口若悬河了。

事实上，她几乎被完全排除在聚会之外。此刻，她唯一的愿望就是回家。就像一个因为想离开餐桌而苦恼的孩子一样，她在喧闹声中沉默不语，注视着其他人的脸，构思着借口，找机会离开。

"呃，我得走了。"她试着说，但是没人听见她的话，三四分钟过去了，她才找到另一次机会。

"呃，我真得走了。"她说着，碰了碰派克中尉的胳膊。

"别傻了。"他说着，连看都不看她一眼。

"你们都在吃什么？"

"不——这是我，"卢米斯中尉摇摇晃晃地站起来说，"伙计们，那是什么？"

但是，她一想到还要被迫继续喝酒，就陷入了一种恐慌，这让她站了起来。"不，我真的必须走了，"她说，"非常抱歉，我得走了。"两个男人嘲笑她，派克中尉试图把她按在座位上。但是，她一边掩饰着难堪的神情，一边佯装开心，勉强站着说："不……不！我真得走了。非常抱歉。我必须走了。真的！"

然后是一阵尴尬的，几乎可以说是令人厌恶的沉默——她心中的恐慌已经在大伙面前表露无遗。她看到那两个女孩正瞪着她，一脸的粗鲁、不快和冷漠。

派克中尉很有风度地站起来说："好吧，如果你一定要走……"

"是的，我真的得走了，"她说，"非常感谢你。晚安！非常感谢！"

两个男人友善地说"晚安"。两个女孩什么也没说。她走到街上，在黑夜中跌跌撞撞地朝罗莎蒙德茶室走去。她意识到自己的步子不由自主地摇晃起来，眼前浮现出派克中尉说"晚安"时的表情——失望、尴尬，几乎可以肯定还有蔑视。所有突如其来的喜悦和胜利都从这个夜晚消失了，她比以往更加孤独。她本以为能打败罗莎蒙德茶室，但是罗莎蒙德茶室却打败了她。现在，她不得不夹着尾巴回到寄宿处。她知道，酒吧那四个人此刻正在对她说三道四。她在这个地方都没有一席之地，她在这个世界上是孤独的。事实上，她特别难过，多么希望这件事从未发生过。她怨恨那个男人，怨恨他让她如此难过，怨恨他让她喝太多。

顺便说一句，她确实喝多了，最好小心点。她吃晚饭也迟到了——迟了十分钟。晚了十分钟，又喝多了，她还敢进去吗？

她回到昏暗的粉红色卧室，匆匆洗漱了一下，就决定可以厚着脸皮去面对了。她刚走进餐厅，在餐桌前坐下，就觉得自己犯了一个错误。

她对飘飘然的巴拉特太太和斯怀特先生说了声"晚上好",她听到他们也回了声"晚上好"。她看到,他们已经在吃主菜了——鱼。希拉马上立即把一些温汤放在她面前。她一边吃,一边盯着汤看,没有人说话。她等着有人说话,但还是没人开口。为什么?怎么回事?是因为他们知道她喝醉了,还是因为他们对她的行为感到震惊而不敢说话?当希拉把汤换成鱼的时候,她抬起头,想看看他们是否在看她。他们没有。他们什么也没看,什么也没说。

整顿饭下来,一句话也没人说。如果说斯怀特先生没有说话的兴致,那么这种情况在罗莎蒙德茶室晚餐时也不是没有发生过,但她总觉得,今晚餐厅的沉默背后总有什么深意。最后,斯蒂尔小姐带着《凯瑟琳·帕尔的一生》悄悄从房间里走了出来。其他人一个接一个地跟了出去。希拉把果酱馅饼放在她面前,餐厅里就剩下她独自一人,就像丢了脸一样,让她独自食用。

她径直回到自己的房间。然后,来到浴室,在浴缸里放好水。她开始感觉好些了,在热水里泡了很久。

二

她睡得很好,但是六点钟醒来,就再也无法入睡了。她冷静地回顾了前一晚上发生的事。她看待这件事的色调不再像昨晚那么黑暗了,但她仍然觉得它很糟糕，仍然有一种悲伤的感觉，一种十分不公平的感觉。她对自己说："无论如何，这事就这么了结了。"她被自己的话吓了一跳，问自己什么意思。什么是什么的结局？有什么事情已经发生了，现在又已经结束了吗？

她仔细寻找这个问题的答案，结果在他的一句话中找到了答案。他说，他"第一眼就发现了她，并下定决心要和她见面"。这太奇怪了。那么，他现在肯定不会再想和她见面了，因为她总是笨手笨脚，因为她不胜酒力，因为那两个女孩的到来，整件事都搞砸了，全都玩完了。

这一天是星期六，她不用到伦敦去。上午，她在镇上买了些东西，并成功地将昨天晚上的事情抛诸脑后。不过，她偶尔也会想，在她离开之后，派克中尉度过了一个怎样的夜晚，又是在什么时间、什么地点结束的。

下午，她姗姗来迟，到休息室喝茶，发现派克中尉坐在沙发上，正和斯怀特先生聊天。巴拉特太太和斯蒂尔小姐也在。她进来的时候，他站了起来，手里拿着茶杯，朝她笑了笑，然后坐下，继续和斯怀特先生聊天。

两个人把英美两国的制度和习俗做了个比较，而派克中尉在语速方面与脾气暴躁的斯怀特先生相比有过之而无不及。这让她非常高兴。她意识到，他们两人在不同方面都是滔滔不绝的人，但在这种战斗中，中尉凭借的是年轻的优势，以及他民族特有的口才和传统。

他们一直聊到六点差一刻，然后斯怀特先生带着嘲讽的态度离开了房间，他比以往更讨厌美利坚合众国。这时，巴拉特太太和斯蒂尔小姐也走了，休息室里只剩下她和派克中尉。"好了，"他说着，站起身来，又朝她笑了笑，"你和我也该去散散步了，不是吗？"

她非常清楚他的意思是，现在正是那些酒吧开门营业的时候。虽然她不确定自己是否要接受他的邀请，但她还是感到一阵欣慰和轻松。原来，一切都还没有"结束"！

"是吗？"她说，几分钟后，他挽着她的胳膊，一起沿着黑色的街道朝"河畔太阳"酒吧的方向走去。

三

她恳求他为她调制一小杯法式杜松子酒，这次他如她所愿，这提升了她对他的看法。她注意到，他还是忠实地为自己准备了一大杯威士忌苏打水。她问他昨晚大家过得怎么样，他深深地叹了一口气，举目向天——这表明他喝多了，现在痛悔不已。她问他那两个女孩怎么样。他随口说，哦，她们在她离开之后也很快就走了。顿时，她的心就像前一天晚上的法式杜松子酒一样，开始感到满足。现在他肯定支持她，反对昨天晚上的事，就像昨天晚上他跟她统一战线反对罗莎蒙德茶室一样，同样热烈、令人振奋的气氛开始弥散。

周六的晚上，这里非常拥挤，不过他们却独占了一个舒适的角落。他时不时去吧台为他俩续杯。她感到酒精对她产生了强烈的影响，但是，这次的结果不是让她不开心，不是让她紧张不安，而是让她心情舒畅，让她平衡，让她神清气爽。

她害怕卢米斯中尉和那两个女孩再次出现，但这并没有发生。很快，她注意到已经到了七点二十六分了，这意味着还有四分钟她就得返回罗莎蒙德茶室去吃晚饭。她向派克中尉提了一下晚上的时间，但他似乎并不在意。过了一会儿，她又提醒他。他解释说，他们一会儿去"河畔太阳"楼上用餐。尽管她对此早有心理准备，但心里还是既欢喜又害怕。她说，如果这样的话，她一定要"让他们知道"。他说，为什么要让他们知道，这是一个自由的国度，不是吗？她说，他们会"担心"的。他说，那就让他们担心吧。在她的坚持下，他也认为给那边去个电话也许是明智之举，并说他马上会去打电话。在她的催促下，他起身去打电话。他回来后，她急切地问他和谁说了话，怎么"说"的。但是，他没有给她令人满意的答复，只是说"都搞定了"。此时，他缄默不语，甚至自相矛盾。

实际上，就在这一刻，她第一次意识到了中尉的主要特点就是他的自相矛盾。他不仅像大多数人一样，在喝酒时毫无章法，而且习惯性地前后矛盾，根深蒂固地不合逻辑。前一天晚上，在罗莎蒙德茶室的大厅里，他突然建议她和他一起去喝酒，这就是他毫无章法的做法。她认为，他说他第一眼就发现她并下定决心要和她见面，也是不合逻辑的。当他的朋友和两个女孩加入他们的行列时，他迅速而轻易地放弃了她，这也是不合逻辑的。现在，他又临时决定请她吃晚饭，对罗莎蒙德茶室和任何社会后果都采取了不合逻辑的态度。

但是，今晚，她绝对不是要批评他这个性格特点。恰恰相反，为了摆脱长期禁锢她的罗莎蒙德茶室，她倾向于把这个特点视为一种优点，并提醒自己，一般来说，她自己也可以因为这种更加不拘小节的态度而得到提升。考虑到这点，她认为不应该拒绝他的下一次邀请，也不应该拒绝稍后的另一次邀请。

他们八点半才到餐厅，八点五十分才开始吃饭，差不多九点四十五分才吃完。之后，他很想再到楼下喝点威士忌，毕竟良宵难得，美酒增色，但楼下的酒吧里挤满了平民和他的士兵同胞，人声鼎沸，他只好任她说服自己放弃这个计划，离开这个地方——不过，在此之前，他还是想办法挤到吧台，拿了半瓶威士忌放在口袋里，以备不时之需。她注意到，此刻他已经醉了，但还没有醉到很危险的地步，而她自己体内也有足够的酒精，不用担心会有什么可怕的后果。

他们手挽手朝罗莎蒙德茶室的方向走去，她问要去哪里，他说不知道，甚至不知道走到哪了。接着，他说："我们去看看老朋友吧。"

她不知道老朋友是谁。

"那些老朋友。那个老家伙。我们去看看他们吧。"

她这才意识到，那个老家伙就是斯怀特先生，而他打算闯进寄宿处的休息室去，那里一片宁静祥和。她的兴致很高，胆子也很大，一时间蠢蠢欲动。好在她足够聪明，及时看破了这个愚蠢的计划，开始劝阻他。他问，他们到底能去哪儿。她说，自己想睡觉。随后，他们为此开始争吵，一直吵到罗莎蒙德茶室的台阶上。到了那里，他们不得不压低嗓门，继续争吵。现在，她下定决心要睡觉了，而他一下子——又一次不合逻辑地同意了。他自己去休息室待一会儿，然后也去睡觉。

她不喜欢他去休息室，但这不是她的责任，也不关她的事。况且，他似乎突然更加清醒了，所以她认为这会是最好的妥协。在大厅里，他脱下大衣时，她小声地感谢他今晚的款待，上楼梯时，他跟她说晚安，说会再来看她。她继续上楼往房间走去，听见他走进休息室。

她决定，睡觉前把几双长袜洗一洗。因此，大约十分钟后，她听到轻轻的敲门声时，还没有脱衣服。她打开门，发现派克中尉站在门口，手里拿着半瓶威士忌。他解释说，他上楼来是为了喝一杯就上路的，问她有没有杯子和水什么的。她小声说，他不许再喝了，必须离开，他不许喝！他说，好了，喝一杯就上路，她也可以来一杯。她注意到他又喝醉了，比整个晚上都更醉。他真是个令人费解的人。她让他进房间来，告诉他必须保持安静，他必须离开，并且必须保持安静。

她走到楼梯的平台上，看看四周有没有人。她什么也没听到，断定她的同伴们都还在休息室里，她猜想，如果她马上把他赶走，还可以挽回局面。

她回房间时，不知道是该把门关上，以免被人听到，还是把门开着，以避免被人指控她进行秘密行动。她采取一个折中的方式，把门开了两英寸。他已经往她的牙缸里倒了一大杯威士忌，又从水龙头里接满了水。他说，万能的主啊，下面的人都是一群闷葫芦。她说，他必须安静。他必须安静并且离开！难道他还不明白吗？

他很安静。他点点头，一副灵机一动的样子。他安静得让人疯狂，安静得让人有种极其不祥的感觉。这使得当他端着酒杯凝视着她时，就好像站着睡着了一样，身体微微地左右摇晃。他又喝了一口酒，像冥想中的佛陀一样安静。她明白，他能这样静静地在那里站上一整晚。

她又出去到楼梯平台上去看了一下，回来对他说："赶紧的，把酒喝光。你得走了！"他一饮而尽。她把威士忌酒瓶塞进他的口袋，把他推向门口。他说："呃——晚安。"然后看着她。她说"晚安"，朝他微笑。他顿了一下，双手抱住她，想吻她。她把脸颊扬起来让他亲吻。他亲吻了她的脸颊，然后吻了她的脖子。然后他吻了她的唇。她说"晚安"。他也说了声"晚安",然后就消失了。

她关上门,继续洗她的长袜。她脱掉衣服,躺在床上抽了一支烟。刚才发生的一切并没有让她感到厌恶或震惊。她感到莫名的愉快和欢喜。她充分享受了这个夜晚。她很想知道他做这一切是什么意思,但她并不太在意。她希望他没有在休息室里出丑,但她也不太在意。那不关她的事。她感觉自己以一种奇特的方式成了一个新的女人。她熄了灯,沉沉地睡去。

四

他们之间没有安排再次见面,但她有一种感觉,第二天早上,她会在喝茶时间见到他。她晚了十分钟才去喝茶,期待他会在那里,但是他不在。她在房间里等了一个半小时,但是整个喝茶时间他都没有出现过。晚上,他也没有在任何地方出现过。

星期一傍晚,她下班回来,又一次想象可以见到他,即使不是他一个人,也至少是和他的朋友在餐厅里。但她再次失望了。星期二,她偶然间听说,他和他的朋友有三天假期,他们要到伦敦去。

直到星期四晚上,她都没有再看见他或听到他的消息。后来,她在房间里穿衣服,准备下去吃晚饭,希拉急匆匆地跑上楼来,说有人打电话找她。电话在一楼佩恩夫人自己的房间里,这事在寄宿处引起了轰动。罗莎蒙德茶室的住客可不是经常使用电话的人。佩恩夫人当时就在房间里，好像也没有找到任何离开房间的理由。

他问她近况如何，并说他已经在伦敦待了三天，现在就在"河畔太阳"酒吧。他要她马上过去喝一杯。她解释说自己正准备去吃晚饭，他说她不必为晚饭费心，他所在的地方有很多晚饭。他听起来兴致极高，为了缩短谈话时间，她答应了他的要求。她挂掉电话，感谢佩恩夫人借用电话。佩恩夫人殷勤地回应了她，但没有把这事张扬出去。罗奇小姐有一种奇怪的感觉，佩恩夫人就好像是一所学校的女校长，如果她再这样下去，很可能会被学校提前开除。

她不知道佩恩夫人到底听到了多少，也没有勇气告诉佩恩夫人她不吃晚饭了。相反，当她出门时，在餐厅碰到了希拉，便悄悄地把这个消息告诉了她。

她有点怀疑他的状态，但看到他的兴致很高，似乎是纯粹的兴致高昂，毫无理由，这让她释然。休息室一角的桌子上一小杯法式杜松子酒正等着她，桌上还有他的一大杯威士忌和苏打水，他们一见面就兴高采烈地交谈起来。他描述了他的伦敦之行，并提出了许多关于伦敦的问题，而她也能回答这些问题，这让她对身为伦敦人而隐约感到自豪，就像他们第一次见面的那个晚上他唤起了她的自豪感一样。

他们八点半到了餐厅，九点吃完晚饭。饭后，他似乎不想继续喝酒，而是建议他们去河边散散步。这是一个和煦的夜晚，隐藏在云朵后面的月亮散发出微弱的光线，夜色不像往常那样漆黑一片。不过，天还是很黑。她建议他们跨过桥，沿着河对岸散步，但他似乎更想穿过小洛克顿公园，沿着河岸这边走。她脑子里闪过一个念头，在河岸这边有一些座位，人们可以坐在上面舒适地眺望河流，而在河对岸却没有这样的座位。她还有一个想法，他可能也有同样的想法。她斥责自己的头脑中闪过的这些超乎想象的念头。

他们沿着河岸在黑暗中漫步了二十分钟，然后转身往回走。再次到达小公园时，他建议他们在其中一个座位上坐下。他们坐了下来，很快他就搂住了她，以毫不掩饰的热情开始亲吻她，就像本周早些时候在她卧室里那样。总的来说，她一开始并不喜欢这样，但过了一会儿，她发现自己不那么厌恶了。半小时后，他们起身再次进入洛克顿镇，这期间他们几乎没有说话。

他说他想要喝一杯，她也同意这个想法。他们回到了灯火通明的"河畔太阳"休息室。他说服她喝了一大杯威士忌苏打水。他们坐在老地方的角落里，当这里坐满了人准备迎接打烊时最后的喧闹和慌乱时，他们又精神饱满，热切地交谈起来。

他们聊天时，大部分时间都是中尉在说话，他第一次聊到自己个人背景的一些细节，聊起他在"老家"的生活和他在那里的"家人"。

他来自宾夕法尼亚州的威尔克斯－巴里，他的家人从事餐饮业，他现在隶属于一支医疗队，这支队伍驻扎在离洛克顿镇三四英里处，他在里面从事餐饮方面的工作。他们正在那里建造一个营地。虽然他的家人从事餐饮业，但他个人的抱负、信念和对未来的希望却在洗衣业。他详细地谈论了洗衣业，谈到了他已经与洗衣业建立的联系，并明确表示，在他战后回国时，他就会迫不及待地投入到洗衣业去，洗衣业也同样会渴望拥抱他的加入。

虽然她并不确切知道为什么，但她发现他对洗衣业的狂热让她有些沮丧。也许是因为洗衣业引发冷淡想法与之前在公园长椅上引发的热情奇怪地结合在一起。事实上，是因为在河边的黑暗中的热吻与在美国为别人洗衣服形成了鲜明的对比。

五

酒吧打烊前，他一共喝了四杯大威士忌，还劝她喝了两杯。直到他面前摆着最后一杯威士忌，她非常确信他又醉了，而且他还爆出下一个惊雷。他的话题仍然围绕着他自己和他的未来，不知怎么地，他谈到了结婚和安家的问题，不知怎么地，她问他想和谁结婚，或者想和什么样的人结婚。

"为什么你认为发生所有一切之后，我会跟谁结婚呢？"他反问。

"所有什么？"她问。她太惊愕了，没有明白他的意思，或者说她无论如何也不相信他的意思就是她所想的那样。

"刚才在那边发生的所有一切。"他说。

"在哪边？"她问。

"哦，就在河边。"他说完，看着她，她迅速转过头去看她的酒杯。于是他换了话题，而她则热情地协助他转移话题。此时此刻，她连想都不敢想。她必须把它收起来，等以后一个人的时候再拿出来玩味。

在这之后不久，"河畔太阳"就关门了，他们走回罗莎蒙德茶室。在前门外，他再次拥抱并亲吻了她，持续了两三分钟。然后，他们道了晚安，她上楼回到自己的房间。

第二天是周五，她把大部分空闲时间都花在了琢磨他的意思上，无论是在伦敦的办公室里，还是在上下班的火车上。她越想，越记不起他们谈话的具体形式和当时的心情。她是问他想娶什么样的人，还是要娶什么样的人；还是她更进一步问他想和谁结婚，甚至他打算和谁结婚？他的回答意味深长。当然，"发生这么多事之后，你觉得是谁呢？"（还是"发生这么多事之后，你觉得是什么呢？"）这完全取决于她表达这个问题的方式。那么，即使他像她当时认为的那样说他想娶、希望娶、决心娶的是她本人，或者说她就是他喜欢的类型，那这种说法又有什么价值呢？他当时是否喝醉了？如果他没有喝醉，这是否与他的毫无章法的性格完全相符？或者这只是玩笑——欺骗？还是，她完全听错或误解了他说的话？

她最后坚定地认为，这可能是介于所有这些事情之间的一件事，她决定把它抛诸脑后。但是她没能成功地做到这一点，当晚一回到洛克顿，她就恳切希望能见到他，希望他能再带她出去——甚至希望他能请她喝酒吃晚饭，说些别的事情，或更进一步以某种方式澄清这个问题。但是他没有露面，也没有给她打电话。

第二天，星期六，他很晚来喝茶，偷偷地邀请她到"河畔太阳"去喝一小杯。他说，他们得抓紧时间，因为他七点钟要去见他的朋友卢米斯中尉——他没说在哪儿。可是，他却不慌不忙地陪她到七点二十分，然后才匆匆离开，也没有约定好之后的见面时间。

在接下来的两个星期里，在没有事先安排的情况下，他邀请她到"河畔太阳"酒吧去喝了两三次酒，只有一次酒后请她吃了晚饭。然后，他又像以前一样带她去河边散步，最后以同样的方式坐在公园的座椅上。在这些场合中，他都没有暴露出任何惊人的消息，也没有尝试调整因他上次爆出的"惊雷"而造成的心理混乱。

最后，他邀请她这个周六下午和他一起去看电影，她坐在他身边，在白茫茫的黑暗中看着银幕，却不知道自己在看什么，也不知道自己在什么意义上可以被允许称派克中尉为"她的"美国人。

第三章

一

她看了看屏幕右侧出口标志上方闪烁的时钟,发现时间已经快五点半了。

"是不是到了你该走的时间了?"她问。

今天下午一见到她,他就告诉她,他五点三刻必须赶火车去梅登海德。他约了他的朋友卢米斯在那里见面——他说,他们要去一个叫什么"宾德斯"或"斯宾德斯"的娱乐场。她告诉他,他说的是斯金德尔斯。她心里还纳闷,是谁把卢米斯中尉引荐到斯金德尔斯的,这两个朋友到了那里,还会有谁一起作陪。想到他们这次的会面,想到卢米斯中尉这么早就站稳了脚跟并学会了四处活动，她甚至有一种淡淡的不悦，也许是嫉妒。这也不是她第一次在内心深处隐约感觉到这种吝啬的情绪。这也许是因为派克中尉在离开她的时候，总是要去跟卢米斯中尉会面。而且也是因为从来没有人告诉过她，他们会面时都发生了什么。她也从没问过，也没有任何压力或好奇心驱使她去问。

他的眼睛盯着屏幕，没有回答她。

"你是不是该走了？"她又问。

他的眼睛一直盯着屏幕，但为了表示他听到了她的话，他伸出手握住了她的手，算是对她的话做出回应。

这是一个多么深情的男人！又是多么完美的自相矛盾！此刻他想表达什么？是"安静——我想看那个画面"？还是"没关系——我有的是时间赶火车"？还是"别操心赶火车的事了——我会赶上下一班"？凭她对他性格的了解，她知道答案可能就在其中任何一个或所有的答案中。

她静静地坐着，让他握着自己的手。黑暗中的这种牵手，带着宁静的占有欲和随意性，似乎突然让她最终相信，无论如何她都可以把他看作是洛克顿上"她的"美国人，而不必有任何怀疑。

但是，假使在别的地方，有人称他是"他们的"美国人呢？比如，今晚在斯金德尔斯？假使他出去和其他女孩（或者说和女孩，因为她不是女孩）做出同样的举止呢？

再或者，假使他根本没有做出这种事呢？像极有可能的那样，假使他就是她唯一的、忠实的美国人呢？正如她内心仍然坚信的那样，假使他实际上等于告诉她，他想娶的或打算娶的正是她本人呢？

然后呢？"爱情"呢？洗衣的事业呢？假使他"爱"她，而她也"爱"或说"爱上"他，有一天他们"结婚"了呢？整个假设是如此不真实，如此离奇，以至于她此时此刻不得不在脑海中把这些话放在引号里。但是，不管怎样，她必须把这个假设摆在面前。假设她现在在伦敦做苦力，独居在洛克顿的寄宿公寓里，而她将来的身份将是美国一家洗衣店的激励者、女主人和王座背后的掌权人——洗衣女王，那会怎么样呢？

当她沉浸在这些幻想中时，一想到洗衣店生意她总觉得特别滑稽可笑，这总能把她拉回现实。它与汽车生意、建筑生意、法律生意或图书生意有什么不同吗？还有，为什么一想到洗衣店的生意在她同伴心中燃烧着坚定的野心之火时，她却会感到如此微弱却又持续的心寒呢？

"那好，来，"他突然说，"我们走吧。"

他把手从她的手中抽出来，两人站起身，下楼来到街上，此时夜幕已经降临。

她说他得抓紧时间赶火车，他说他不必这样做，并告诉她，她要和他一起去看看他是否赶得上火车。当他们手挽手到达车站时，事实证明他是对的：他还有六分钟多余的时间。这六分钟可不能白白浪费：他急匆匆地把她带到了对面的酒吧。她什么也不喝，因为六点钟之前的任何时间她都本能地认为是下午茶时间，她的整个物质和精神世界都不允许她在这样一个明确的阶段喝酒。相反，她看着他匆忙而艰难地喝下一大杯威士忌苏打水。他边喝边问她今晚要做什么。她说要去见维基。他问维基是谁？她说是那个德国女孩，她跟他提起过她。他说他记得，他对她和德国人约会感到惊讶。她告诉他不要这么傻。

他突然放下酒杯，让她陪他走到车站，然后上了站台。他找到一个空车厢，拉下车窗，把身子探出窗外，让她一直等到火车开动。

她听到口哨声，正准备离开，却被叫了回来。这样他就可以亲吻她了。她不习惯在晚上这个时候被他亲吻——事实上，她根本没有把晚上这个时候和亲吻联系在一起——当火车驶出站台时，她走下了站台，陷入了她经常被他唤起的困惑和迷茫之中，但并没有不高兴。

二

她与德国朋友约好六点半在"河畔太阳"酒吧见面。

并不像人们想象的那样，是中尉把罗奇小姐介绍到"河畔太阳"

酒吧，或者向她推荐了在酒吧聚会和喝酒。伦敦的闪电战，以及随之而来的苦难、危险、混乱和不拘小节，已经让罗奇小姐养成了这种习惯。她不再害怕进入酒吧，如果有必要，只要有人认识她，她就会在无人陪伴的情况下进去酒吧。又是战争，这个使得到处都是人群的、阴郁的始作俑者，又一次成功地制造出了另一小部分完全属于自己的人群，来帮助充斥和折磨这些公共场所——罗奇小姐就是其中的一员——这些人都是受人尊敬的中产阶级女孩和妇女，她们通常都很胆小，喜欢宅在家里不出门，她们已经开始了解到这种在傍晚从战争思想和战争欲望中短暂逃离的手段的威力。这些妇女从没尝过酒的味道，而且对在公共场合饮酒的概念半信半疑。她们起初都以为，从这种新习惯中获得的乐趣在于同伴、灯光、谈话、新奇或幽默的经历；然后，她们会逐渐意识到，还有比这更进一步的东西，她们待得越久，喝得越多，她们在这种消遣中的乐趣就越大，有时几乎达到了狂喜的地步；最后，她们会意识到，酒本身不仅与她们的感觉密切相关，而且几乎肯定是造成这种感觉的直接原因。她们中胆子大的人会公开承认这一点，甚至拿这个开玩笑，天真地劝她们的朋友们"再来一杯"，说自己"喝得太多了"，最后说自己"喝醉了"或有"喝醉"的危险。实际上，这些妇女中很少有人会喝醉，她们只会在头脑中产生游泳的感觉，想要回家吃饭或上床睡觉。

于是，罗奇小姐毫不犹豫地安排在"河畔太阳"与她的朋友见面——事实上，她已经在那里见过她两三次了。再说，"河畔太阳"在洛克顿的名声使它与普通的酒馆略有不同。熟悉这条河的人都知道，而且，由于它所处的位置或一些隐晦的传统，它本身就是镇上富人的聚会场所，它有自己的风格，听说在那里喝酒和在其他地方喝酒完全不是一回事。如今，几乎每个乡村小镇都有一家这样的酒馆，或者甚至不止一家。

如果说今晚罗奇小姐有什么顾虑的话，那倒不如说是因为她要在大庭广众之下见到的这位女士的国籍和名声——正如中尉所说，她"要和一个德国人约会"。但是这并没有让罗奇小姐感到不安。恰恰相反，她对自己在这件事上的开明表现出了一种挑衅的，也许略带孩子气的快乐——这种态度很可能在事实上促成了两人的友谊。在1939年与德国爆发敌对行动时，洛克顿某些自以为是的人，以为德国间谍在他们中间耀武扬威，因此维基·库格曼在某种程度上成了受害者。事实上，罗奇小姐第一次见到她是在一家杂货店里，在那里，店员们无视她的存在，把她单独挑出来当众羞辱，而罗奇小姐却不遗余力地与她交谈，帮助她得到她想要的东西。从那以后，她们不时在街上交谈，有一天早上还一起在糖果店喝咖啡。她们养成了星期六早上一起喝咖啡的习惯，还一起去看了一两次电影，最后，偶尔还一起去"河畔太阳"喝上一杯。

斯怀特先生听说了这件事,立即在饭桌上开始含沙射影,敏锐而客观地提及"我们镇上的德国朋友"和某些"似乎喜欢他们"的人,因此,根据斯怀特先生的观点,这助长了当局政府的无能,因为他们不但没有把那些人关起来、绞死或枪毙,反而使他们繁衍昌盛。尽管斯怀特先生从内心深处非常尊重德国人民的政治智慧,但他并不是那种可以克制自己不参与任何大众追捕活动的人,何况这种活动还发生在家门口。他是一位至高无上的大师,精通"吃蛋糕"的技巧,而且也拥有"蛋糕",却经常陷入类似的矛盾之中。然而,他的这番话只会加强罗奇小姐更加坚定地追求友谊的决心。

维基·库格曼与罗奇小姐年龄相仿,在当地一家兽医诊所担任助理。在罗奇小姐看来,她文静、有教养、聪明,而且因为在小镇上被人孤立(原因不同,但与她的情况大致相同),是一个非常适合做朋友的人。除了一两次维基自己开玩笑地提到她被人认为是间谍,还有人认为她是希特勒政府的一员("啊——我都不知道我的国家发生了什么事。"她说着,颤抖了一下,或者说假装颤抖了一下,然后眼睛向远方望去),除此之外,她们俩从未提到过她的种族,对此她似乎心存感激。罗奇小姐开始期待这些会面。她们相互倾诉彼此心中的秘密,这位德国姑娘对她住处不满意,她的房东太太似乎私下里利用公众的偏见在经济上和其他方面占了便宜，罗奇小姐甚至说要去找佩恩夫人，想把她弄到罗莎蒙德茶室去住——当然不是在屋里，那里已经客满了，而是在附近的房子里，这样她就可以过来吃饭，还可以用那里的休息室。然而，在过去几周的兴奋中，以及因兴奋而导致的某些电话事件给佩恩夫人带来了明显的忧虑，因此她把这事搁到一边了。

罗奇小姐准时来到"河畔太阳"酒吧，她的朋友还没到。她走到吧台，点了一杯法式杜松子酒，然后端着酒杯来到她和中尉经常坐的那个角落。她还特意随身带了一份报纸，以便在等待时阅读。然而，酒吧里的人很少，没有一个人对她感兴趣，她坐在那里环视四周，打量着屋里和身边的人。这里大约在五年前被新主人重新装修过，而且装修的方式令人惊异，给人的感觉就像昨天才重新装修过一样。事实上，它很可能就像全国各地的许多沙龙休息室一样，永远打着重新装修的烙印。这座房子是伊丽莎白时代造的，因此，在装饰上也奇特地采用了伊丽莎白时代的风格，如黑色的横梁、木质镶板、令人不舒服的黑色桌椅、奇形怪状的盔甲、悬挂的宝剑，以及门上几乎难以辨认的哥特式字样。但是在此基础上，又强加了一种苏格兰风情——在上层镶板上插入了苏格兰格子呢的样本，还挂上了专门描绘苏格兰高地和其他苏格兰事物的图片。红色的德文郡壁炉两侧还挂着裱好的苏格兰谚语，壁炉里的电器设备在煤炭燃烧的外表下不停地转动着。为了增加混乱和破坏其他幻觉,还摆放着两台电动球机(在点燃和发出咔嗒声时,一台代表仿真赛车运动,另一台代表滑雪运动);一个玻璃封闭的机器,上面有一个镀铬的起重机,按照自然规律,它可以取出照相机、手表和钱包,但在实际操作中,除了能取出一两颗硬硬的、像豌豆一样的糖果来安慰操作者之外,什么也不能取出;吧台边上有几个绿色的镀铬高脚皮凳,还有一块现代的绿色地毯,上面的轮纹让人想起晕船的感觉。

将近一刻钟过去了,罗奇小姐的朋友还没有出现,她正担心"出了什么事",这时门开了,她的朋友走进来,四下张望。一看见罗奇小姐,她便走过来坐在她身边,微笑着说:"啊——你在这里!"罗奇小姐惊讶地发现,她对自己迟到的事情闭口不提。事实上,她给人的感觉就好像罗奇小姐自己也迟到了一会儿,罗奇小姐猜想她可能是搞错了时间,所以什么也没说。罗奇小姐问她想喝什么,对方说:"不,你在喝什么?"罗奇小姐回答说:"不,你想要喝什么?"接着,双方迅速开始争论,所有争论都以"不"字开头,争论轮到谁了、谁"坐在椅子上"、谁先到的、谁邀请了谁——最后,罗奇小姐去吧台买了两杯法式杜松子酒。

"今天下午去看电影开心吗?"她们再次落座,点燃香烟时,德国女孩问。说这话时,她带着一种调侃、暗示和老气横秋的语气,这就是她独有的性格特点。维基·库格曼今年38岁，一头金发，皮肤白皙，身材不错；一双蓝色的大眼睛，高鼻梁，嘴唇丰满，走在大街上，她这张脸不会让人觉得特别有魅力，但也不难看，也不会让人觉得她的年龄比实际年龄大，或者比实际年龄小。维基·库格曼身上散发着一种淡淡的老式气息，或者说是一种过时的气息，罗奇小姐一直无法完全弄明白这到底是一种什么气质。这可能是因为她的头发，她的发型实际上是按照1925年流行的方式"打理"的；也可能是因为她的服饰，尽管她的衣服足够整洁得体，但却有一种不合潮流、相当二手的感觉，或者是因为她的举止，她快速变化的面部表情，她过于忙着用眼睛和嘴巴来表达惊讶、同情或无奈——她噘嘴的习惯。也许是她用手持镜给鼻子上粉和用烟嘴抽烟的方式，她做这两件事时都比平常更繁琐、更精确、更隆重，仿佛这些东西是她最近才接触到的新奇事物，她仍然为之着迷。她在所有这些方面都给罗奇小姐留下了稍微有点落伍、有点天真的印象；不过，罗奇小姐经常想，与其说她落伍，不如说她不习惯她所居住的国家的习俗，不了解这里的习惯用语，这些举止是因为她在某种程度上是个"离水之鱼"——一句话，因为她是一个"外国人"。

"你怎么知道我去看电影了？"罗奇小姐问。

"哈哈，我知道。我什么都知道。"维基说，语气里带着同样的嘲讽和挑逗。她吸了一口烟，头向后一仰，蓄意地将烟雾细细地吐出来，仿佛在瞄准空中的某个精确目标。然后，她熟练地在烟灰缸上弹了弹烟灰——这样做只是出于熟练的习惯，因为她的香烟上几乎没有烟灰。

她的英国口音与她抽烟的样子奇妙地保持了一致——有点过于优雅，过于自在，也过于刻意。不过，她的能力非常出众，也只有像她这样在成年后大部分时间都在英国度过的人才能获得这样的能力。初次见面时，只有在意识到她的英语说得特别好时，听她说话的人才会意识到她本来不是英国人。

"不——你怎么知道的？"罗奇小姐问道，她真的很困惑，也很感兴趣，因为她还没跟这位德国姑娘提过中尉的事，也无法想象与中尉的最后一次会面怎么就已经成了公共财产。

"哈哈，我有自己的间谍哦，"维基说，然后她又说了一句，"事实上，我当时正在街对面，正好看见你们进电影院。"

"噢，真的吗？"罗奇小姐说，"我当时没看见你。"

"是的，我知道你当时没看见我，不过我看见你了。"说到这里，维基又习惯性地在烟灰缸上敲了敲香烟，然后饶有兴趣、神秘兮兮地看着她的香烟。

此刻，罗奇小姐十分清楚，维基是故意把她和一个美国人去看电影这件事张扬出来。她认为这相当荒谬，也体现了对方略显老套的"外国人"的心理特征。但是,事实上她刚才的解释不是十分合理吗?如果没有隐瞒的话,这件事的存在不是已经有了一个非常积极和成熟的"东西"了吗?可是,维基怎么会知道这件事呢?

"事实上,"维基继续说道,"我之前也见过你和他在一起。还见过你和他坐在这里。"

这让罗奇小姐倍感惊讶。首先,她自己也不知道,有人看见她和中尉一起进来过这里;其次,她无意中获取了一个相当奇怪的消息:除了和她一起之外,这个德国姑娘也曾来过此处。她不可能独自一人来这里,那么是谁和她一起来的呢?一个男人吗?罗奇小姐的脑海中闪过一个念头,她可能在想象中对她的新朋友产生了错误的心理印象,她保护的这个孤独的"德国间谍"可能过着自己的生活,有其他的保护者。但是,这个念头一闪而过,她说:"哦,原来你在这里见过我,是吗?"

"噢,是的,"维基说,"我见过你在这里。看起来,你接受了你那亲爱的美国人,我亲爱的……不是吗?"

罗奇小姐又一次略感惊讶——一方面是因为维基出乎意料地称她为"我亲爱的",这还是她们相识以来她第一次这样叫她;另一方面则是因为这句话本身的大胆和直率——她直接暗示了生活的性方面,并轻率地认为,这不仅对一般男女来说是正常的,对罗奇小姐尤其正常。

迄今为止，维基除了和她谈论一些纯粹非个人的或悲伤的事情外，大多时候羞涩而沉默寡言。

"噢……"她说，不知道该说什么，"我不知道是不是接受……""那么，也许，是被绑架的？"维基说，"我亲爱的，你真是一个'快手'。"

这一次，罗奇小姐几乎不敢相信自己的耳朵。以她的年龄和身体条件，在洛克顿这个地方，被维基·库格曼这样的人称为"快手"！仿佛她是个年轻貌美的小姑娘，到处勾引男人，既不是没有能力，也不是没有罪过！而且又是"我亲爱的"；还有"被绑架"——多么特别的表达！这的确是一个全新的维基·库格曼。她还意识到，维基是在故意展示她那过时得可怕的语言魅力。"绑架""快手"以及"我亲爱的"，所有这些词语都带着1925年略显怪诞的印记，她经常在她身上看到这种印记。

她不是十分确定自己是否完全喜欢和认可这个全新的维基·库格曼，也不确定自己是不是不喜欢她。这时，她突然意识到，维基做这一切的唯一目的就是取悦、鼓励和奉承她的朋友，而她的目的已经部分达到了，因为她（罗奇小姐）已经感到有点被取悦、鼓励和奉承，尽管内心有一个警告的声音告诉她不要这样做。

"哦，事实上，"她说，"他只是一个跟我住在同一家寄宿旅馆的人，仅此而已。或者说，他是来这家寄宿旅馆用餐的人。"

"哦,好吧,"维基说,"一个人总得在某个地方遇到一个人,不是吗?"

罗奇小姐发现维基如此毫不留情地攻击自己,于是决定反击。

"那你和谁在一起呢?"她说,说话时的语气和神情给她的话增添了一种幽默的"祈求"口吻,"当你看见我的时候。"

这样,除了反击之外,她还可以直接寻求一个问题的答案,而实际上她对这个问题充满了好奇。

"我?"维基说,"哦——只是乔丹先生……"

在罗奇小姐看来,维基用"只是"这个词,似乎是想刻意表达乔丹先生——镇上那个雇佣她的中年兽医——绝不是美国人,也不像美国人,从严格意义上来说,他根本不是一个真正的"男人"。

听到这句话,罗奇小姐身上发生了一件让她略感不安的事:她体验到一种明确的宽慰感和愉悦感。她感到不安是因为这种感觉所蕴含的明显含义。她是不是可能进入了嫉妒的行列?——她感到高兴,是因为维基没有像她自己一样有一个美国人,毕竟她不是和"男人"一起来这里的?一时之间,她想不出其他的解释。后来,她意识到这不是普通的嫉妒:这只是因为想到她和维基之间刚萌芽的友谊可能会出现问题,或者不会如她希望的那样实现。这并非不是她嫉恨别人有男性朋友,以她的天性,她也不可能会嫉恨。只是因为,如果维基是那种吸引男人的人，而且她生活中主要的隐秘兴趣就是男人，那么她与罗奇小姐之间的真正友谊就不会有任何基础，因为罗奇小姐的主要兴趣不是男人，而且由于显而易见的原因，也不可能是男人。这不是嫉妒的问题，而是害怕被人误解为特定类型的人的问题。

罗奇小姐很高兴能这样解释她的这种感觉，她自己完全满意，但是维基的下一句话注定让她大吃一惊。

"至少，"维基说，"我觉得是乔丹先生……那次我见到你的时候。"

当然，这句话的意思很清楚，她并不是只来过这里一次，不是只有和她的雇主一起来的那次，她已经来过这里好几次，而且可能是和好几个人一起来的，因为她记不起来见到罗奇小姐那次是和谁在一起。她的语气中略带顽皮，这也让罗奇小姐觉得她是在故意传达这种印象，并希望罗奇小姐会进一步询问她。确实，这看起来几乎就像她在捞取对罗奇小姐微妙奉承的某种回报一样。虽然她并不是很喜欢这次谈话，而且更希望把谈话引向其他方面，但她只能做出回应。

"哦，"她说，"这么说，你也和许多人来过这里的，对吗？""哦，我不认识许多人，"维基说，"只是有几个……"

她的语气和脸上似笑非笑的表情再次表明，她并不反对从她口中说出更多秘密。

"你知道吗，"罗奇小姐说，"我有个想法，也许你才是那个'快手'——而不是我。"

维基在回复她之前略微停顿了一下。

"我？快手？"她接着说，一边用手捻着酒杯的杯柄，一边饶有兴致地看着它，"哦，不……不是快……慢而笃定……那才是你的维基……慢而笃定。"

如果把她对这句话的直接反应乘以一百倍左右，就可以说罗奇小姐的头发都竖起来了。她的感觉是既震惊又羞耻——羞耻于"慢而笃定"这种可怕的自鸣得意，羞耻于"你的维基"这种恶心的自我陶醉。

我的天哪，这到底是什么意思？她已经准备好把维基想象成一个某些男人可能会感兴趣或者可能产生兴趣的人，并接受她，但这又是什么意思呢？她似乎是在把自己扮演成一种诱惑者。罗奇小姐看着她。或许，她可能就是一个诱惑者？也许是，但罗奇小姐从她的生活中怎么也看不出来这点。她看到的只是一个三十好几、衣衫不整、长相普通的外国女人，一双相当漂亮的蓝眼睛，一个尖鼻子，一头靓发——这种女人的确可能会勾引一些认识她的古怪的老男人（就像罗奇小姐勾引她公司里的会计一样），但她对任何人的直接影响都是零，无论是男人还是女人，无论是在公共场合看到她，还是在私下里见到她。而现在，这位自称致命手段"慢而笃定"的"红颜祸水"竟然出现在眼前！罗奇小姐脑海突然有个想法，也许她有点性狂热。或者，是不是她来这里之前喝了酒,已经有点醉了?她莫名其妙地(毫无歉意地)迟到了,这很可能就是最好的解释。

不管答案是什么,此刻罗奇小姐明确感觉到,这个新的维基·库格曼并不是她所期望的那个人,而且这段友谊也不可能像她所希望的那样发展。事实上,她也不太确定,如果这种谈话成为今天的主旋律,她是否还会完全乐意让库格曼小姐和她住在同一家寄宿旅馆。这反过来又提醒了她,她曾经答应过要跟佩恩夫人谈谈这件事。她还没有这样做,迟早要为自己的失言找一个借口。她决定现在是最好的时机,而且这样也可以转移话题。

"哦,对了,"她说,"你知道的,我正打算和佩恩夫人谈谈,就在我住的地方附近……"

"啊,是吗?佩恩夫人?"维基说着,突然正襟危坐起来,饶有兴趣地看着罗奇小姐。

"嗯,我正准备……"

"不要。别继续说了。我有个惊喜!"维基用一只手竖起警告的手指,另一只手端着酒杯喝完了酒,"我有个惊喜……现在!你想要吃什么?还是老样子吗?"

"惊喜?什么惊喜?"罗奇小姐说,"继续说,告诉我。"

"不,"维基欢快地说着,起身拿起酒杯,"我们先喝一杯,然后我再告诉你。一个大惊喜,不过我们得先喝一杯。还喝一样的吗?"

罗奇小姐说她还喝原来的,维基去了吧台。罗奇小姐不知道接下来会发生什么事,她猜想,朋友之间在这种场合下经常会发生类似的事,被惊喜的人不会像令人惊喜者那样从惊喜中得到同样多的快乐。为了预测这个惊喜,她预感到维基已经订婚了,要么会离开这个小镇,要么会在其他地方舒适地安顿下来。她不知道自己为什么会有这种感觉,但这与维基在过去五分钟里的谈话和举止某种程度上吻合起来了。

维基端着两杯酒回到座位上,坐下来说道:"好了,敬你一杯。"然后喝了起来。

"好了。继续吧,"罗奇小姐说道,她用欣喜的神情掩盖了淡淡的疲惫感,"告诉我,什么惊喜?"

"你说的佩恩夫人……"维基说着,又抿了一口酒。

"怎么了?"

"我已经见过你说的佩恩夫人了,"维基说,"我已经跟她促膝长谈了一次!"

"不会吧,真的吗?"

"嗯嗯……"(维基有一个相当令人恼火的习惯,罗奇小姐以前就注意到了,她总是用"嗯嗯"代替"是的"。)"所以,你觉得怎么样?"

"什么怎么样?"

"我要来陪你了,我亲爱的。罗莎蒙德茶室马上要来一个新房客了!"

"不会吧!"

"没错,是真的。这事都敲定了。你觉得怎么样?"

"但是,亲爱的,这太不可思议了!"罗奇小姐说着,眼睛里浮现出一层淡淡的光晕,这种光晕总是笼罩着那些一边宣称非常高兴、实际上却在快速思考的人的眼睛。

"是的,太神奇了,对吗?"维基说,"现在我们可以在一起了。"

"但是,你的意思不是说,"罗奇小姐说,最后终于设法完全驱散了眼睛里的那层薄雾,"住在茶室里吧?茶室里已经满员了,不是吗?"

"是的,就住在茶室里。你说的那位夫人——她叫什么来着——巴特?"

"巴拉特?"

"是的,巴拉特太太。她睡得不好,因为房子前面的交通噪音太大了,她要搬到马路那边一个安静的房间去,所以我就可以搬到她的房间去。"

"什么——就在我隔壁?"

"是的,佩恩夫人是这么说的。就在你隔壁。你觉得怎么样?"

"可这太不可思议了!"罗奇小姐说,"你为什么要去找她呢?"

"哦,我也不知道。你告诉我她可能会做些什么,所以我就鼓起勇气,昨天过去找她。她也认识乔丹先生。我下下周就搬过来。"

"好,"罗奇小姐说,"我觉得这太不可思议了!"当她听到更多细节时,她不停地说"好",不停地说"太棒了"。但是,她的内心并没有完全同意她所说的话,而是不知为什么感到有点受伤,她的大脑忙着展望未来,看看有什么原因(如果有的话)让她感到不安。也许应该用"被冷落"这个词,而不是"伤害"。她觉得自己受到了冷落,因为正是她,作为镇上那个孤独的德国女孩的仙女教母,提出了维基到罗莎蒙德茶室来住这样一个在当时看来是大胆而冒险的建议——而现在,无需她的帮助,这一切都不费吹灰之力地发生了,被冷静而平静地安排好了。你几乎可以说,这一切都是背着她发生的!这种感觉最糟糕的是,她不仅要忍气吞声,还要装出一副绝对欣赏的样子!

"好吧,"过了一会儿,她说,"我想,这需要再喝一杯来庆祝。"然后,她端着空杯子去了吧台。

罗奇小姐刚到吧台前——此刻吧台已经挤满了人,还得等一会儿才能给她上酒——就看到了自己一路以来是多么的卑鄙、渺小和荒谬!她到底怎么了?这关她什么事呢?这个可恶的女人为什么就不能听从朋友的意见,自己做好安排住进寄宿旅馆呢?为什么她不能吸引男人(如果她能吸引男人的话)呢?为什么男人不能带她出去(如果他们带她出去的话)呢?她为什么不能以一种相当荒唐、过时、"异国风情"、卖弄风情的方式谈论男人呢？她（罗奇小姐）是变成老处女了、占有欲强、嫉妒心重、心胸狭隘，还是怎么了？她真得好好管管自己了。

感受到所有这些争论的力量突然涌来，她心中受伤的感觉就像被驱散了一样，她带着完全不同的心情回到了那张放着饮料的桌子旁。

她们兴致勃勃地聊了大约十分钟，然后走到黑暗中，一起走了一段路，在一个拐角处分开了。

"我们很快就要同路一起回家了！"维基说。

"是的，非常快的！"罗奇小姐说，她注意到这一次她的心在回应她的声音，她完全恢复了对整件事的平静和快乐。

她不知道，这种宁静和幸福的感觉是完全取决于她的新态度，还是部分取决于她体内的三杯酒。

当她走进罗莎蒙德茶室时，一想到这三杯酒，她不经意间又想到了另一个问题：在这三杯饮品中，她付了两杯的钱，而维基只付了一杯的钱，而且这种不平等的付款方式实际上还发生过三次。她为自己的这个想法而自责。

她发现，她总有一些让自己自责的想法。这时，她突然意识到，她斥责自己的想法很少不是精明而富有成效的想法：她也因此斥责了自己。

第四章

一

黎明用灰蒙蒙的光线缓缓洒满教堂街，揭开了战争中的另一天。

正因为如此，这个黎明与和平时期的黎明没有任何不同，就像星期天的大自然与工作日的大自然没有区别一样。由此看来，黎明本身似乎已经被无情地控制在战争中，被迫改变了它正常的存在方式，被贝文军队给征召入伍了。

然而，随着冬日微弱光线的增强，一件迷人的事情发生了：白天的时候可以打开遮光窗帘，星星点点的灯光从早起的人们的窗户里照射出来。这些灯光一直亮了十来分钟，在这段时间里产生了圣诞贺卡的效果，短暂地恢复了，或者说是模仿了，战前快乐而轻松的照明安排。

同样的事情也会发生在傍晚时分，其他社会慈善家们会在规定允许的最后一刻才拉上遮光窗帘。当然，傍晚的灯光与清晨的灯光所营造的氛围截然不同。在一天结束的时候，这些灯光舒缓地诉说着轻松、娱乐和安宁；而在早晨，这些灯光强烈地燃烧着，诉说着新的紧张，诉说着生活的战斗，诉说着未来一天的艰苦努力和焦躁不安。

在罗莎蒙德茶室的围墙里，那些躺在床上的人们对外面发生的事情几乎一无所知。对这些人来说，教堂街一天中的这段时间仍然是一个苍白无力的秘密，要么从未向他们揭露过，要么只有当他们中的某个人出于某种奇怪而被迫的原因，起床赶早班火车去伦敦时才会揭露。然后，这个冒险家会为他所看到的新鲜、新奇和宁静而高兴和感动，会意识到自己进入了一个秘密。但是，第二天，睡梦中的他又会完全忘记这个秘密的存在。

街上的某些声音的确会飘进闷热的、拉着窗帘的卧室——偶尔有货车驶过，送牛奶的人和扫大街的人不时扰乱宁静，匆匆赶早车的几个人的脚步声，骑着自行车去从事与战争相关工作的姑娘们聊天的声音——但是直到希拉开始上蹿下跳地敲门，罗莎蒙德茶室的一天才算拉开帷幕。

即使这个时候，房客们也没有完全醒来。相反，每个客人都有一段茫然的时间,在床上翻来覆去,重新认识自己的问题和全世界都在进行战争的事实,最后,他们才起床拉开窗帘,凝视着自己一觉醒来之后眼前可怕的残垣断壁。夜后清晨的感觉并非只有放荡的人才会有。对每个人来说,每个清晨在某种程度上都是前夜之后的清晨,放荡的人只是在更强烈的程度上体验到了这种感觉。翻动的床单、陈旧的空气、冰冷的热水瓶、昨晚脱下的衣服,都散发着一种颓废的气息,即使是最纯洁的少女也别想摆脱这种气息。睡眠是粗俗的,是一种放纵的形式。一觉醒来,任何人都会隐约觉察到自己最近的恋情放纵、微微的个人不安以及悔恨,否则就不可能醒着去观察睡眠带来的龌龊后果。

这种对动物性自我的感知,因为同伴们在卧室里更粗野的自我留下的某些印象而变得更为沉闷。这些印象部分以鬼魅和神秘的方式传递给客人——在不明位置的水管发出的潺潺和悸动声中,这些水管似乎在整个房子里相互呼应着,轻轻的、令人毛骨悚然;在无法辨认的窗户尖叫着被打开或砰地关上的声音中;水龙头里的水突然哗哗地流进脸盆,撞击声、砰砰声、牙刷敲打牙杯的声音、祛痰声、咳嗽声、巨大的清喉咙声、擤鼻涕声,甚至是真正的呻吟声。仔细聆听这些声音,就能感受到寄宿者卧室生活中独特的强度,仿佛他们正在利用这些短暂的私密性,急切地为生活中的生理需求提供服务。

佩恩夫人怒气冲冲地在楼下敲着她的铜锣,宣布一天的正式开始,以及隐私的终结。

二

斯怀特先生养成了第一个到餐厅吃早餐的习惯。从来没有人比他先到。他一般会提前五分钟，甚至十分钟到，总会坐在角落里那张四人桌旁。他似乎在焦躁地等待着一天的开始，等待着坐上他那统辖的位置，等待着从一开始就掌控这一天。无论他们出现得多早，那些跟在他后面进来的人，在说了一声"早上好，斯怀特先生"并吸引了他的目光后，都会有一种因迟到而被罚站的恍惚感。至少，罗奇小姐就有这种感觉。

今天早晨，也就是她和维基·库格曼在"河畔太阳"喝酒的那个星期六的第二天，罗奇小姐在铜锣刚敲响的时候就进了房间，和斯怀特先生一起坐到了自己的位置上。

"早上好，"斯怀特先生说，"你今天很早嘛！"但这并不是一句恭维的话，它仍然意味着她迟到了。这只是说长期晚到的罗奇小姐今天出现得相对较早而已。

"是的，"罗奇小姐说，"我猜今天是挺早的。"

斯怀特先生一边用手指把玩着他的餐刀，一边静静地盯着罗奇小姐。和她单独在一起的时候，他经常这样盯着她看，完全没有意识到她的尴尬,甚至没有意识到自己正在这样做。那是一种全神贯注的凝视,他想从她的外表或举止中发现一些新的细节,从而说出或想到一些难听的话。罗奇小姐对这种目光早有心理准备,她带着一份报纸来武装自己。现在她拿起报纸,看着头条新闻。她轻蔑地意识到,她手头的报纸是《新闻纪事报》,严格地说,这是斯怀特先生的禁忌。所有的报纸,除了他自己拿的《每日邮报》之外,都是被斯怀特先生严格禁止的。但是,个人自由之火是不会熄灭的,即使是在罗莎蒙德茶室这样一个不可能有个人自由之火生存的地方。事实上,不是罗奇小姐独自一人在反抗,斯蒂尔小姐拿的是《泰晤士报》,而普雷斯特先生拿的是《每日镜报》。

此时,斯蒂尔小姐进来了,随后是巴拉特太太,不久之后,普雷斯特先生进来了。希拉递上一盘粥和几片吐司,早餐开始了。外面的天空已经放晴,低垂在空中的太阳带着只有冬天才有的黄灿灿的光辉照进了房间。在这刺眼的光线下,斯怀特先生显得比以往任何时候都更加干净整洁,健康焕发。罗奇小姐对斯怀特先生的死亡不抱有任何希望了。

就像喝汤一样,斯怀特先生喝粥时也是一板一眼,一分钟左右的时间里什么话也没说,在这段时间里,餐桌上的餐具和器皿都在不停地移动和调整。即使在这个场合下,也爆发了一场战争,而且还取得了它特有的群集效应,每个客人都有一个单独的盘子盛黄油,一个单独的碗盛糖。这除了带来不便之外,还造成了一种令人不快的吝啬和小心翼翼的气氛,使罗奇小姐更加自觉和为难。因为她十分清楚,她每切下一块黄油、每挖一勺糖,斯怀特先生的眼睛都盯着她。如果她在一周内过早地吃了太多,他就会无声地指责她贪婪或浪费;如果她把这两样东西留到一周结束时再吃,当着他的面吃掉后还剩下一些,他就会指责她吝啬和顽固。总之,没有什么能让这个男人满意的。

"很高兴又见到太阳了,"巴拉特太太说,"看起来今天天气不错。"

斯怀特先生抬起头朝窗外望去,他把这句话当成是对自己说的,就像他把在这个房间里说的所有话都当成是对自己说的一样。

"是的,"他说,"一个天气晴朗的早晨,在特罗斯……在名副其实的特罗斯——一个美丽的早晨……"说完,他继续喝粥。

当斯怀特先生开始说这种特罗斯语言时,通常意味着他的心情不错。罗奇小姐希望他能继续这样说下去,而他也确实这样做了。

他对巴拉特太太说:"在这个美好的早晨,你是否要到大街小巷去,向英明的所罗门国王致以你应有的敬意?"

巴拉特太太和罗莎蒙德茶室里的所有人一样,都熟悉这种特罗斯语,她很快就能把这句话翻译出来,明白斯怀特先生是在问她是否要出去散步。因为她每天早上都要出去散步,而且斯怀特先生也非常清楚这一点，所以这个问题完全没有意义，而他问巴拉特太太这个问题完全是为了锻炼一下他那古怪而丰富的辞藻。

"噢，"巴拉特太太说，"事实上，我十二点要出去看下医生。"

斯怀特先生停顿了一下，想了想如何回应。

"啊，"他说，"这么说，你是在正午时分去那个拜访多药之人，是吗？"

"是的，"巴拉特太太说，"没错。"

"这么说来，我想，"斯怀特先生说，"各种各样的药丸和药水，是用来保健养生的吗？"

巴拉特太太没有回答他。

"至于我，"斯怀特先生说，"我要到千卷书屋去，到那里弄一本侦探小说或其他庸俗的小说，消磨时光。"

"是的，"巴拉特太太说，"我也想换本书。"

"那我的罗奇女士呢？"斯怀特先生问，"她今天早上打算做什么打发时光呢？"

"我还没拿定主意。"罗奇小姐尽量和颜悦色地说。

"也许，她是要到咖啡馆去，"斯怀特先生说，"在那儿和她的大陆朋友们一起喝那有毒的棕色液体？"

啊哈，又来了，罗奇小姐心想，他迟早要变得令人厌恶。他说这话是在指维基·库格曼,以及她在星期六早上和她一起喝咖啡的习惯。

"你什么意思?"她问,"我的大陆朋友们?"

"哎,"斯怀特先生说,"你难道忘了,在一个星期六的早晨,你和一位条顿民族出身的女士在一起吗?"

"哦,"罗奇小姐说,"你是说维基·库格曼?没错,我确实和她喝过咖啡。"

"那是她的名字吗?"斯怀特先生说。这时独自坐在桌旁的斯蒂尔小姐插了一句:"是的。我看见你和她在一起,"她说,"她真的要搬到这儿来吗?"

"什么?"斯怀特先生说,他的惊讶把他打回到普通的英语模式,"我是不是听见你说她要搬来这儿了?"

有一段时间,罗奇小姐一直在想,什么时候这个消息会传出去。她自己和佩恩夫人说过这件事,但因为某种原因,她一直没有勇气向其他人提起。尽管,整件事实际上都是维基·库格曼和佩恩夫人在她不知情的情况下独自安排的,但她仍然觉得,因为在寄宿旅馆中大家都知道在镇上只有她是德国女孩的朋友,所以实际上她对此事是有责任的,而且必须承担这个消息可能在客人中引起的任何震惊或怨恨情绪。现在,当她准备好独自面对这一切时,却从一个意想不到的地方得到了帮助。

"是的,"巴拉特太太语气非常平淡地说,"她下周三会来。"

"什么?"斯怀特先生说,"她来这里,来旅馆住?"

"是的,没错,"巴拉特太太说,"我知道,因为她要来住我的房间。我要去住马路对面靠后面的一个房间——远离噪音。"

"好吧,"停顿了片刻,斯怀特先生一边说,一边瞪着罗奇小姐,"这非常好!我得说,这非常好。"

"什么非常好?"罗奇小姐突然气势汹汹地问道,"你什么意思,斯怀特先生?"

"噢,我应该说这是件好事。我应该说,它好得不能再好了。"

"是的,是件好事,"斯蒂尔小姐在桌旁严肃地说,"我认为,她过来住会是件好事。"

"噢,所以你也认为她过来住是一件好事吗?你觉得呢,巴拉特太太?"

"是的,我也认为很好,"巴拉特太太说,"我听说,她人很好。"

"好吧,很高兴听到你们的意见,"斯怀特先生说,"就我个人而言,这让我不知道我们为何而战,仅此而已。"

"好吧,"斯蒂尔小姐说,她显然处于好斗的情绪中,看起来好像随时都会用一些历史知识来对付斯怀特先生,"我们的战斗不是针对个人,对吗?我们是反对法西斯主义,不是吗?"

"我不知道什么法西斯主义——"斯怀特先生想开口辩解,但是斯蒂尔小姐打断他继续说。

"事实上,她在这里生活了大半辈子。如果她已经接受了我们的生活方式和我们的国家,那我们就应该给她我们的保护,不是吗?"

"我不知道什么保护——"斯怀特先生想开口辩解,但是斯蒂尔小姐打断他继续说。

"那就是民主制度要做的,不是吗?"她说,"如果它做不到这点,那它就没有任何意义,不是吗?"

"没错,我完全赞同,"巴拉特夫人说,"她几乎一辈子都生活在这里的,对吗,罗奇小姐?"

"噢,是的,"罗奇小姐说,"她确实一直生活在这里。"

就在这时,希拉把粥盘撤下,上了一个装有一小块培根的盘子,盘子里还放着一大堆水汪汪的美国脱水鸡蛋。

"好吧,反正这也不是我战斗的目的。"斯怀特先生最后说,给人的印象是,他的原则让他自动地参加了第二次世界大战,而且他在这场战争中是一个令人敬畏且不知疲倦的战士。

"请问她要坐哪里呢?"过了一会儿他问道,眼睛又盯着罗奇小姐,"她要和你坐一桌吗?"

罗奇小姐正要回答这个问题,这时巴拉特太太替她回答了。

"我希望她不会跟你们坐，"她说，"我希望她愿意过来跟我们坐在一起。我们这里完全还能再坐一个人。"

"是的，我也是这样希望的。"斯蒂尔小姐说。

斯蒂尔小姐的这一举动略显荒唐，因为斯怀特先生、巴拉特太太和罗奇小姐坐的那一桌，严格说来，根本不关斯蒂尔小姐的事。不过，这也是斯蒂尔小姐支持罗奇小姐的唯一办法，也再次表明她对这件事的看法。

现在，罗奇小姐清楚地看到，整个罗莎蒙德茶室对一个德国姑娘的出现不但没有表现出任何反感的情绪，反而表示出热烈而积极的欢迎。所以，事实上，维基·库格曼比任何一个普通的新来者所面对的恐惧和怀疑都要少，而且她的起点比白手起家要好得多。

"噢，这么说她要坐在这里，对吗？"斯怀特先生说，但是没有人回应他。

"好吧，我们走着瞧，"斯怀特先生说，"有时候，碰巧两个人也能玩那种游戏的。"

就在这种神秘而又充满威胁的气氛中，他沉默地吃完了这顿饭。

和往常一样，斯怀特先生不说话，其他人也都不说话。房间里只听见刀叉碰击盘子发出的响声，杯子举到嘴边又被轻轻地放回茶碟的声音，以及椅子发出咯吱咯吱声。

三

早餐后,斯怀特先生习惯到休息室去。在这里,他坐在椅子上,戴上眼镜,翻开报纸,如果有其他人在场,就断断续续地看到一些他所谓的"友人"的消息——比如,看到我们的朋友俄罗斯人在某个地区撤退了,看到我们的朋友意大利人正在遭受轰炸,看到隆美尔朋友做了这个,看到蒙哥马利朋友做了那个,看到丘吉尔朋友下个星期要广播,伍尔顿朋友正在进一步篡改"国家的食品储藏室",贝文朋友发布了一项关于人力的新法令,等等,不一而足。

这样子大约二十分钟后,他离开休息室,走进自己的卧室。人们听到他在卧室里野蛮地走来走去,至少半个小时——或者说,在他的租客同伴们看来,至少走了半个小时。他在房间里干什么呢?这个秘密每天早上都在无休止地重复着,却从未得到澄清,就像一片阴沉沉的乌云笼罩着罗莎蒙德茶室。

当他最后走出房间时,其他年长的房客们已经开始忙活他们的事情了——也就是说,这些人的事实际上在这个世界上也不叫事,只不过是小心翼翼地带着其各自衰弱的身体,沿着没有不适和疾病的道路,朝着消灭他们的终极疾病的方向迈进。

相对活泼的斯蒂尔小姐通常是第一个出发的,在她之后是巴拉特太太。斯蒂尔小姐喜欢在街角与熟人促膝长谈,而街角实际上会刺激她的口才和表达，所以她总是找借口去镇上购物；而巴拉特太太则不喜欢购物，也不喜欢交谈，她把"散步"本身当作目的。

如果巴拉特太太感觉不对劲，她就会满足于短途步行，包括在邻近教堂后面的墓地散步；不过，如果她身体足够好，而且天气足够暖和，她就会到洛克顿公园去散散步，坐下来休息休息。

尽管这两种强制性的远行都令人黯然神伤，但巴拉特太太的心灵却没有因墓地而感到悲伤，反而因为公园而感到悲伤。事实上，对于那些沿着柏油路一瘸一拐地慢慢走来、坐下来凝视的老人而言，公园就是墓地，是希望、活力、热情、生机的墓地，是积极意义上的生命本身的墓地。

墓园绿意盎然，优雅地诉说着死亡和古老，而公园则枯枝败叶，面目狰狞，在不成熟的市政环境中诉说着死亡中的生命或生命中的死亡。虽然洛克顿公园面积很小，几乎是一个微型缩影，但它与全国各地的其他同类公园非常相似，而且有一个奇特的特点，那就是它位于一条河的旁边。洛克顿公园占地面积不大，却有一个绿色的保龄球场、一个绿色的推杆场、一个棕色的硬质网球场、一个为儿童准备了秋千的沙地围栏，以及一个供各种游戏的小型娱乐场所。

沥青路穿行其间，有些地方还铺设了草坪和花坛，到处装点着约十英尺高的新树。尽管公园用这种方式为公众提供这么多设施，但是即使是在夏天，也很少有人利用，更多的是被禁止，例如骑自行车、随地吐痰、在草地上行走、摘花、污损公共财产、搬走公共椅子，以及未经允许使用保龄球场、推杆果岭或网球场，等等，这些条例都用白色字体写在绿色的告示板上，到处可见，并在某些情况下管理方会悬赏四十先令给那些愿意主动承担查探违反规则行为的业余侦探。

公园每隔一段距离就设有一个有靠背的舒适座位，面向河流，每个座位可容纳五六个人。巴拉特太太就坐在这些座位上，她对推杆、保龄球和网球都不在意，也没有欲望去骑车，或者移动、破坏这些椅子。今天上午，巴拉特太太也不是一个人在追求这个目标，出乎意料的晴朗和温暖的天气让洛克顿的寄宿旅馆里又多了几个有着类似想法的人，而且他们的年龄和体质也很相似。

这种微弱的、半蹒跚的生命死亡游行也不仅仅发生在冬日的阳光下的洛克顿。尽管它发生得如此悄无声息，就像暗中发生一样；尽管它完全不为繁忙的火车乘客、上班族和工人所知晓，不为他们所察觉，但它就像去乘火车、去上班和去工厂一样，是英国社会的一个普遍特征。每天上午十一点，在英国的各个角落——公园、花园、海滨——在棚子里、座位上、疯狂铺设的小角落里，在墙下、树篱后、花坛前，这些迟缓而沉默的议程正在进行，不被风吹，却被这个世界遗忘。

他们大多不看书、不看报、不织毛衣，只是注视着河水和路过的人们；他们在行为上，既出奇地害羞又出奇地大胆（害羞之处在于他们很少相互交谈，大胆之处在于他们会毫不犹豫地挤进长凳上陌生人中间的空位），这些人坐在一起就是两个小时，离开时也一言不发，并在一般情况下遵守他们自己特有的先例。随着时间的推移，某些席位和职位在某些个人或团体的影响下逐渐扩大，而这些权利一旦确立，几乎不会受到侵犯，除非有新来的或者临时到这里来的。事实上，每一个真正的老手都会在适当的时候获得属于自己的一个专有的座位，这实际上是他的特权——当然，在风向不利的时候，这种特权也会变成一种义务。

这些常客中的坚冰终于被打破了，谈话开始了，从这些谈话中，渐渐地、怯生生地产生了最悲怆的板凳友谊。两个老太太从谈论天气开始，接着会比较各自的寄宿处条件、吃饭时间、设施、食物和安静程度。由此，她们会一天一天地、逐渐揭示自己以何种方式、在何处生活的动机，她们以前的生活方式，她们身边人的所作所为，她们认为自己的真实背景与现在居所的虚幻和临时背景的对比。很快，她们就会感到自己找到了一位超脱而睿智的倾听者，在新奇的环境中与她们相遇，而这种环境与她们在寄宿旅馆中同其他任何人交谈的环境完全不同。她们会有一种逃学的感觉,或与其他学校的人一起逃学的感觉。她们会开始期待这些看似随意的会面，最后会羞涩地默认她们定期会面，会发现她们准时到达自己的位置，说到"早到"或"迟到"，甚至兴高采烈地、密谋地用包或报纸为对方"保留座位"。

又或者，两个老头，起初相互敌视和猜疑，后来学会了相互容忍——在回溯往事的旅行中，相互追问，必要时通过遥远的家族关系，盘根问底——在过去的单位、人物、领导或体育赛事和技术问题上，不厌其烦地相互争吵——但最终敲定了一种粗鲁的相互尊重，淡化了厌恶。又或者，一个老太太可能会与一个老头——也许是一位来自印度的退伍军人——建立起同样的关系。她会像德斯多德莫娜一样倾听他，被他的魅力所吸引，被他的风度所折服，最后与他一起向镇里的方向走去，与他分开时，她几乎是带着激动的心情认为自己与一位"绅士"交谈了，并为这一事实而感到欣慰，这不仅是因为它本身的缘故，还因为她与等待她享用午餐的机构中的任何人都不同，她能够在平等的基础上理解和认识这样一个人。因为几乎所有住在洛克顿寄宿公寓里的人都知道，自己来到了这个世界上，纯粹是命运的捉弄才让他们来到了这里，并且在他们的租客同伴面前彬彬有礼却又屈尊就卑地扮演着某个角色。

就像大千世界对洛克顿公园此时此刻发生的事情毫不知情一样，这些老人也对大千世界发生的事情一无所知——尤其是对前一天晚上，在这些座位上，或者这些座位的神圣角落里发生的和此前已经发生的事情，他们毫不知情，而此刻他们正端庄地坐在这些座位上。

尽管他们对美国士兵与镇上女店员的丑闻行为也略有耳闻，这些丑闻的确已成为人们茶余饭后的谈资，但由于他们对这些事情视而不见，或者说是从心理上疏远此类事件，所以他们的脑海中从未闪现过这样的念头：每天早晨，他们都在进入这些不端行为的剧场，得意扬扬地占领着前排位置。倘若他们脑海中闪现过这样的事实和前一晚的情景，倘若完整的故事被详细地披露出来，他们一定会惊恐和厌恶地避开这个地方，而事实上，他们认为这个地方只属于他们自己，并且由于她们早晨的光顾而显得格外体面。同样，在黑夜里的美国人和女店员们对白天发生的事情也一无所知，但他们毫无顾忌，就像河水不分昼夜地流淌着一样。

今天早上，巴拉特太太比往常走得远了一些，无意中坐在一个角落里的座位上，那个座位正好是中尉想要热切地、长时间地亲吻罗奇小姐时会本能地挑选的位置。

由于斯蒂尔小姐和巴拉特太太分别在城里和公园里，罗奇小姐则像躲瘟疫一样躲着他，而普雷斯特先生则忙着他的生意，所以晴朗的早晨，在罗莎蒙德茶室里，斯怀特先生没有人可以交谈，他大部分时间都在休息室里写那些泄愤的信件。在他穿上大衣、戴上帽子之后，他就把这些信件带到邮局去，用最尖酸的方式寄出去。一路上，他会路过路边的邮件投递箱，但他不信任它们，因为它们不能从根本上解决问题。

之后,他会回到罗莎蒙德茶室,在那里焦躁不安地徘徊,或许还会从那里快速地、虎视眈眈地再往城里跑一两次,去打听一下,买点东西,或者换本书——总是把助手们弄得团团转,还摆出一副愚蠢而嘲讽的姿态,说他很抱歉,毫无疑问,这完全是他的错。

到了下午一点差一刻时,他又回到了休息室,隔了这么久,他已经迫不及待地想再次挥舞起寄宿旅馆的大棒,他希望巴拉特太太、斯蒂尔小姐或罗奇小姐能回来,但却不希望普雷斯特先生回来,因为他从不在饭前出现在休息室,而且几乎总是最后一个到餐厅就餐的。

事实上,普雷斯特先生是寄宿旅馆的害群之马,而这不仅仅是斯怀特先生一人的看法。

第五章

一

虽然普雷斯特先生说话时带一种"常见"的口音（但他很少说话），穿着也很"普通"，但他似乎完全没有要与人为伍的野心，而是经常独来独往。这种奇怪的自相矛盾，再加上大家都知道他总是沉溺于去某个当地酒馆喝啤酒，这种完全异域而又怪诞的做法为他赢得了"滑稽""奇怪""古怪""怪诞"的名声。虽然他的行为举止过于安静，来来去去都显得很斯文，不至于惹人反感，但人们还是认为他在某种程度上有点出格。当他走进餐厅时，餐厅里便鸦雀无声，人们都盯着他，试图发现他的秘密。

普雷斯特先生年近六旬，身材魁梧，嗓音嘹亮，面容彪悍，某些音乐厅喜剧演员和拳击手都有这样的面容：好像是他们的脸上都带有被鸡蛋、蔬菜和死猫扔过的痕迹，这些都是他们在过去的周六晚上拼命表演时留下的。事实上，从普雷斯特先生的脸上可以找到他的秘密：作为"阿奇·普雷斯特"，他很久以前就在地方童话剧中登台献艺，并在伦敦和地方的综艺节目中获得过一些殊荣。

罗莎蒙德茶室的人对此一无所知，尽管他们中间有传言说他曾经登上过"舞台"，或者与"舞台"有关——这个传言只会增加他们的恐惧和不悦。很长一段时间以来，斯怀特先生甚至和他在楼梯上碰面时都无法保持礼貌，最后终于把他彻底排除在社交圈子之外。其他客人虽然没有主动表示恶意，但似乎也从斯怀特先生那里得到了暗示。

因此，罗莎蒙德茶室对普雷斯特先生几乎全体一致，都采取了高高在上的态度，甚至无法猜测普雷斯特先生对罗莎蒙德茶室，除了谦卑和否定之外，是否还有其他态度。但是，事实上，他对罗莎蒙德茶室的态度就像一个有修养的人对最可怕的非利士人一样，抱着一种至高无上的、从容不迫的、确信无疑的蔑视；就像一个有创造力、有教养的人一样对小镇上的无知者抱着一种不屑一顾的态度，因为他们的眼光太狭隘、太渺小了，根本无法认真对待他们的生活，他把罗莎蒙德茶室看成一个动物园，里面饲养着各种类型、容易辨识的畸形动物，是捉弄人的命运把他带到这里来的。

普雷斯特先生太有礼貌了，而且天生谦虚宽容，不愿意让人看到这一点；因此，罗莎蒙德茶室实际上是被普雷斯特排斥在社交圈子之外的，这种奇妙的转折一直没有被人察觉。

当然，之所以会出现这样的错误，是因为罗莎蒙德茶室没有意识到，它所认为的普雷斯特先生的"普通"的表象，正是普雷斯特先生本人所看重的他的文化脊梁：他自己的教养和生活方式、他在音乐厅的经历、他的成就、他的传统、他的朋友，以及他曾与过去和现在许多知名的明星保持联系，而且还能叫出他们的教名和他们交谈的事实；如果他去城里，还能在酒吧听到他们自由奔放的语言，听得懂他们的职业笑话——所有这些对普雷斯特先生来说，都不是模糊的耻辱，而是满足和骄傲的理由。

然而，普雷斯特先生知道，自己一生从未彻底成功过，现在的成功属于过去，或多或少处于被迫退休的状态，而且在伦敦的熟人圈子之外完全不为人知，并且这个熟人圈子在逐年缩小。因此，他是一个痛苦的人——他的行为举止表明了他的失败感和无用感。事实上，他既有某种前拳击手的性格和举止，也有某种前拳击手的外在形象——一种被生活击打得傻里傻气的气质，一种对事件的顺从、温和、愿意取悦于人的气质，一种整天沉浸在像狗一样的阴郁和心不在焉中的气质。

每个月都有两三次，普雷斯特先生午餐和晚餐时都不在餐厅里的座位上，直到第二天才会露面。早餐时，这个独来独往的男人的面容和举止会发生彻底的变化，他穿上了笔挺的休闲西装，取代平日里穿的正装或宽松的斜纹软呢，挺括的衬衫白领和闪闪发光的领带，散发着清新和年轻的气息，这一切都在无声地向客人们预先警告着他午餐和晚餐的缺席。普雷斯特先生要去城里，早餐后不久，就可以看到他在去车站的路上，穿着紧身大衣，肩上垫着厚厚的衬垫，戴着礼帽和皮手套，总的来说，看起来比平时要"少见"得多。

罗莎蒙德茶室的人对普雷斯特先生在伦敦做什么毫不知情，既不清楚他的任何具体的业务，也不清楚他到底会和什么人如何度过这一天。这一天除了在过去的氛围中追求兄弟般的友谊外，实际上什么也不会做。

脑海中带着这个目标，他总是始终如一地在十二点左右出现在莱斯特广场、查令十字路或圣马丁巷附近的某个酒吧里，喝着啤酒，祈愿着万事如意。他很清楚，对于他这个行业的人来说，某些公共场所会有一些时尚和热潮——这些场所的流行或神秘莫测，或根据附近某些戏剧经纪人、经理或演出场所的动向而有所变化——他发现，在他退休后相对与世隔绝的日子里，很难跟上这些迁移和时尚了。出于这个原因，他有时会很幸运，但有时却很不走运，他兴致勃勃、信心十足地走进一家酒吧，一个月左右前，这里还挤满了他的老朋友和他曾经认识的职业精英，但现在却发现这里冷冷清清，空空荡荡，只有一些外来顾客在做着疲软的生意。然后，他想也许自己来得太早了，便耐心地等着，又点了一杯啤酒，最后，他假装冷漠地问女服务员，某某人"来了"还是"最近在忙"，或者是否有其他人"最近来过"——女服务员冷漠地回答他，完全不理解他的精神需求。

在其他时候，当他完全没有期待的时候，却会有最多的人向他走来。一进门，他就会受到朋友的欢呼，或者被卷进一个熟人的圈子，在这些人中间，他越来越兴高采烈地买酒喝。在这种情况下，一件事会引出另一件事，一家酒馆会引出另一家酒馆，人们认识哪里或听说哪里有"人群"，就会转移到哪里去。他们会互相介绍，友谊会重现，或开花结果，而普雷斯特先生，在他的老本行里，现在完全是兴高采烈，而不是为自己的过去而沮丧，他与眼下的名人，与像特林德、阿斯基或菲尔德这样有地位的人，在平等的基础上会面并谈论专业问题，他会蒸蒸日上。

稍后，他会跟他认识的一些朋友喧闹地到酒吧楼上吃午饭。下午，他会去看演出，或去看电影，或去工作中的朋友的化妆间喝茶；晚上，他会再次来到酒吧，继续午餐时的约会。最后一班火车大约在十点半把他送到洛克顿车站,然后他就会出现在黑夜中,满身酒气,但更多的是对过去一天的回忆,对他所遇到的朋友和名人——他称之为"大星探"——的回忆,对这种生活方式的幽默、人性化、宽敞和壮丽的回忆,与河畔小镇的拘谨和琐碎完全相反。在这种时候,他对洛克顿和罗莎蒙德茶室的蔑视比以往任何时候都更加深刻和富有哲理。如果说他从车站走罗奇小姐每天晚上走过的那条路回来时,偶尔会跟跟跄跄,甚至被绊倒,那很可能是因为停电的缘故,无论如何,他总是能及时振作起来,悄无声息、堂而皇之地走进罗莎蒙德茶室,而茶室里的住客对他的状况及他对他们对自己的看法仍然一无所知。

二

对于普雷斯特先生来说,在伦敦的其他日子里,尽管他在合适的时间里来到了西区合适的酒吧里,但还是会出一些差错。他的朋友们会在那里,但正忙着讨论,或者因为在和陌生人说话而不能以通常的方式跟他打招呼,或者背对着他,或者因为人多而无法接近,或者如果最后正巧遇到,就不得不喝完酒,到别处去了。星星也会出现,但是今天,它们仍停留在自己的轨道上,远在酒吧的另一端,周围可能还围绕着可恨的或可鄙的卫星。

在这些不幸的日子里,普雷斯特先生独自一人站在吧台前,喝着自己买的啤酒，偷偷地看着正在发生的一切，沉默、尴尬、自责，最后不得不读一份报纸，甚至从口袋里掏出一封信，假装在重新考虑信中的内容。此时，普雷斯特先生的失望之情远胜于他圈子里的人没有露面的日子。他也没有挽救这种事态的能力。他太骄傲了，不屑去任何地方"搅局"，因为他私下里总是害怕被"淘汰"，害怕如今"无人问津"。他痛苦地立在一旁，无法完全相信他在人群中的孤独是一件完全偶然的事情，尽管事实上大部分情况下确实如此。有时，在这样坚持了一个多小时后，他会喝光啤酒，然后到街上去，不和任何人说一句话，一个人吃午饭，看完电影后，傍晚早早地坐火车回家，偶尔也会和罗奇小姐坐同一列火车，坐在同一节车厢里，当他坐在对面看报纸或望着窗外时，罗奇小姐会好奇地观察他，并从他那身笔挺的休闲服和大衣中感受到他的悲伤和失望。

但在这样的夜晚，他决不会去罗莎蒙德茶室用餐；因为白天的失败让他未能如愿以偿地尽情享乐，所以让他回罗莎蒙德茶室去吃晚饭，对他来说要求太过分了。因此，他会去他最喜欢的当地酒吧转一圈，在一家酒吧吃了个三明治，就早早上床睡觉了。

三

第二天，这位前喜剧演员就会穿着他的斜纹软呢套装去吃早餐，他的正常生活又将恢复。

这根本没有改变什么。他绕着小镇散步去买份报纸，或者看看当地电影院的放映时间，之后他就去教堂街的一个车库，他在那里存放了一辆自行车。他骑车去大约一公里以外的一个地方高尔夫球场。在这里，他一个人打两个小时的高尔夫球，小心翼翼地避开所有其他球手，事实上在一年的这个时候几乎没有其他球手，他会到球场最偏僻的地方，打几个球。这给俱乐部秘书、俱乐部职业球手和果岭管理员留下的印象是：他的脑子有点不正常。事实上，无可否认，很难证明他在这件事上的理智。过去，他曾在非旺场的时候与他的伙伴们在全国各地的地方高尔夫球场上打高尔夫球。那时，他曾形成一个天真而危险的想法：只要不断练习就能成为一名优秀的球员。因此，他决心利用退休后的闲暇时间来实现这一目标，并在以后让他的对手们大吃一惊。现在，经过七年紧张的脑力劳动和每天全神贯注的练习，他的对手们仍然没有被他惊讶到。

尽管他隐约意识到了这一点，但他的天真和新鲜感依然不减。此外，普雷斯特先生还拥有一种诡异的能力，那就是在某些间歇期，他可以连续四五次将球从杆头中间正中击出，只有在这种间歇期刚刚发生并且没有灾难发生的时候，他才会表现出一种奇怪的谨慎（一个疯子的谨慎），收拾球杆回家，让自己在那天剩下的时间里愉快地相信，他终于找到了高尔夫球的简单解释，而这种解释多年来一直让他无法理解。

每天早晨，人们都能在球场上看到这个痴迷的身影，他孤零零地站在远处，迷失在风中，真的需要华兹华斯的笔来描绘他的神秘和孤独，他一杆接一杆地击球，低着头，检查自己的击球方法，观察自己挥杆的路线，带着痛苦或喜悦注视着进球的结果，直到十二点一刻。

然后，普雷斯特先生在最后关头，通过一种连孩子都不屑使用的心理自欺过程，再次从混乱和阴暗中攫取了光明和信念，带着他的球杆回到专业店，骑车回家。

普雷斯特先生在罗莎蒙德茶室洗完衣服、换好鞋子后，就会出去喝啤酒，午饭时会晚到十分钟，之后，他还会避开休息室和其他人，回到自己的卧室，下午茶时也不露面，直到晚饭时间才会再出现。

客人们被他这种古怪而又独立的个性所困扰，尽管他们自己也感到微微的沮丧，但他们总是猜想，在漫长的下午，他在自己的卧室里做什么。实际上，他锁好门后，会立即脱掉外套和裤子，点燃煤气炉，躺在床上读一个西方故事（他对这种文学形式很有研究），然后就睡了。

有时，他听到楼下敲响了喝茶的锣声，就会起床出去，到邻近的糖果店喝茶；但是通常情况下，他都不会去喝茶，而是躺在床上打瞌睡，或者（当外面天色渐暗，煤气炉慢慢地发出它的存在和个性的光芒，把墙壁和天花板照得通红通红）睁着眼睛胡思乱想。

六点差一分——因为六点是洛克顿公共场所开门的时间——客人们就会听到前门"咔嗒"一声被关上,随后响起普雷斯特先生在街上走路的脚步声。

听到的这一声响,对他们来说意味着夜晚的开始,意味着在不远的将来,他们将准备晚餐、吃晚餐,罗奇小姐也将回来。

不知不觉中,客人们每晚都盼着罗奇小姐平安归来——也许因为她是他们中唯一的旅行者和冒险家;也许因为她以这种身份,有可能从世界战争和事务中带来令人兴奋的晚间新闻;也许因为在他们极度无聊的时候,不管她的感受,甚至希望目睹并分享她和斯怀特先生之间激动人心的战斗。他们喜欢罗奇小姐,钦佩她顶撞他的方式。

第六章

一

有时,在洛克顿的周末,如果有月亮照耀,罗奇小姐会在喝完下午茶和吃晚饭之前独自出去散步。

沿着河对岸的拖船路走大约半英里,她会爬上镇子北面的田野和山丘,停下来,也许是在栅栏旁,也许是在大门前,抬头看看月亮,竖起耳朵在农田的宁静中仔细倾听——就像把耳朵贴在锁孔上偷听一样。

在这样的时刻,乡村暗暗地让她了解它的广袤无边,当然,在壮观、野性和静谧中,似乎完全主宰和淹没了所有与人、与城镇有关的事物,尤其将连接这些事物的铁轨缩小到显微镜下丝线般的微小——火车的噪音在她紧张的耳边遥远地传来，就像一个庞大仰卧的有机体那巨大的腹部发出的细微的隆隆声，包裹着她和万物。通过这种维度感的调整，罗奇小姐沐浴在月光下，她的精神将恢复平静，得到安慰，并重新振奋。

另一方面，火车——罗奇小姐通常乘着它从伦敦到洛克顿——却有相反的想法。它丝毫没有意识到自己在夜色中洋娃娃般的尺寸，也没有意识到自己被周围空旷的田野、树林和山丘缩小到几乎消失的地步，而是像一个巨大的、踉踉跄跄的恶霸一样，从一个车站冲到另一个车站，在黑夜中左冲右撞，而黑夜却反其道而行之，它自己被贬为虚无。在火车眼里，夜空中的星星还不如发动机漏斗里的一颗火星重要。同样，罗奇小姐的态度也完全相反，当她最终在洛克顿车站下车时，她非但没有感到镇定、安慰和振作，反而总是充满了焦虑、胆怯和沮丧。

二

那天晚上是星期三，罗奇小姐走下月台。这是一个"著名"的星期三，她和维基·库格曼周末在镇上相遇时这样叫的——维基将在这个星期三入住罗莎蒙德茶室——她的住处。

维基曾说："我会很害羞的。"罗奇小姐曾经答应她，她们将一起踏上冒险之旅。维基会在车站等她，如果晚上太冷或者火车晚点，就在"河畔太阳"等她。喝完酒，她们从车站搭乘出租车，到维基的住处收拾行李，然后前往教堂街。

当罗奇小姐走下月台时，她意识到自己并不期待这一切，而是高兴地希望这一切快点结束。

虽然天气并不寒冷，火车也几乎没有晚点，但在关卡处却没有看到维基的身影。她对此有点惊讶，并隐约预感到发生了什么意想不到的事情，于是她顺着手电筒的光线绕到了"河畔太阳"酒吧。

在这里，她再次大吃一惊，首先是因为沙龙休息室并不像平常晚上这个时间段那样几乎空无一人，而是由于某种不明的原因，挤满了人；其次是因为她快速地扫了一眼，发现维基不在，但是中尉在，而且是在一个角落里，旁边还有一个她之前见过的女店员。

她走到吧台边，装出一副既没看见谁也没被谁看见的样子，但实际上却完全清楚这两者都发生了。她手里拿着两杯粉红杜松子酒，设法在房间的另一端找到了一张桌子，与中尉坐的那张桌子相对。

接下来，等待维基的时间之久让她感到惊讶，实际上维基十分钟后才出现。显然，这是一个充满惊喜的夜晚。在等待的过程中，她沉浸在对中尉和女店员的猜测中，猜测得相当深入、愤世嫉俗、大胆，甚至怀疑女店员而不是她自己，最终会不会注定要获得洗衣女王的桂冠，或者和镇上其他罗奇小姐不知道的候选人一起，暗地里向往着这样的位置。此时此刻，她对这种情况是否属实漠不关心。

这时维基终于出现了，她没有为迟到道歉，但是罗奇小姐知道她个人对守时的要求过高，并没有因此而恼怒。

她们亲切地彼此招呼，但之后的谈话就有些勉强，欢快中略带尴尬。罗奇小姐认为,这在一定程度上是因为她们都知道这是一个"著名"的夜晚，而且，尽管她们不愿意承认，但在罗莎蒙德茶室，她们还面临着一些严峻的考验。不过，这也是因为维基（不像罗奇小姐，她是背对着她们的）坐的位置让她可以看到房间另一侧的中尉和女店员，而且在回答罗奇小姐的问题时，她还在不断地往那个方向瞥。

最后，罗奇小姐决定打破僵局，聊起了她所知道的两人心中的事。

她说："呃——你们都收拾好了吗？我们走之前得再喝一杯。"

"啊，不！"维基突然活泼地说道，似乎对罗奇小姐不知道这件事感到很惊讶，"没关系，亲爱的！我改变主意了。我今天下午去那里转了一圈！"

"什么？你已经去过那里了？"

"是的，没错。我今天下午去了那里，还喝了一杯非常有趣的茶。"

"茶？"罗奇小姐问。

"是的，"维基说，"非常有趣。我现在是圈子里的一员了,亲爱的！"

三

"哦,好吧——没关系,"罗奇小姐说,"我很高兴你能住进来。"但是,这并不是她想说的话,在随后的停顿中,如果维基仔细观察的话——虽然她并没有这样做——她会发现罗奇小姐眼中流露出一种若有所思的神情。

罗奇小姐曾预感到这将是一个充满惊喜的夜晚,但是,此时此刻,对于这个惊喜,她完全没有预料到。她意识到自己被伤害,但她不确定自己是否受到了更大的伤害。一时间,她无法确定自己有没有生气,是不是明显地生气。维基·库格曼自愿走进罗莎蒙德茶室,这并不是什么大问题。单就这一点而言,她完全有权利这么做,只要她方便——尽管考虑到她假装的胆怯,以及她们友好地约定要一起去勇敢面对寄宿旅馆的危险,这件事情似乎是不合理的、独立的,也许是冷漠的。但是,她这样做的事实和其他事实联系起来,唤起了罗奇小姐的恼怒——她没有按照约定去车站接罗奇小姐,她在"河畔太阳"晚到十多分钟,她对这两件事都没有道歉,而且在谈了其他事情之后,最后以最冷淡的方式说出了这个消息,而且还令人恼火地不断偷偷瞟着罗奇小姐的私人朋友中尉……

最让罗奇小姐感到惊讶和恼火的是这一切事情中她的冷淡。这么说,她和他们所有人都一起喝过茶,是吗?而现在她已经是这个圈子里的一员了，是吗？她是个多么了不起的女人啊，又是个多么有能力粉碎罗奇小姐当神仙教母愿望的女人啊！

"所以你喝茶了——是吗？"罗奇小姐说。如果只是为了打断中尉又一次偷偷瞄她的目光，她也会尽量和蔼地说："他们都在吗？"

"是的，大家都在。巴拉特太太、斯蒂尔小姐、斯怀特先生……"

"你跟他们相处得怎么样？"

"哦，非常好，"维基说，"我们相处得非常融洽。他们都是善良的老顽童。"（"善良的老顽童"！她又来了！如果以后罗奇小姐还想和她的朋友生活在同一个屋檐下，她就必须在某个时候让她改掉随意甩出这些可怕的表达方式的习惯，告诉她用她那微弱的外国口音说出这些词语有多么可怕，让她多少意识到使用这些词语已经完全过时，且令人震惊！）

"跟斯怀特先生呢？"罗奇小姐说，"你跟他相处得如何？"

"啊！斯怀特先生！很好，真的。"维基说，"我想他已经有点着迷了，可怜的老绅士！"

而且，正当罗奇小姐的血液在血管中要凝固的时候，维基·库格曼又偷偷地朝中尉的方向瞥了一眼。

第七章

一

"善良的老顽童……可怜的老绅士,已经有点着迷了。"罗奇小姐思忖着,躺在黑暗房间里毫无睡意,正确地说,这个夜晚就是从这里开始的,从这里开始升温,从这里开始有了自己独特的基调!

罗奇小姐打开灯,到盥洗盆边接了一杯水,看了看她的皮质时钟,已经两点差二十分了。她又关了灯,这次决定去睡觉。

"已经有点着迷了,可怜的老绅士……"

过了一会儿,卢米斯中尉进来了,走过去(她从维基的眼神中可以看出）加入了女店员和她自己的中尉的行列。

几分钟后（维基的表情再次告诉她即将发生什么），她已经感到中尉的手搭在了她的肩膀上，并听到了中尉的声音。"呃——我们今晚怎么样？"他说，"我看见你进来。"

"你好！"她抬起头微笑着说，"是的，我也看见你了。"

"我一直在坚守岗位。"他说，并略带尴尬地看着她。她认为，他露出这种尴尬的表情有两个原因。主要是因为他肯定是想向罗奇小姐解释那个女店员，向罗奇小姐表达：他和她坐在一起只是在坚守阵地，直到他的朋友进来把他从不利的处境中解救出来。尽管如此，罗奇小姐还是不由自主地微微松了一口气。因为，无论她对美国威尔克斯－巴里的洗衣店生意持怎样批评的态度，有时甚至是讽刺的态度，她仍然喜欢认为，在这个领域里，目前只有她有权进行猜测和幻想。然而，中尉也显得有些尴尬，因为她还没有向他介绍维基。

"哦，你认识维基·库格曼吗？"她问。"不认识，我觉得应该不认识。"他说。"不认识，我觉得我们没见过。"维基说。他们握了握手。"噢，如果我请你们喝一杯美酒，我可以加入你们吗？"中尉问。得到她们同意后，他问该请她们喝什么。"如果你愿意，可以给我买一杯漂亮的粉色杜松子酒。"维基说着，用她那双漂亮的眼睛幽默地看着他。"漂亮的粉色，还是漂亮的杜松子酒？"中尉问道。"漂亮的粉色。"维基说。

说完这些含糊不清但和蔼可亲的俏皮话，他就去给她们买酒了。

当然，他给她们买了大杯的酒。而且只要能让她们喝完，他就肯定会去给她们拿来更多的酒。不到半小时的工夫，他们几个就毫无顾忌地畅所欲言，友好幽默，充满活力。起初，中尉在这个德国女人面前略显羞怯，一开始只盯着罗奇小姐看，大部分话都是对她说的。但是，很快他就不再紧张，开始跟这个德国人攀谈，甚至比跟罗奇小姐聊得还多。在一片融洽的气氛中，终于出现了这种三人聚会中常见的怪现象，即刚认识的两个人实际上开始跟他们双方都熟识的介绍人对着干，幽默地联合起来，与这个介绍人作对，根据他们对这个介绍人的共同认识，来比较这个人的品质，说"哦，她在那方面当然很糟糕"，或者"我得说她非常擅长那方面"，或者"你注意到没，她总是那样做"，等等，诸如此类的话。

这种有趣的游戏，表面上看起来是那么亲切，但其起源也许深藏在人性的龌龊之处，如果不玩得太过火，就能很好地打发时间。罗奇小姐并没有意识到这种情况的发生，也丝毫没有感到不悦。不过，在这种情况下，作为第三者的她总是有些无聊和孤独。因此，她第一个看了看表，提议离开。当然，中尉说他不会同意，并要求她们留下来和他共进晚餐。但是，维基似乎犹豫了一下，还是拒绝了邀请，同意了罗奇小姐的提议。她这么做，中尉不得不屈服了。

维基，以某种特殊的方式，现在成了主导者、被仰望者、决定性一票的投出者。当然，中尉还是想让她们再喝一杯，虽然罗奇小姐不想再喝，也这么说了，但中尉强词夺理，最后还是维基妥协了，说她们就喝一小杯，只喝一小杯，然后马上就走。

最后，中尉终于放她们走了。她和维基默默地在黑夜中走着——这种寂静和黑夜与她们离开的光亮和喧闹形成了强烈的反差，让人一时语塞。但是，最后她们还是提到了中尉，维基说她觉得他"非常有趣"。

"他有点难缠。"罗奇小姐说。"是吗？"维基停了一会儿才回答。

"哦，是的。也许吧，"她随后承认，"不过，如果你知道如何对付他，就不会难缠了。"

罗奇小姐不喜欢她这句话。

二

她也不太喜欢这样的方式：她们各自回房之后大约五分钟，就准备去吃晚餐了，这时，维基没有敲门就走进了她的房间；而且，过了一会儿，她发出一声古怪的、假装出来的感叹声，一屁股坐在她床上，小心地看着她对着镜子梳妆打扮。

罗奇小姐突然想象到今后的一种事态：维基·库格曼可能会在白天或晚上的任何时刻走进她的房间，一屁股坐在她床上，然后看着她。

罗奇小姐——一个在意隐私并追求私密空间的人——已经在盘算对付这种情况的巧妙方法了。

当她们听到佩恩夫人在楼下敲响铜锣时,罗奇小姐的忧虑感仍然没有减少。维基从床上站起来(完全没有想要调整皱巴巴的艺术蚕丝被,也没有试图抚平她的身体在床上造成的凹痕),走到罗奇小姐的梳妆台前,拿起罗奇小姐的梳子,对着镜子开始匆忙地梳头——她梳头的姿势潇洒、有力、摇头晃脑,但在一个超级敏感的观察者看来,即使她实际上没有头皮屑,也会把头皮屑弄得到处都是……

然后,库格曼小姐自顾自地哼着小曲儿,对着镜子大概照了照,四处做了一点调整,让自己看起来整洁点。似乎对自己看到的非常满意,她微笑着说:"好吧——我想我们不能让那些老家伙们久等了。"便和罗奇小姐一起来到门口,在罗奇小姐前面,走出了大门。

三

这真是一场奇妙的晚宴。除了坐在角落里的普雷斯特先生,其他人似乎都稍稍打扮了一下,好像是为了出席某个正式场合。斯蒂尔小姐和巴拉特太太都略施了粉黛。就连希拉也盛装打扮——更整洁,更隆重。食物本身也经过了盛装打扮,提供的量更多。新客人一到寄宿公寓,很少不产生这种刺激作用的。斯怀特先生当然是盛装打扮过的(虽然罗奇小姐也不太清楚他是怎么打扮的），她们一进饭厅的门，他就以最欧陆式的姿态从座位上站了起来。库格曼小姐请他坐下。罗奇小姐听维基和斯怀特先生交谈不超过三十秒，就能意识到他们俩在茶会上相处得多么融洽，之前维基简短地向她描述过。可以想象，斯怀特先生果然是有点动心了，而且还没有完全放弃他以前的大男子主义态度。

接着，晚餐的整个氛围和节奏都改变了。餐厅里不再是无限的、针落可闻的寂静，只有斯怀特先生长长的鼻息声、罗奇小姐痛苦而又闪烁其词的回答、电梯的隆隆声和希拉收拾盘子的声音。取而代之的是库格曼小姐欢快的嗓音，她的声音战胜了那种氛围，使斯怀特先生的声音变成了柔和而又略带迷惑的男低音。她大方自然地、几乎是毫不间断地一再向斯怀特先生和巴拉特太太提出一些礼貌性的问题，并优雅而沉着地回答他们向她提出的任何问题。事实上，罗奇小姐有种错觉，仿佛罗莎蒙德茶室就像是一所给年轻人上的混合学校，学校里突然新来了一位女教师，一位懂外国教学方法的德国新女教师，她的工作就是高高兴兴地询问男生女生们，了解他们学到多少知识，他们的总体情况如何，以便活跃气氛，把他们的教育带上一个新的台阶。这就是那个可怜孤独的德国女孩，这就是罗奇小姐曾经面对一群想用石头砸她的人而奋力帮助过的女孩！这真的很了不起。很显然，她是那种一遇到好事就想当然地接受，然后贪婪地追求下一个好处的人。

你从来都不知道人的真实面目，不是吗?

很明显，在这所男女混校里，库格曼小姐最喜欢的学生是斯怀特先生——她最喜欢他，即使只是因为他最落后或最难对付——挑战她的能力，把他带出来。只要斯怀特先生说话，她脸上就会露出一种特别的神情——而那神情就像是在说斯怀特先生这样，斯怀特先生那样。

不难看出，她很快就意识到，斯怀特先生是寄宿公寓的关键人物和主宰者，并已经下定决心要征服他。至于斯怀特先生是否真的会被征服，或许他是否最终真的棋逢对手，罗奇小姐还存有疑问。她了解斯怀特先生的性格，她相信，虽然斯怀特先生此刻有些茫然，有些犹豫，也许真的有点"心动"，但他并不是没有什么矜持的人，也不是那种轻易就会被人夺去最终主导权的人。

还没过五分钟，维基·库格曼就已经找到机会，就抽烟问题与斯怀特先生起了争执，用一种幽默的甚至可以说是调情的方式——斯怀特先生说抽烟在任何情况下都对身体有害，而库格曼小姐认为土耳其香烟是个例外，她说土耳其香烟完全是两码事。

她说，她有自己的"专属品牌"，晚饭后她会让斯怀特先生尝一根。

然后，过了一会儿，她又在热水瓶的问题上与斯怀特先生意见相左，斯怀特先生说热水瓶是贪图享乐的象征，而库格曼小姐却带领巴拉特太太和罗奇小姐热烈支持使用热水瓶。她说,斯怀特先生有点保守,对不对？他是不是有点保守？

过了一会儿，话题又转到了纸牌游戏上，大家讨论起了各种类型的单人纸牌游戏，库格曼小姐又一次拿出了她的"独门绝技"。她说，如果斯怀特先生愿意，晚饭后，她可以教他玩某种游戏。

"我明白了，"经过几轮这样愉快的争论之后，她说，"我得把你抓在手里，斯怀特先生。"

"是的，我看你会的。"斯怀特先生说，看起来很古怪，但并没有不高兴。

晚饭吃到一半时，罗奇小姐听到佩恩夫人的房间里隐约传来一阵电话铃声。过了一会儿，希拉走进来，告诉她电话是找她的。她起身走进佩恩夫人的房间，很高兴佩恩夫人不在房间。她知道，除了中尉，不可能是别人，果然就是中尉。

"你好，"他说，"你那边吃完饭了吗？"

"还没有，"她说，"我们正吃着呢。"

"哦，那你能快点吃完过来这里吗？"

中尉在五点二十分之前离开他们的时候，并没有提到他们之后任何时候还会再见，这里又更多体现了他的自相矛盾。她怀疑他喝醉了。

"哦，"她说，"我想我没法过来。"

"噢，为什么不能呢？"中尉说，"来吧。我很孤独。"

"呃，首先，我得陪着维基，"罗奇小姐说，"这是她在这儿的第一个晚上，我不能把她一个人留在这儿，对吧？"

"哦，我的意思是带她一起来。"中尉说，出人意料的爽快，然后停顿了一下……

"她挺可爱的，不是吗？"中尉说，"我喜欢她。我的意思是带她一起来。"

"嗯，我觉得我们来不了。"罗奇小姐说。

"噢，来吧，"中尉说，"带她过来吧。我觉得她挺可爱的。"

罗奇小姐说："不，我们真的不行。"

在他进一步争辩后，她又说："不，我们真的来不了，真的不行。"

片刻之后，她挂断电话，意识到自己第一次拒绝了中尉的要求，也许这也是她第一次与中尉擦肩而过。

她回到餐厅，感到异常沮丧。当她坐下来时，维基和其他人都好奇地看了看她，但是她什么也没说。

在晚餐的剩余时间里，她独自思忖，自己为何会如此迅速而坚决地拒绝中尉的好意？事实上，她们当晚一定要待在罗莎蒙德茶室吗？她们对寄宿公寓是否负有任何义务？她们外出是否会造成任何伤害？难道真的是因为她认为中尉有点醉了吗？难道她的朋友本人会不高兴去吗？

既然如此,她为什么不征求维基的意见?为什么现在她什么都不说,也不打算说什么呢?最重要的是,为什么中尉跟她打电话时,她发现自己心里默默地说,如果她带着维基去见他,那她就该死了?

她嫉妒了吗?她理直气壮地打消了这个念头,认为这太怪诞了。但是,这个奇怪的女人对她做了什么?她正在采取一些行动。

四

罗奇小姐十分希望,为了帮助她脱离进一步痛苦和难堪的境地,有什么能让库格曼小姐忘记她承诺过要在晚饭后给斯怀特先生抽一支她"专属品牌"的香烟,要教他打她专属的单人纸牌游戏。可是她一点也没忘。几乎是咖啡一端进来,库格曼小姐就想起来了,惊叫一声:"啊!"然后离开了房间,过了一会儿又回来了,手里拿着一个做工极其讲究的鹿皮烟盒。这个烟盒是1920年代末的款式,里面除了香烟之外,还有一张半露的男子照片,以及几个金属夹子,夹子把香烟夹在中间,使香烟看起来就像穿了一件对它们来说太紧的女式胸衣——这还是在香烟已经被盖起来的烟盒两边的压力压扁之后的样子。烟盒子大家都传着看了一遍,其他人都礼貌性地拒绝了,只有斯怀特先生没有,因为库格曼小姐承诺了他。

然后,库格曼小姐为斯怀特先生点着了烟,方式迷人而富有女性魅力。随后，她自己也拿出一支烟，坐在沙发上抽了起来，极其优雅而细腻，只有她自己知道如何把这种魅力带到这种通常不经研究的消遣中来——只见她引诱似的跷起二郎腿，活泼地在烟盒上敲着烟，把香烟精巧而准确地放进烟嘴里（也同样精巧而细腻地把烟嘴放进她的双唇间），灵巧地点燃香烟，立即熟练地从鼻孔里吹出烟雾，仰起头，用吹口哨的嘴型向空中喷出细细的烟雾，或用鱼嘴吐出巧妙的烟圈，灵巧地敲敲烟灰，在嘴唇上发现细小或假想的烟草斑点，并用三指和拇指娴熟地将其清除，等等。斯怀特先生自己也尴尬地抽着烟，看着她，被她迷住了。罗奇小姐看着她，也神魂颠倒。

更令人着迷、更引人入胜的是斯怀特先生随后初学库格曼小姐的单人纸牌游戏——她帮斯怀特先生克服了原始的羞怯和犹豫——她称之为他的"惰性"——克服了一切物质上的困难。她自己下楼去找佩恩夫人要了一些牌，自己从角落里拿了牌桌，放在一盏舒适的标准台灯下，自己在牌桌两边各摆了两把椅子，然后彬彬有礼地吩咐斯怀特先生坐在其中一把椅子上，她自己则坐在另一把椅子上。

令人着迷的是，她用两副纸牌摆了两局游戏，一局是给斯怀特先生玩的，她可以倒过来监督，另一局是给她自己玩的。她一丝不苟地讲解游戏规则，耐心地忍受斯怀特先生一开始犯的错误。

令人着迷的是，这种颠三倒四的教学方式给他造成的困难，以及她和他因此而犯下的可笑的错误。

令人着迷的是,当她努力从一个合适的角度看他的牌时,她的头发时不时会垂下来遮住她的脸,但她会不自觉地猛地把头一甩,将头发甩回原位;或者,当她对一张牌的具体摆放位置产生怀疑时,她会迟疑地让纸牌悬在半空,或者把牌尖放在她的下牙尖下,警惕而精明地看着她面前的牌。

令人着迷的是,当斯怀特先生开始掌握游戏的诀窍时,鼓励的话语、挑战、责备、同情、叹息、幸福的小声尖叫——所有这一切都汇成一条潺潺不断的小溪流,为坐在火炉旁读书或织毛衣的客人的意识形成了一个背景或前景。

"我觉得我们的新朋友很迷人。"巴拉特太太悄悄对罗奇小姐说道,当时这种情况已经持续了大约半个小时。她这么说好像是在取悦罗奇小姐,因此罗奇小姐不得不面带微笑,一副强颜欢笑的神情。巴拉特太太显然已经明白了库格曼小姐一直想要表达的意思。

斯蒂尔小姐第一个去睡觉。

"好了,晚安,"她单独对着维基微笑着说,"我看你是要让我们热闹起来。"

就在一瞬间,罗奇小姐觉得自己从这句话中听出了一丝嘲讽或微弱的反感,她的情绪一下子高涨起来,自从晚餐以来,她就一直朦胧地希望能找到一个和自己看法一致的人。但是，下一刻，她的希望破灭了。

"这正是我们这些老家伙想要的。"斯蒂尔小姐坚定而高兴地说完，离开了房间。

五

之后，她不知道还得忍受多久。玩牌者的喧闹声还在继续，但慢慢地变得安静了些，更加自我陶醉了些：房间里的热气越来越重，煤气中毒的醉意似乎持续了好几个小时。

最后，巴拉特太太站了起来，开始收拾她的东西，罗奇小姐也站了起来，走到壁炉前，看了看维基。维基看见她，明白了她眼神里的意思，一边看着斯怀特先生，一边打了个可爱的哈欠（她连打哈欠都像抽烟一样带着一种娇气），示意他们两个都已经玩够了。五分钟后，他们向斯怀特先生道了晚安，上楼去睡觉了。

"进来看看我的房间吧。"当她们来到顶层平台时，维基说，罗奇小姐走了进去。

实际上，维基的房间里几乎没什么可看的，在昏暗的电灯下，她的房间比罗奇小姐自己的房间还要沉闷阴暗得多。但是，罗奇小姐最先看到的是梳妆台上两幅男人的肖像画——一幅是银框的大肖像画，画上是一位金发碧眼、相貌堂堂的德国青年；另一幅小一点的似乎是一位中年英国海军军官的画像——她立刻有了一个明显的印象：维基让她进来看她的房间，实际上就是让她进来看这些画像。她之所以有这样的印象，是因为维基在点燃煤气炉后，立即走到梳妆台前，开始在这些画像附近梳头，几乎是用丝滑的头发和轻快的梳子指着每一张照片，同时她还用颇为刻意的声音谈论着其他事情。不过，好歹这不是罗奇小姐的梳子，也不是罗奇小姐的梳妆台，罗奇小姐也就不介意了。

很快，有人发现维基的煤气炉坏了，而维基脱掉了自己的衣服，换上了一件宽大舒适的蓝色睡袍（实际上是一件男人的睡袍，边上有绳子，可能是从某个男人那里借来的），她建议她们到罗奇小姐的房间里抽最后一支烟。她们就这样做了，一边说着悄悄话，一边穿过走廊，关上了门。

自然而然地就谈到了斯怀特先生，维基给出了她的结论。

"哦，"她说着，又一次把穿着睡袍的身体重重地坐在罗奇小姐的床上，"他还行，可怜的老家伙；这位老绅士只需要稍微对付一下。"

如果这个女人（罗奇小姐想，她坐在柳条椅上，似乎很平静地和她的朋友抽着这一天的最后一支烟）继续谈论什么"家伙"和"绅士"；如果她再提到"对付"人或把人"抓在手里"；如果她再对着别人的照片梳头发，或者再一屁股坐到别人的床上，或者像她现在这样，再把烟灰弹到别人的床头柜上,那么她,罗奇小姐,在遥远的将来,或者甚至就在眼前的这个时刻,她会开始尖叫,或者开始打人。但是,她并没有表现出这样的想法,只是在原本开朗亲切的面容上露出了一丝心不在焉的神情。她们的香烟终于抽完了。

"嗯,一个非常成功的夜晚,"维基在门口道别时低声说道,"我会喜欢这里的——非常喜欢。"罗奇小姐也认为,一切都再好不过了。

那已经是几个小时前的事了,但是她仍然无法入睡。她必须冷静下来。她把事情夸大了。在夜晚的这个时候,在清晨的这个时候,她总是容易把事情夸大。这个女人没什么危害,她只是有点老派,有点反复无常,仅此而已——也许有时老派和反复无常得有点荒唐。中尉觉得她挺可爱的。她正疯狂地夸大事实。她是个天生的夸张者。这是她生活中的缺点……

"一个非常成功的夜晚。"是的,的确,一个非常成功的夜晚。几乎可以说是一鸣惊人。

第八章

一

罗奇小姐从早上离开罗莎蒙德茶室到晚上回到茶室,受到战争无休止的冷落和唠叨、说教和训诫,这些事情最终影响了她的心理和整体心态。

她一踏进洛克顿镇(出于安全考虑,店面和其他地方已经封锁了所有关于该镇的信息,因此它本身甚至都不能算是洛克顿镇)就立刻遭到了冷嘲热讽:

不许抽烟

抱歉!

对面烟草店的橱窗里贴着这样的字样。

罗奇小姐如今的心情就是这样,她认为这与其说是一种悲痛的承认,不如说是一种狡猾的怨恨。她确信,"抱歉"这两个字贴在这里,并非出于礼貌或怜悯。它是一个讽刺、下流、粗鲁的"抱歉"。它像一个普通女人一样嗤之以鼻,仿佛在说"抱歉,我肯定",或者"抱歉,但你来了",或者"抱歉,但是如今你还能指望什么呢"。

在去车站的路上还发生过类似的事情,上车后,训话和唠叨就急迫地开始了。她不能浪费面包,不能使用不必要的燃料,不能随地乱扔垃圾,不能打长时间的电话;除非真的有必要,否则不能旅行;她不能把赚来的钱放在她能花掉的地方,而要把它存起来,还要不断地存起来;她甚至不能随便说话,以免危及他人的生命。

让罗奇小姐感到沮丧的还有这些禁令是不公开执行的——战争在把公共场所越挤越紧的同时,也在慢慢地、巧妙地、逐月地、逐周地、逐日地清空商店的货架——从烟草店里偷偷拿走香烟,从糖果店里偷偷拿走糖果,从文具店里偷偷拿走纸、笔和信封,从五金店里偷偷拿走配件,从布商那里偷偷拿走羊毛,从药店里偷偷拿走甘油,从公共酒吧里偷偷拿走烈酒和啤酒,等等,没完没了——与此同时,他们还渐渐地拿走小吃店里的餐具、熟悉地方的栏杆、街道上的交通工具、旅馆里的住宿设施、火车上的座位甚至站立的空间。实际上,正是这一过程的渐进性和不显眼性使它变得如此可恨。战争一开始就提出了戏剧性和极端的要求，它像一个强盗一样有模有样地挟持着公众，现在却发展成了一个小偷盗者，不停地偷盗。你永远不知道它在哪里，而你环顾四周，又会发现有什么东西不翼而飞了。

二

就这样，在去办公室的路上，她胆怯地遭遇了来自四面八方的"没有"和"不许"，罗奇小姐期待着在工作中找到一些至少是积极的东西，让她可以暂时沉浸其中。但是，在里夫斯和林塞尔的出版公司里，另一个巨大的、来势汹汹的"没有"正在缓慢而坚定地向前靠近——没有纸张。即使它还没有任何迹象表明会带来最终的灾难——完全没有出版，但它已经导致里夫斯和林塞尔公司（几乎没有员工）的出版工作上下颠倒（就像玩牌的人打错牌一样）。办公室里弥漫着一种非常滑稽的气氛，由于受到附近敌军行动的影响，有一半的办公室没有玻璃，因此也没有日光。

林塞尔先生是罗奇小姐打交道最多的合伙人，现在他每周只来公司三天，而且他来的时候（罗奇小姐本能地感觉到了这一点，却无法确定）既不像以前那样待得那么久，也不像战前那样守时守礼了。

此外，当她走进他的房间时，越来越明显地感觉到，在他的橱柜里长期摆放着一瓶雪利酒和几个小酒杯,直到十二点钟都没有动过,但过了十二点钟,就会经常拿出来招待他的访客。她突然想到,林塞尔先生在战争带来的压力和焦虑下,和她一样发生了很大的变化,在中午的雪利酒中找到了像她晚上在"河畔太阳"找到的法式杜松子酒一样的东西。到处都一样,每个人都以同样的方式变得不同。这就是战争,战争,战争……

三

一天早上,罗奇小姐非常喜欢的林赛尔先生——一个身形瘦削、脸色苍白、戴着眼镜、满脸疲惫的男人,浅棕色的头发已经变得稀疏——邀请她进他的房间,请她喝雪利酒。由于除了圣诞节,他通常不会这样做,起初她有些惊慌。不过,他只是想要告诉她,他正在做一些新的安排。鉴于目前的形势,如果她愿意,每周只需要来办公室一次,或者两次就可以了。其余的工作,包括阅读手稿,她已经做了,而且他希望她接手更多的工作,可以在家里完成。她欣然接受了,在两杯雪利酒的映衬下,摆脱每日奔波的前景显得金碧辉煌。

第九章

一

这餐是早餐,谈论的主题是实用的服装。"至于他们现在给男人做的衣服,"斯怀特先生气愤地说,"连我的贴身男仆我都不会给他。"

斯怀特先生的贴身男仆是一位十分熟悉的老朋友了。自从罗奇小姐认识斯怀特先生以来,他就会隔三岔五地出现,像是一种不食人间烟火、飘忽不定的存在,他的身形、性格、年龄和外貌都只能让人模糊地记起。大多数情况下,他被召唤出来,都是作为一个所有次等的、粗制滥造的或劣质商品被拒绝给他的形象出现。不过,有时对斯怀特先生的贴身男仆来说已经够好的东西,但对斯怀特先生来说就不行。

斯怀特先生精神上的贴身男仆给他赋予了某种光彩和华丽,让人觉得他过去曾有过一个真实的贴身男仆,或者将来会有一个真正的贴身男仆。出于同样的目的,斯怀特先生偶尔也会使用一位精神上的管家、一位精神上的男仆。在最满足的时候,他还会使用一位精神上的马夫。他甚至在乡下拥有一整座精神上的庄园供他使用。

"啊,你们男人抱怨,"维基说,"那我们呢?你认为我们这些可怜虫经历了什么?"

这真是奇怪,罗奇小姐心想,维基在和斯怀特先生谈话时,总是设法把任何话题变成一种男女之间的较量,以某种方式把女性的柔弱和一丝不苟与男性的力量和麻木对立起来。

"噢,你们怎么了?"斯怀特先生说,"据我所能见的,您似乎还在装门面。"

从斯怀特先生的眼神中,很难分辨出他强调的"您"是指库格曼小姐本人,还是作为其性别代表的库格曼小姐。此时,维基在罗莎蒙德茶室已经住了将近三个星期,罗奇小姐注意到,斯怀特先生使用这种模棱两可的词语越来越频繁。

"虽然这不是衣服的问题……"过了一会儿斯怀特先生说,但由于没有人明白他说这话的确切意思,因此没有人试图回答。

"我说过不是衣服的问题……"斯怀特先生说,于是只剩下维基来接他的话。

"那是什么呢,斯怀特先生?"她问。

"那是她们体内的东西,"斯怀特先生说,"或者说,这就是我上学时所受的教育。"

"真的,斯怀特先生,"维基说,"早晨这么早,您可真有趣。"

"我是一个非常有趣的人。"斯怀特先生说。罗奇小姐看着他,意识到这句话是有一定道理的。自从维基到来后,斯怀特先生的性格里明显有一点快乐和不同。起初,在维基的"对付"下,他还有些尴尬、迷惑和羞怯,两三天后,他明显开始有了反应。不能说他开始穿得更加得体,因为斯怀特先生总是穿着老式的衣服,一尘不染,但当维基在场时,他的整个行为举止变得更加机敏、活泼、热情。

"的确,那位少女,"当维基不在休息室、人们谈起她时,罗奇小姐曾听到斯怀特先生用他那可怕的语言说,"的确,那位少女没有冒犯视觉器官。而且,她还很有一套。"

而且,明眼人都能看出来,他在等待,甚至在倾听着她归来的脚步;在她面前强打起精神,谈话中总是提及她,甚至起身为她腾出椅子和沙发上的空间。

罗奇小姐暗自思忖,莫非维基有可能是对的——她知道怎样"对付"他?如果真是这样的话,她有没有可能会感激维基呢?因为她把斯怀特先生的注意力从自己身上移开了。不幸的是，斯怀特先生目前仍然有时间记起她，并对她进行适当的折磨。事实上，罗奇小姐有时觉得，他对自己的态度中又多了一种野蛮和嘲讽，好像他在气愤地将她和维基进行比较。

现在他总是长时间地盯着罗奇小姐看。他每天至少长时间地盯着她看一次，但是最近他盯着她看的时间越来越长了。

"我担心我们的罗奇女士，"他说，"可能会被我粗俗的语言震惊到，是不是这样啊？"

"不是，一点也没有，斯怀特先生。"她说，而斯怀特先生则继续盯着她看。

"为何她要在本周一早晨光临我们的早餐桌呢？"他继续问道，"她不是每天都要到人口众多的城市去挣取她的每日薪水吗？"

罗奇小姐之前就想过该什么时候来宣布这个消息。只有斯怀特先生还不知道她和公司的新安排，而今天是她在家的第一天。

"不是，"她说，"我现在每周只要去一两次。"

"什么？"斯怀特先生说，像往常一样，在惊讶或不高兴的时候，他又恢复了平实的语言。

"那么，发生了什么事？"

"哦——我有了新的工作安排。"

"什么新的安排？你不再工作了吗？"很明显，斯怀特先生一点也不喜欢这个主意。

"哦，是的。不过我要在家里做。"

"哦。是吗？你要做什么工作呢？"

"哦——主要是审稿，"罗奇小姐说，"我在家也能做得很好。"

虽然罗奇小姐实际上要在家里做很多秘书、会计和其他工作，但她强调的是审稿方面的工作，几乎把其他工作都排除在外，因为这项工作给她增添某种光彩和尊严。事实上，这项工作几乎给了她一种感觉，仿佛她本人就是一名合格的文学女性或出版商。她对自己的小气感到惊讶，但是她很长一段时间以来就觉得，是时候为自己出头，回击别人对她的一些挖苦了。

"审稿？"斯怀特先生说，他的坏脾气一上来说什么都是不假思索的，"我以为你出版稿件。我不知道你还审稿。"

"噢，你出版稿件之前总得审稿，不是吗？"

她侧头看了看维基，稍稍感觉到维基也不太喜欢她是一个稿件的审阅者和判断者。这已经不是她第一次从维基——这位兽医的秘书——身上感觉到她对自己与伦敦一家出版公司的关系和活动有一种反感。不过，这可能纯属想象。

"他们把这活儿交给你了？"斯怀特先生问。

"嗯——不光是我。还有其他人。"

一阵沉默。

"总有一天我要出一本书。"斯怀特先生恼羞成怒地说。此事就此作罢。

二

决定给自己放一天假的罗奇小姐，在周一的早晨作为自己的女主人漫步在小镇上，她发现了一种欣喜和神秘感。她仿佛第一次看到了这个小镇的真实面貌——而不是一个周末星期六才来的地方，她只是这里的周末旅行者。在她所有的精神条件反射中，她仍然是一个周末旅行者。她能感受到震撼，观察到小镇平日与周末之间不可思议的差异。仿佛整个小镇都安静下来，沉浸在一种非周六的无精打采、冷漠和乏味的氛围中；商店、人们、街道全都发生了微妙的变化——尤其是商店。它没有周六急切、兴奋、慌乱的讨价还价，也不是周日冷漠、紧闭的闭门不开，而是兼有两者之间的一种东西——商店不紧不慢地营业着，活跃而不焦虑———种正常的闲逛，悠闲自在的漫步……

最奇特的是车站的气氛，它似乎失去了往日紧张的严肃和对伦敦的痴迷，取而代之的是一种愚蠢的游戏：梦幻般的转轨、不经意的口哨、心不在焉的小推车、漫不经心的装货、随意的订票和普通的羊毛收集——所有这一切都好像它从来不知道战争或麻烦是什么。看着这样的车站，一个人会意识到洛克顿毕竟是地图上一个纯粹的小村庄。

看到这些平静的事物，她预感到自己在这里的工作会有一个平静的未来。她曾对整天要和斯怀特先生待在同一屋檐下而心存疑虑，但是现在她相信自己能应付得来，尤其是她现在有了维基，即使她不是完全站在自己这一边，至少也能吸收他的一些个性。（奇怪的是，维基怎么不能公开站在她这一边来反对斯怀特先生？每当罗奇小姐用蔑视的口吻谈起他时，她就会缄默。她会回答罗奇小姐，或者看着她，好像罗奇小姐不知道怎么"对付"他是她的错一样）。

当然，她也曾对维基心存疑虑，但这种疑虑也在逐渐减少。既然维基已经在罗莎蒙德茶室安顿下来，既然第一晚的兴奋已经过去，她们见面的机会就更少了，也找不到任何机会可以一起去"河畔太阳"，几乎只有在吃饭时，在休息室，或在下楼用餐前几分钟在彼此的房间里才能见面。

此外，罗奇小姐还采取了预防措施，不用梳子时就把梳子放进抽屉里，这样就大不一样了。正是维基用她的梳子这件事让罗奇小姐下了决心——她确信这一点——这样一件小事的作用真是惊人。维基没事，只要不让她用罗奇小姐的梳子，她就完全不会有事。事实上，除了她那有点做作的方式（这并不真是她的错），她真的非常好。罗奇小姐喜欢她。既然她们在一起的机会更多了，她就必须下定决心喜欢她更多一些。

就这样，罗奇小姐在这个陌生的平日小镇上平静、快乐、坚定地走着，大约十二点时，她回到了罗莎蒙德茶室。

"有你的电话，罗奇小姐。"希拉说。但被问到是谁打来的电话时，她又说不上来。佩恩夫人接的，但佩恩夫人现在外出了。

罗奇小姐立刻产生了一种恐怖的感觉，怀疑在她出去玩的时候，办公室来了一个重要的电话，于是她不安地度过了四十五分钟，直到佩恩夫人回来。

"哦，是的，只是派克中尉，"佩恩夫人说，"他说一点钟再打给你。"

罗奇小姐如释重负，上楼回房间准备午餐。

三

中尉！她几乎忘记了这个问题！

"那个帅气的大个子美国人呢？"维基几天前才问过她，她很诚实地回答说不知道，她已经有将近两个星期没有见到或听到他的消息了。

在告诉维基这件事时，她发现了一种奇特的快感——她并不确切地知道为什么，就像她并不确切地知道为什么那天晚上她拒绝再带维基去见中尉一样。

实际上，自从那次之后，她只见过中尉一次——那是在一个星期六的早晨,她在教堂街偶然遇到了他。她当时以为,因为他一个星期没有打电话来了,她在电话里的顽固不化得罪了他,他再也不打算见她了,更不用说带她出去,在黑暗中亲吻她了。不过,她对他的开朗和亲切感到惊讶。

他们只交谈了半分钟,因为两个人都在匆忙赶往别处,但在这短短的时间里,他明确表示她已经被原谅了——如果她真的曾经失宠过的话。他说他一直"忙得不可开交",度过了"最糟糕的时光",还说他一直想给她打电话,现在"只要一有时间就会这样做"。

那是两星期前的事了。他直到刚刚才打来电话,在这段时间里,她有时间纳闷,他说自己"忙得不可开交"是指什么。她从其他渠道了解到,他的单位没有发生过或没有正在发生任何不寻常的事情。事实上,她几乎可以肯定,他每周的每个晚上都是完全自由的,问题越来越令人困惑。不过,她现在对中尉的困惑已经逆来顺受了——他的出现和消失,他的热情和冷淡,他对几乎是明确的求婚和几乎是完全的退避三舍的平淡心理调和,他对洗衣店生意的炽热信念,以及他酗酒的习惯,这些都是可以通过逆来顺受来承受和克服的。

四

既然中尉说过,他会在一点钟再打电话来,那么他根本就不可能打电话来。更不可能在一点钟准时打电话。事实上，他是在一点二十五分才打来电话，当时正在吃午饭。希拉当着大家的面在门口说了一声"派克中尉，小姐"，然后就离开了房间。

在去佩恩夫人房间的路上，她发现自己竟然不由自主地经历了一种如释重负的快感。虽然她对所有与中尉有关的事情和他的行为都嗤之以鼻，但在过去的三个星期里，她从未如此平静地看待中尉从她生活中彻底消失的前景。即使只是消遣，中尉也有他的用处和魅力。她还高兴地发现，他两次都信守诺言——第一次是在街上和她说话时，他答应给她打电话，以及现在他又告诉佩恩夫人，他会在一点钟给她打电话——二十五分的误差既不在这里，也不在那里，而是这个男人性格的一部分。也许，毕竟他对她有好感。也许，她也喜欢他。

"哈罗。"她说。在他回答时，她急切地听着，想听出他喝了多少酒。

"天哪——再次听到你的声音真好。"他说道，而她听不出他喝了多少酒。

"我也一样，"她说，"你好吗？"

"哦——我一直过得很糟糕，"他说，"你好吗？"

然后两个人都在重复询问对方的近况，就像人们会因为长期不在一起而感到尴尬一样，也会因为单纯的尴尬而感到尴尬。

他强调他度过的时光很"糟糕"，她大胆地问他："哪方面糟糕？""哦，就是糟糕。"他支支吾吾地说，她很快意识到他并没有真正度过一段糟糕的时光，只是笼罩了一层模糊的"糟糕"之雾，以掩盖他的真实活动。这种掩护手段既是一种道歉，也是一种恭维——言下之意是，与她分开后他所做的事情完全是被迫的（因为他显然不会自愿忍受如此糟糕的事情），而且特别糟糕的是因为这让他失去了她的陪伴。他可能正享受着人生中最美好的时光。然而，他如此费尽心机地安抚她，证明他在某种程度上渴望回到她身边，而她对他的感情也是亲切的。

"噢，你今晚能离开吗？"他说，"我在想，我们可以开车去龙餐厅。"龙餐厅是一家著名的乡村客栈兼餐厅，位于洛克顿郊外约五英里处，至今仍供应牛排，是富豪们开车去的好去处。

"哦，听起来很不错，"她说，犹豫了一下，又说，"是的，我想我可以……我想我可以……"接着，一阵沉默。

其实，罗奇小姐之所以这样犹豫不决，只是因为她在大致回顾一下当时的情况，特别是想知道自己在龙餐厅要穿什么衣服。但是，中尉却认为这是另有原因。

"那个德国女孩还和你在一起吗？"他问。

这似乎是一个无关紧要的询问，但她却清楚地看到了他的心理过程。上次他给她打电话时，她起初拒绝出来，理由是她必须和朋友待在一起。现在，他在脑海中回忆起这件事，听到她再次犹豫不决，便不假思索地自动提到了那个德国女孩。

或许，难道是她完全误解了他的心理过程？难道他打电话给她纯粹是为了重续与那个德国女孩的友谊？

"是的，她还在这里，"她说，"她还在这里，没事……"又是一阵沉默。

不管出于什么原因，罗奇小姐意识到，这个德国女孩此刻出现在了现场，必须对她采取一些措施。她等着他开口。

"你愿意带她一起来吗？"他说。她不知道他的声音传递了什么意思——冷漠、犹豫，还是变相的渴望。

"呃——你觉得呢？"她问，"这是你的派对。"

"不，随你吧。"

"不，随你吧。"

"不，随你吧。"中尉说。

"哦，那好吧，"她说，"我们一起出去吧。"

"好。"他说。安排好六点半在"河畔太阳"见面之后，他们挂断了电话。

当她回到餐厅时，她为自己所做的一切感到高兴。就在今天早上，她才下定决心今后要更喜欢维基，而现在，她已经让机器按照正确的方式运转起来了。

"是中尉的电话，"她坐下来时对维基说，"你今晚想去龙餐厅吗？"

"我?"维基问,"龙餐厅?"

"是的,没错。你有空吗?"

"嗯,我有空。我很乐意去。他能邀请我,真是太好了。"

不可能告诉维基,他并没有邀请她,她也根本没被人问起过,或者说,如果有人问过她,那就是她!

"是那个地方吗,"斯怀特先生问,"在赫恩斯登?"

"是的,没错。"罗奇小姐说。

"就是那个你在那里能吃到黑市牛排,喝杯小鸡尾酒要收五先令的地方?"斯怀特先生看着她继续问。

"呃,我不知道五先令的故事。"

"也就是那个汽车在外面排成十排买黑市汽油的地方?"

"呃,我不知道……"

"当国家为了进行战争而需要每一盎司汽油的时候?"斯怀特先生问。

"呃……"

"我只想知道。"斯怀特先生说,保持着威严的中立,然后继续吃他的饭,其他所有人——罗奇小姐、库格曼小姐、巴拉特太太、斯蒂尔小姐、还有角落里的普雷斯特先生——都怯生生地默默吃着剩下的饭菜。

第十章

一

维基当晚做了什么并不重要,重要的是她所说的。不是她的行为,而是她用的词汇!

在整个喝茶过程中,维基都非常活泼开朗,她花了很长时间来梳妆打扮,罗奇小姐走进她的房间告诉她,如果她们再不快点,就要迟到了。

"哦——让他等着,"正在梳头的维基说,"我总是相信应当让他们等着。"

罗奇小姐心想,这态度可真不寻常,因为她正是以这种方式被邀请来参加这次聚会的——也就是说,她根本没有被邀请!同样不寻常的是,她似乎总是把自己,而不是罗奇小姐,看作是控制和支配中尉的人。不过,那时候,她并不确切了解自己是偶然被邀请的;她也不确切了解,罗奇小姐由于在黑暗中的亲吻和其他事情对中尉有什么特别的要求。

她们到"河畔太阳"时晚了十分钟,中尉正在等她们。

"晚上好,中尉先生!"维基说,"你好吗?"

她说这话的方式充满了控制和支配意味——"先生"的称呼似乎在向他挑战,略带嘲讽,让他当家做主。

而且,从第一刻开始,她就扮演了聚会主角的角色——以聚会嘉宾的姿态,既责无旁贷又魅力十足地展示了她的活力和机智。

她跷起二郎腿,点燃第一支香烟,或者说让中尉为她点燃香烟的方式,就表达了这种态度——在其格外的自我满足感中,在其格外的原始性和权威性中,在其格外的遣词造句中。罗奇小姐看了看中尉,想知道他是否吃了一惊,但他并没有表现出任何惊讶。相反,他似乎被迷得神魂颠倒。

他们刚喝完第二轮酒,罗奇小姐就感觉到维基和中尉都喝得有点傻了,而她还在原地踏步,因此她觉得有点不适应。这两个人以前见面时,她也有过同样的感觉。

中尉问她们是否想换一下她们正在喝的法式杜松子酒。

维基说："哦，好的。我真的很想喝鸡尾酒。只是你们这些愚蠢的英国人不知道如何调制正宗的鸡尾酒，对吧？"

中尉说："我不是英国人。"

维基说："哦天哪，原来你不是英国人。"

显然，中尉的话并没有任何无礼的意思，罗奇小姐却感到无地自容。这是维基第一次以这种方式提到英国人，罗奇小姐并不确定自己是否喜欢这种方式。在某些时候，她自己也愿意或多或少地以传统的方式贬低英国人——鄙视他们的举止、烹饪、自满、傲慢和沉闷——但在此刻的世界里，她发现维基口中对英国人的贬低有些特别的丑陋和可疑。如果她不喜欢英国人，那她喜欢谁呢？德国人？如果是德国人，那是什么样的德国人？纳粹德国？这个维基可真有趣。她想继续观看。或者，还是她，罗奇小姐，像往常一样让自己的想象力随心所欲呢？

几乎可以肯定是的，毫无疑问，维基厌恶英国人，而把法国人、比利时人或荷兰人视为鸡尾酒的最佳制造者。

"为什么，"中尉说，"你会调鸡尾酒吗？"

"我会调鸡尾酒吗？"维基说，"哦，兄弟，你说我会调鸡尾酒吗！"

"从你刚才说的，我认为你会调鸡尾酒！"中尉说，显然对话题偏离到自己这边感到高兴而不是恶心。

"我会调鸡尾酒吗?"维基说,意识到自己取得了成功,于是又进一步详细阐述说,"或者,我会调鸡尾酒?嗯哼!哦,男孩!能手!"

在1943年,仅仅提到"鸡尾酒"就已经够吓人了,但再加上"啊哈!""哦,男孩!""能手!"这话就达到了罗奇小姐认为维基无法驾驭的极限。

"好了,现在我们喝杯鸡尾酒吧。"她说着,想掩饰她对这种新极限的羞愧。

二

毫无疑问,这是维基·库格曼令人满意的夜晚。他们每喝一杯酒,这一点就变得更加明显。

到了七点半,罗奇小姐已经觉得饿了,不知道他们什么时候才能停止喝酒,去龙餐厅吃饭。

她甚至鼓起勇气提了这件事,但没有得到任何答复,因为就在她问话的那一刻,中尉和维基正在休息室的角落里玩电动球机,维基一声胜利的欢呼完全淹没了她胆怯的请求。

维基在玩其他任何游戏时,都从未像这次一样,表现出如此迷人的活力和反应能力。她把球打出去时,就像孩子般欢呼雀跃的样子;球开始朝下走时,她抬起双手痛苦等待的样子;每一次电动击球时,她高兴地或失望地喊叫的样子；当她兴奋得不得了时，仿佛是要催着球朝她想要的方向前进，她的身体直接趴在机器玻璃上的样子（这样让她的头发遮住额头，就像她和斯怀特先生玩单人纸牌游戏时那样迷人）；她头发向后甩的样子；她意外成功时拍手叫好的样子；意外失败时她模仿小女孩哭泣的样子——观察所有这些，确实就像在观察一件非常了不起的事情。

同样引人注目的是，她对对手的游戏做出了慷慨激昂的反应。"哦——厉害！厉害！"她会这样喊道，显然她已经意识到，英国人用这个词来表达他们对比赛中的技巧或运气的钦佩，胜过一切词汇。或者她会喊："哦，好球，先生！打得漂亮！"或者说："哦，神奇的射门！能手！"或者对中尉说："哦，好样的，小伙子，好样的！"或者说："哦，倒霉，老伙计！倒霉！"或者说："哦，太倒霉了——太倒霉了！"罗奇小姐觉得自己可以找条地缝钻下去了。

"现在我请你喝一杯，"最后维基说，并对中尉抗议说，"不，我请你喝一杯。我请你们所有人喝一杯！"说完，她就去吧台买酒了。

罗奇小姐确信，中尉一定也跟自己一样有相同的感受，认为现在是该说点什么的时候了。但是，她并不是十分确信该如何表达。"我对这一切感到抱歉"，这是她想说的话，但是好像有什么阻止她这样说。于是她说："恐怕维基有点醉了。你别让她喝太多。"

正在玩游戏机的中尉停了一会儿才回答。

"醉了?"他说,"她没醉。我很高兴你带她一起来了。她好像让一切变得轻松了。"

维基端着酒回来了,让罗奇小姐无法对中尉的这种态度进行过多的反思。他们都举起了酒杯。

"为健康干杯!干杯!干杯!"维基说,如此证明她对欧洲大陆祝酒词的熟悉程度。她抿了一口酒,再次显露出她对非正式英语深奥知识的了解。"干杯,老伙计!"她说。

"这样吧!干杯!从快乐的老舱门下去!"

接着,她又喝了一大口,并大加赞赏。

"好东西!"他说,"绝对妙!不是吗?什么?"

三

维基请大家喝了酒,罗奇小姐也得请一轮。

她拿着饮料从吧台回来时,发现一个穿着破旧长外套、长得病恹恹的男人正和中尉说话。这个人就是要送他们去龙餐厅的汽车司机。

"好的,我们这就来。"中尉说,他现在已经喝醉了,"耐心点。我们这就来。"然后,那个面容凶恶的人走开了。

没过多久,罗奇小姐自己的酒劲也上来了,一切都变得非常朦胧。

他们继续玩着游戏机，但谁也不是十分清楚自己在做什么，也不再考虑自己的成绩，没过多久，卢米斯中尉也加入了他们。和他在一起的还有两个陌生的女人和三个陌生的美国军官，整个气氛顿时变得十分混乱。

一会儿，她坐在两位美国军官中间，这两位军官正在闲聊英国人热情好客中的深度和温度；一会儿，发生了一些事情，她又坐在了其中一位女士的旁边，与她谈论伦敦闪电战相关的奇闻轶事。中尉消失在休息室的另一端，而维基正与一位美国军官热烈地交谈着。当这一切正在进行时，她面前摆了好几杯酒，她勉强喝了一口，而那个病恹恹穿着大衣的男人不止一次沮丧地走进来，然后又离开。

直到八点半，他们才从"河畔太阳"出发，至于是怎么出发的，她再也记不起来了——很可能是那个病恹恹的男人最后开始威胁他们了，尽管他看上去病得很重，不可能威胁任何人。她只知道自己出来了，置身在月光照耀的空气中，也知道有两名美国军官要跟他们一起坐车前往龙餐厅。到这时候，维基·库格曼已经开始称每个人为"先生"并且把大家指挥得团团转。她对一位军官说"少校先生"，对另一位军官说"上尉先生"，对中尉说"中尉先生"。最后，她说了"汽车司机先生"。"来吧，汽车司机先生，"她说，"我和你一起坐前面。"

他们都挤进了汽车后排，罗奇小姐坐在上尉的腿上，少校坐在中尉的腿上。汽车开走了。他们滔滔不绝地交谈着，互相吆喝着，并适时地开始齐声歌唱。

哦，我出生的这个世界（汽车一边飞驰，罗奇小姐一边想）！哦，这场战争，是我命中注定要经历的！

（尽管世界不会过去，因为她无法想象它的结束。）在她看来，这是战争的一部分，就像从军、航海、轰炸、排队、停电、拥挤以及所有灰色的剥夺一样。在和平时期，没有任何一种可以想象得到的环境能让车里挤满了这样一些人，让他们坐在彼此的腿上——病恹恹的司机、德国女人、孤独的她，还有三个美国人。他们大概属于完全不同的平民阶层，大概在第二战场开始时就会死去。然而，她意识到，在周围的乡村，在全国各地，汽车都在飞驰，载着这样嘈杂的"货物"，驶向类似的目的地。如果不是美国人，那就是波兰人，或是挪威人，或是荷兰人；如果不是坐在彼此的腿上，那就是在唱歌；如果不是在唱歌，那就是坐在彼此的腿上；不管是什么，都是在喝酒、尖叫和绝望。战争，在它的无数其他伪装中，已经变成了某个可怕的低级大都会夜总会的发明者和经营者。

她没有跟他们一起唱歌，而是透过窗户看着外面的星星。这些星星并没有给她带来和平的感觉，它们本身就是战争时期的星星，用明亮的光点严酷地告诉她，战争不会结束。

四

不用说,虽然已经过了八点半,但直接去龙餐厅是不够好的。他们得在途中一家小旅店停下车,再喝上几杯。那个病恹恹的司机默默地、顺从地把车停下来,一个美国人邀请他一起进去。

"是的,请进,司机先生!"维基说,"进来吧,一起享受集市的欢乐!"

他们以一种无拘无束、侃侃而谈和醉醺醺的傲慢姿态走进公共酒吧,让几个坐在角落里喝啤酒的当地人惊得哑口无言,像狗一样忠实地看着他们。

这里没有威士忌,但是杜松子酒可以无限量供应。双份的酒一圈一圈地传过来,很快他们就制造了比之前更多的噪音。病恹恹的司机要了一杯啤酒,坐在了罗奇小姐旁边的一张长椅上。这个病恹恹的司机与罗奇小姐之间已经有了某种联系。

罗奇小姐不幸有一个难听的教名——伊妮德。

"可怜的老伊妮似乎不太开心,"中尉说,"她为什么总是一个人坐着?"

"不,她没有,对吧?"维基说,"来吧,亲爱的老朋友,振作起来。"

"不,我没事,"罗奇小姐说,"不过我希望你们不要叫我伊妮。"

"噢,那我该叫你什么?"中尉说,"我总不能叫你罗奇吧。"

"嗯，我宁愿你那样叫我，也不要叫伊妮。"

"好吧，那我就叫你罗奇。你好吗，罗奇？"他和她握了握手。

"是的，我们就叫她罗奇！"维基说，"你好吗，罗契，老朋友？"她也和她握了握手。

从那时起,她就成了"罗奇""罗契"。他们让她喝下了整杯杜松子酒，又把另一杯放在她面前，本来一切就已经够朦胧的了，现在变得越来越模糊。

房间的一个角落里有一个无线电台，一支舞曲响了起来，很快维基就要求大家都跳起舞来。她先是和一个接一个的男人在房间中间转圈，然后在大家的注视下跳起了独舞。她跳舞的方式就是用左手把裙子撩到膝盖，右手高高举起，食指在空中来回晃动。

五

罗奇小姐不记得他们是怎么又到外面去了，但她记得她和那个长得病恹恹的司机坐在前面，低声而清醒地和他交谈，而维基则在后面匍匐在几双膝盖上，胡言乱语、嘲笑、挑战、唱德国歌曲、唱法国歌曲、要烟抽、要火，女王式地、忸怩地，斥责，威胁要用巴掌打人、抽打别人……是的，这毫无疑问就是维基的夜晚……

然后，他们来到了拥挤的龙餐厅酒吧，好不容易挤到吧台……然后，中尉开始大吵大闹,因为吧台没有烈酒了;然后,他们喝了几杯讨厌的苦啤酒。因为人群拥挤他们无法正常站立,因为嘈杂而几乎听不到彼此的谈话。

随后,他们所有人都来到了龙餐厅宴会厅的一个角落里,除了他们自己,餐厅里几乎空无一人,里面的灯大多关着,餐厅的服务生都病恹恹的,但是态度恭敬,就像汽车司机一样,他把他们相互矛盾的要求梳理了一下,跟他们讲了一些道理。"听我说,服务员先生!"维基喊道。(她还用法语和德语叫他"服务生"和"服务员先生"。)

他们吃了一些冷汤和冷的鸡肉,有人还买了两瓶香槟。用餐结束时,中尉对着瓶子喝一瓶香槟的剩余部分,大约半品脱。但是,他自己实在喝不完,最后维基替他喝完了……

然后,他们又到拥挤的酒吧里喝起了可恶的苦酒。那个病恹恹的司机又出现在人群中,请求中尉,但再一次被打发走了。今天的任务是先去河边,然后再回去。赫恩斯登是一处河边的美景,必须去看看。"我们去洗个澡,"中尉说,"我们都去洗澡吧。"

"别傻了,"罗奇小姐说,"你不能在大冬天去洗澡。"

"你不能吗?我能,"然后,他转身对维基说,"你会来跟我一起洗澡,对吗?"

"是的,我当然愿意,"维基说,"我们一起去洗个痛快的澡。"

虽然酒精和噪音让她困惑，但是罗奇小姐能足够清楚地看清维基是如何巴结中尉，听信他的话，满足他的虚荣心的。有时，她感到一股怒火在胸中冉冉升起，但她把它压下去了。她对自己说，她当然醉了，他们俩都醉了，我得保持头脑清醒。她想，这一切到了明天早上看起来就不一样了，只要我能把她弄回家，一切都会好起来的。

然后，他们出来走到月光下，中尉走在中间挽着她们俩的胳膊，向河边走去。另外两名美国军官完全消失了，再也没有出现过。

罗奇小姐相当确信，等他们走到河边，中尉就会改变他要洗澡的决定，但是这并没有发生。他坐在草地上，开始脱鞋。

"别搞笑了。你不能脱！你不能脱！"罗奇小姐绝望地说，就连维基也显得有些羞愧，一言不发。

"好吧，那不管怎样，我们去蹚下水吧。"中尉说着，已经脱掉了鞋袜，卷起了裤管。

"不，别犯傻了——别犯傻了！"罗奇小姐说。

"你会死得很惨的！"

"不会的。我们去蹚水吧。我们会蹚水的，"维基喊道，"来吧，罗契！我们都来蹚水吧。"说完，她也开始脱鞋了。

"别犯傻了，"罗奇小姐说，"快让他别去了。别犯傻了！"但是，维基此刻正在脱丝袜。

"别傻了,你这个愚蠢的老罗奇,"她说,"别像个愚蠢的老顽固一样令人扫兴!"

"好吧,反正我也不打算去。"罗奇小姐说完,就开始走开。

"来吧,罗契——愚蠢扫兴的老罗契!"维基喊道,"快来,跟我们一起去蹚水!"但是罗奇小姐走得更远了。

她走了大约两百码远时,回头看了看。当然,要到河里去蹚水是完全不可能的,因为河岸陡然接着深水区。相反,中尉和维基正坐在岸上,把脚伸进水里。在皎洁的月光下,可以看到中尉神情恍惚地坐着,而维基则紧紧抓住他,发出少女般痛苦而快乐的尖叫。

"我要回车上去了。我在那儿等你们!"她喊道。

"好的,罗契,老东西——你在车里等!"维基大声回道,"嘟——嘟——嘟!钦——钦!"

六

他们回来的时候,她又坐到车子前排去了,小声地和那个病恹恹的司机交谈。花了一些时间才说服中尉龙餐厅已经关门了,他不能再喝任何东西了,但最后他还是和维基一起坐进了车子后排,然后他们开车离开了。

当他们开车回来的时候,她不太清楚后面发生了什么,是牵手还是拥抱，也没有什么诱惑她去看。但是确实发生了一些事情，直到他们驶近洛克顿时，几乎没有说过一句话……

"哦，中尉先生，这真是一个愉快的夜晚，"最后维基说，"也是一次愉快的蹚水。非常感谢给我这两样，我的朋友。"

"不客气，"中尉说，"你很可爱。我总说你很可爱。我总说她很可爱，是不是，罗契？"

"是的，你是这么说的。"罗奇小姐说。过了一会儿，汽车停在了罗莎蒙德茶室外面，中尉付钱给了那个病恹恹的司机，他从此离开了罗奇小姐的生活。

"来吧，现在我们去散散步。"中尉说着，再次挽起她们的胳膊。

"不行，我们真的必须进去了。"罗奇小姐说。

"不，我们去散散步。"维基说。

"不行，我们必须进去，真的！"罗奇小姐说。

"来吧。"中尉说。

"是的，来吧，"维基说，"放开点。看在上帝的分上，放开一点吧，你这个愚蠢的老罗奇！"

"这不是……问题……"罗奇小姐没有勇气说出这个可怕的词，所以没有把话说完。

"噢，别吵了。"中尉说着，拉着她们两个人，为了避免在街上发生斗殴，罗奇小姐让步了。

奇怪的是，她从一开始就知道中尉要带她们去哪里。他要带她们去的就是他想吻她时总是带她去的地方——他要带她们去那个公园。事实上，她相当肯定，他要带她们去同一个座位，她觉得这有点太过分了。不过，她可能搞错了。因此，在此期间，她还是尽量让自己表现得愉快一些。

这并不难做到，因为大多数时候，当他们走在路上时，维基都在用德语、法语或匈牙利语唱歌。当然，中尉和罗奇小姐都无法加入她。

果然，中尉就像梦游症患者一样肯定地把他们引到了公园的方向，罗奇小姐正在考虑的那个座位进入他们的视野。

有那么令人高兴的一瞬间，她以为中尉会径直走过这个座位。事实上，某种不祥的预感可能已经进入了中尉那迷迷糊糊的脑袋。但是，当他走过座位三四码远时，他不顾这种预感（如果他有过这种预感的话），停了下来。

"来吧，"他说，"我们坐一会儿吧。"

"不，还是别坐了，我们继续走吧，挺好的。"罗奇小姐说。

"不，"中尉说，"我们坐下吧。"

"好，"维基说，"我们坐下来看看河。"

"不，"罗奇小姐说，"我不想坐。"

"噢,来吧。"中尉说。

"就是,来吧。"维基说。

"好吧,你们坐吧,我再走走。"罗奇小姐说。

"啊,来吧,别任性了。"中尉说完这句话,几乎把她拉到了座位上。

"是啊,她今晚很任性,不是吗?"坐在中尉另一边的维基说。

"她很任性,是吗?"中尉说着,开始严肃地看着她……

不——他不可能。虽然他喝醉了,但是他不可能!他肯定不可能!

"看那只天鹅,"她绝望地说,"它好像大半夜也在玩——是不是?"

但是,中尉所做的只是重复"她很任性,是吗",然后继续更加严肃地看着她。

"我想……"她开始说,但是这时他已经把她抱在怀里,开始亲吻她的嘴。

"这个治任性怎么样?"他说着,亲完她又转向维基,"你呢?"他说,"你也很任性吗?"然后,他用同样的方式亲吻了维基。

罗奇小姐站了起来。

"听着,"她说,"我要回家了。对不起,我想回家。"

"别傻了,"中尉拉着她的胳膊,"过来坐下。"

"是的,别傻了,过来坐下。"维基应和道。

"不——我想回家。"罗奇小姐说,中尉仍然拉着她的胳膊,站了起来。"来吧,"他说,"过来坐下。"

"是的。"维基说,她也站了起来。

"过来坐下。放开点——老顽固!放开点!"

就在此刻,一种恐慌攫取了罗奇小姐。他们都在说话,或者说,是一起大喊大叫,扭成一团。

"听着,我想回家。我是认真的。"罗奇小姐说。

"来吧。放开点!放开点!"维基喊道。

"来吧。过来坐下。"中尉说。

不知怎的,她挣脱了中尉的控制,平静了下来。

"没事了,"她说,"对不起。你们留下——但是我想回家,就这样。"

"哦,得了,"维基说,她也平静下来,走近她,"放开点,不行吗?你不会想扫大家的兴吧?难道你就不能开放点吗?"

"不,对不起。我想回家。再见。"

看了看他们俩,她一下子就跑开了。

除了走一两步喘口气外,她一路都是跑回罗莎蒙德茶室的。她不知道为什么,她必须一路跑回去,没有别的办法。

她回到房间已经十一点半了。她脱下衣服,吃了三片阿司匹林,熄了灯,躺在床上。

十二点二十五分时,她听到中尉和维基到了罗莎蒙德茶室外面,低声道了晚安。然后,她听到维基自己开门进屋的声音。

大约半分钟后,她的房门被轻轻敲响。她没有应声,敲门声再次响起,这次声音更大一些。

她说了一声"进来",维基便走进来,立即打开了灯。灯光刺得罗奇小姐睁不开眼,她抬头朝门口的方向愤怒地瞪着维基。

"你还没睡吧?"维基说,"我能进来吗?"

"是的,我还没睡。进来吧。"

"你为何突然跑走啊?"维基走到床边,低头看着她,用一种或多或少安抚的语气说,"你没必要那样跑开。"

"哦,我只是受够了,仅此而已,"罗奇小姐用同样的语气说道,她注意到维基现在很清醒,"我受不了那种事——仅此而已。"

"哪种事?"维基说,然后走到了罗奇小姐的梳妆台前。

(哦,天哪——罗奇小姐想——我忘了把梳子收起来了!哦,天哪——请不要让她用我的梳子!)

"哪种事?"维基重复道,语气中充满好奇,然后她拿起罗奇小姐的梳子,开始梳头,并看着镜子里的自己。

"哦,就是那种事,"罗奇小姐说,"我走后,你们处得怎么样?"

"哦,确实很好,"维基一边梳着头发,一边淡淡地沾沾自喜地笑着说,"他很有手段——你的中尉……"

她努力想控制自己,但这太过分了。梳头、得意的微笑、用"手段"这个令人作呕的词来形容那些醉酒之吻——显然她最近从中尉那里获得的——这三者加在一起实在是令人难以忍受。

"如果你称之为'手段',"她说,"我宁愿说,那不过是单纯的醉酒。"

一阵沉默。维基继续梳着她的头发。

"哈啊,"维基说,"你生气了。我觉得你生气了。"很明显,维基也生气了。

"不,我没有生气,"罗奇小姐又控制住自己的情绪,说,"我只是累了,仅此而已。我想,我们最好去睡觉。"

"不,你生气了。"维基说,她的脾气上来了,但是仍然在梳头发,看着镜子里的自己。她的脾气越来越大,她的德国口音也越来越重。"你生气了。你无趣。你必须学会放开点,普鲁德小姐。"

"你的表达方式真有趣,"罗奇小姐说,"你不觉得我们俩最好都去睡觉吗?"

维基·库格曼这才用力把梳子扔到梳妆台上,转过身去。

"我说,"罗奇小姐说,"当心我的梳子。"

"不,"维基说着,朝门口走去,"你很无趣,普里姆小姐。"她走到门边,打开了门,"你必须学会开放点,我的朋友。你是英国小姐。不是吗?晚安。"

门关上了，她走了。

灯还亮着，罗奇小姐凝视着天花板。

现在她知道，她恨维基·库格曼，因为她这辈子从没恨过任何女人。现在她知道，她恨她，可能，就像从来没有一个女人恨过其他女人一样。她毫不留情地恨她。现在她知道,她已经用这种方式恨了她一周又一周。她很高兴知道这一点。她下了床，关上灯，再次上床。她开始在黑暗中浑身发抖。

然后，她在毫无期待的情况下，不经意地睡着了。

第十一章

一

她在黑暗中费力地看了看她的皮制照明时钟。如今,她不得不把脸靠近它才看得清,因为它已经不像以前那样亮了。想必你再也买不到发光涂料了。或者你能买到吗?反正也无所谓了。即使能买到,他们也会把时钟保存三个月。或者更久。

现在是凌晨五点差一刻。她三点半就醒来了,所以她已经折磨自己一个多小时了。她为什么要折磨自己?她为什么要让那个肮脏的女人折磨她?她不能说她是个肮脏的女人。她并不肮脏。但是,她又确实是!

她的话语。她的表达。不是她的行为,而是她的词汇!

"中尉先生!""哦,男孩!""嗯哼!""奇才!"

"直爽!""有趣的游戏!""神奇的射门!""好样的,小伙子!""倒霉!""倒霉,老伙计!""真不走运!"

"为健康干杯!"[1]"一饮而尽!"[2]"祝你身体健康!"[3]不,这不公平。作为一个"外国人",这个肮脏的女人可以使用"Skol""Prosit"和"Santé"这样的祝酒词。她真的有这种特权吗?

"干杯,老伙计!""祝你健康!""从快乐的老舱门下来!"哦,我的上帝!

"中尉先生""少校先生""汽车司机先生""司机先生""服务员先生"……

"痛快的澡""罗奇""罗契""罗奇""愚蠢的老罗奇"……

"愚蠢的扫兴鬼""老扫兴鬼罗奇"……

"再见!""钦钦!"

"激灵一些,老古董。""开放点——开放点!"

"手段"……也许,是这许多词当中最可怕的一个。

---

1 原文为"Skol",瑞典语,意为干杯。
2 原文为"Prosit",德语,意为干杯。
3 原文为"Santé",法语,意为干杯。

"你必须学会直爽一些,正经小姐。"

"古板小姐"……

"英国小姐"……

英国小姐!英国小姐!

罗奇小姐从床上坐起来,在黑暗中喝了一口水。

二

不过,她到底是不是一位某种程度上的"英国小姐"呢?她(仅仅使用这个肮脏女人的肮脏字眼就让人感到痛苦)是不是一个"扫兴"的人?一个"无趣"的人?

她(她必须把这些可憎的形容词翻译成庄重的英语)是否孤僻,矫枉过正,清教徒式、拘谨?她是否因缺乏活力或缺乏优雅而破坏了他人无忧无虑的快乐?

罗奇。罗契。愚蠢的老罗奇。又来了,你看。"老罗奇——老罗奇"。她在霍夫当女教师时大家都这么叫她,现在又来了。这背后一定有什么隐情。

或者是她这个姓氏本身有问题——Roach[1]——一种鱼的名字——

---

[1] Roach:斜齿鳊鱼,亦有"蟑螂"之意。——译者注

这个字里面有什么东西在某种程度上引起了这种称呼方式？是不是因为她那可怕的教名——伊妮德——她非常厌恶并且劝人们不要使用的——人们才改称她为罗奇呢？

不——肯定不只这个原因。她曾是一名学校女教师，显然，她身上仍有学校女教师的影子。

什么！——女教师，因为她在和几个醉鬼出去时还保持着一种安静和尊严！女教师，因为她反对在战争的冬夜十点半到河里洗澡的想法！假正经，因为她忍住没和一个歇斯底里的德国女人分享一个迷迷糊糊男人的吻，而这个男人竟厚颜无耻地选择了之前亲吻过她并向她求婚的同一个地方作为亲吻站（就像加油站一样）！

不——这不公平——这不公平！她只是她的年龄——她只是她自己——一个普通的、将近中年的女人，表现出一个普通的、将近中年女人应有的行为。正是那两个人——他们两个都是普通的、将近中年的人——表现得像生性暴躁的少年。

顺便问一句，维基认为她——维基——不普通，没到中年吗？好吧——反正她也说不清自己的年龄——但她是否有某种想法，认为自己并不普通，无可救药的普通——事实上，是丑陋？

现在，既然你保持冷静了——但是她令人难以忍受，不是吗？那女人知道她令人讨厌，不是吗？

要是她不知道呢？要是她不是呢？如果她有某种罗奇小姐看不到的魅力呢？如果她对男人有吸引力呢？如果她对男人有非凡的吸引力呢？如果她，罗奇小姐，那个平凡的前女教师，因为她如此迷人而嫉妒她，如果她把中尉从她身边"抢走"了呢？

不——这只是凌晨五点的疯狂想象。她必须把握好分寸。维基并不迷人，不过她也不丑陋，她只是一个和自己一样差不多接近中年的普通妇女——可能只是比她自己更有魅力一点——金发碧眼，面容姣好。如果像维基一样，在这个世界上除了性什么都不想，就这样对男人投怀送抱，男人当然会回应。

也许她应该学会像维基一样对男人投怀送抱。也许，那样她才有点"英国小姐"的味道……她又绕回来了。

三

英国小姐！

请问，一个德国女人，一个德国小姐——在国际形势处于这样一个阶段，在两国激烈交战的第四年——她有什么权利以这样的方式对一个英国女人——一个在自己国土上的英国女人含沙射影？真的，这有点酷——不是吗？罗奇小姐此前并没有意识到这点！

她受到的款待如何？这种款待所要求的那一点点礼节或谦逊的回

报又是什么呢？那么此时此刻因陆地、海洋和空中的战斗而牺牲的人们怎么样呢？这个肮脏的女人所吃的食物、所穿的衣服、所呼吸的空气、所享受的自由又怎么样呢？

哦，不！她没有被关进监狱，没有被关进集中营，没有被当作间谍枪毙，而是和美国人一起在乡间游荡，叫别人英国小姐！

而且是在她，罗奇小姐，邀请她之后！或者说是邀请她——反正她才是那个允许她来的人。

关于鸡尾酒的那句话——是什么意思？"但是你们英国人当然不知道怎么调鸡尾酒，对吧？"你们英国人！撇开这种说法的荒谬性不谈！真的——如果她再多想一点关于这个女人的言行，她就会从床上爬起来，走进她的房间揍她一顿。

罗奇小姐又喝了一口水，决定冷静下来。毕竟，这个女人已经在这个国家生活了有大概十五年之久。也许，她有权在她视为朋友的人中间谈论"你们"英国人。

再说，她大概是反纳粹、反希特勒、反所有类似的东西的人。

可能是吧。但她是吗？

反过来说，你仔细想想，她不也是一个精致的纳粹分子、精致的希特勒分子、精致的所有类似的人吗？

四

罗奇小姐又喝了一口水,决定冷静地思考一下。

是的。在冷静中,她认为自己找到了真相,找到了解开性格之谜的线索,这个问题长期以来一直让她恼火和困惑,而且愈演愈烈。

那么早期的维基——那个胆小、善于讨好的维基——又怎么样呢?难道那个最初的性格不正代表了德国人性格——或者至少德国法西斯性格——中最著名、最容易辨认的部分吗?难道维基巴结她,试图进入罗莎蒙德茶室,假装成一个令人愉快的朋友的那个时期不正是里宾特洛甫时期的表现,不正是彻头彻尾令人作呕的里宾特洛甫吗?就像里宾特洛甫一样,也犯了严重的里宾特洛甫式错误?——她用词不当、思维方式笨拙,冒犯了她想结交的朋友;她不愿付酒钱,迟到了也不道歉,背着罗奇小姐去找佩恩夫人,等等,等等,无一不暴露了她的野兽本性。

然后,目的达到之后,她的行为发生了传统德意志民族特有的微妙变化!闪电般的德意志民族的傲慢!和中尉在一起的第一个晚上,在中尉加入她们之前,她不停地打量他。他们俩讨论她时,她看中尉的眼神。她在外面街上说:"如果你知道怎么对付他就不会了……"

然后,在同一天晚上,她在罗莎蒙德茶室的首次亮相,以及她与斯怀特先生的互动——玩纸牌和其他一切!除了日耳曼人特有的傲慢之外，还有什么傲慢能够构思并实现那种表现呢?

而这种日耳曼人的傲慢，不正是在十九世纪二三十年代的世界环境中繁荣，并发展成显而易见的、过去美好的、熟悉的、灭绝犹太人的、折磨人的、穿着长筒靴的、拿着鞭子的、集中营的纳粹帝国吗？维基精神中的所有气味——她的狡猾、她的麻木——她思想中的沉重、丑陋、粗俗以及最终的残忍——所有这一切不都是自1933年以来在德国盛行并依然盛行的精神气味吗？

难道不是这个女人，在六七个小时前，大喊大叫要"运动"，支持一个醉醺醺的美国人去洗澡的雄心壮志——难道不是这个女人——在其他地理位置上——可能在体育场上呐喊狂欢，支持美国男人的雄心壮志，向她的领袖献花吗？我的上帝——难道你还看不清她的真面目吗？

事实上，如果可以根据纳粹党的某些方面来解释维基·库格曼，如果根据维基·库格曼能解释纳粹党的某些方面，那么这两者不都被神奇而清晰地阐明了吗？

简而言之，维基难道不是一个彻头彻尾的纳粹分子吗？

也许，说到底，她就是个间谍！那就太有趣了！

或者这一切都是罗奇小姐的想象？在凌晨五点一刻相信她的想象是不明智的。

当罗奇小姐躺在床上思考这些事情的时候,她意识到在头顶和四周的天空中传来一阵巨大的轰隆声——她意识到这声音已经持续了大约十分钟。

我们的飞机,出去了……或者是回来了,她不知道是哪一些……

从正在焚烧、掩埋和炸毁德国的维基们、德国的小孩们、德国的女清洁工们,还有其他人的现场回来了……

这一切都非常令人困惑,她在轰隆隆的黑暗中胡乱摸索着,想再找一片阿司匹林,在喝下一口水时一起吃下。

五

这么说,你和一个完全不知悔改的纳粹女人住在同一个寄宿公寓,她谈论"你们"英国人和"英国小姐"……

你现在要做什么?离开这个寄宿公寓?那去哪儿呢?回伦敦去?不——她还是太害怕炸弹了。他们已经离开伦敦很久了,但是你永远不知道他们什么时候会回来。

那么,到别的乡镇去?收拾行李,离开洛克顿——教堂街、佩恩夫人,斯怀特先生,所有的这里的一切——包括中尉?

中尉!真奇怪!今夜(今晨)她在黑暗中思绪万千,中尉却几乎没有进入她的脑海。

为什么会这样?既然他昨晚的行为如此可耻,如此令人发指,她为什么对中尉毫无怨言?

是因为她现在已经对他漠不关心了吗?几乎可以肯定是这样。这个可怜的人简直是个该死的傻瓜。任何一个男人,如果还能像他那样胡作非为,任何一个男人如果还能坚持认为维基·库格曼"可爱",那他就愚蠢到了无以复加的地步,再也不值得认真对待了。

这个男人并不坏,就像他认为可爱的那个人一样。她甚至对他在河边的座位上对她的侮辱没有任何怨恨。

他说起话来自然而真诚,并没有谈什么"运动"。明天早上(或者说今天晚些时候),如果他见到她,他将会红着眼睛,表面上悔恨不已,但从根本上说,他仍然是不知悔改、无足轻重的,第二天晚上他又会从头开始。对这个人,你什么也做不了,必须把他排除在外。

她总是这样对他如此无动于衷吗?不,她现在明白了,她并没有。关于洗衣店的事,她曾自嘲过,但是她也认真思考过。她从来没有把洗衣店从实际的政治领域中排除出去。她从未表现出真正"爱"过中尉的迹象(为什么她还要把这个词放在双引号里?),但是她从来没有完全忘掉要"爱上"他的念头(又是双引号!)。

不过,现在一切都结束了。他不再属于她了,他不再是洛克顿的"她的"美国人。那他是谁的呢?维基·库格曼的?大概是吧,因为他觉得她非常可爱，而且在河边的黑暗中吻了维基·库格曼，而不是伊妮德·罗奇。好吧——如果他想要她，随他去找她好了。她说这话时没有一丝怨恨。

奇怪的是，她所有的怨恨都针对维基，而不是中尉。这难道不是因为在她无意识的深处，她"爱"着或者想嫁给中尉，并对维基横插一脚，破坏了他们的好事而怒火中烧吗？

她仔细想了想这点，并轻易给出了一个非常自信的否定回答。可是，外人会怎么想呢？中尉会怎么想呢？维基又会怎么想呢？

维基到底是怎么想的呢？这还不清楚吗，她已经想过，或者过不了多久就会想，这位英国小姐是被嫉妒冲昏了头脑吗？这难道不是这样一个女人的明显态度吗？难道她不是已经在暗中与"普里姆小姐"和"普鲁德小姐"作对——暗示她（罗奇小姐）太害怕失去一个男人，以至于不允许他与另一个女人友好相处，或者在醉酒狂欢时亲吻另一个女人？这难道是可以容忍的吗？

不，这是不能容忍的。无论如何，她必须和维基把这事说清楚。她必须马上把事情说清楚。她必须去找她，告诉她，她一点都不在乎中尉——告诉她维基可以拥有中尉——告诉她中尉对维基万分欢迎。

但是，维基会怎么回答呢？她会不会用她那略带外国口音的肮脏腔调回答说，她对中尉也毫无兴趣？她这样回答，岂不是在暗示，只是罗奇小姐的嫉妒心太强,才会让罗奇小姐公开表示对中尉不感兴趣?这岂不是更加令人难以忍受吗?

罗奇小姐现在已经到了这样的地步（她明白了）:她正编造与维基的对话,编造维基的回答,然后被这些编造的回答气得脸色发白。到了这个地步,她必须停下来,否则就会失去理智。

飞机还在空中轰隆隆地飞行,似乎越飞越高,又越飞越远……

然后是第二战线的到来,这不可能成功(好吧,能不能理智点呢?),然后中尉会在战斗中牺牲,然后战争就会像天空中的飞机一样无休止地继续下去……

她知道自己现在绝不可能再睡着了,于是她最好还是下定决心接受这个事实。知道这一点后,她感觉好多了。

这种失眠是一件多么可怕的事情! 她想,如果把睡眠比作黑暗中温柔的湖水,那么失眠就是咆哮的海洋,是汹涌的、被风裹挟的航行,点着疯狂的火箭灯,后面是狂野的幽灵追逐,前面是可怕的礁石,是集过去、现在和未来于一体的疯狂暴风雨。在这一切中,苍白而又吃力的航海者必须以某种方式掌握航向,直到疲惫的黎明——不是睡眠的黎明,而是屈从于失眠的黎明——最后来平静这心灵的水域。

第十二章

一

就在那晚之后的第二天早上,有那么一瞬间,罗奇小姐觉得也许将来还能和维基·库格曼在罗莎蒙德茶室以某种相互宽容甚至表面友好的方式生活在一起。那是她第一次在房间外的通道上意外遇见维基,维基淡淡地回了她一个弱弱的微笑。但那一秒只是昙花一现,类似的下一秒却再也没有出现过。

那天早上,罗奇小姐在穿衣服的时候考虑了很久,她们见面时,她该怎么跟维基说明,以及如何看她。两个吵过架却没有和好的人之间的见面,无论如何都令人足够尴尬。然而,如果双方以前并没有公开争吵过,甚至也没有表现出任何可能争吵的明显迹象,那么见面就会倍加尴尬。

罗奇小姐在日光中走来走去,在卧室里洗漱和穿衣,她愿意同意这样的推测,即她在失眠的晚上将一切都过于夸大了。虽然她现在知道自己在灵魂深处憎恨维基,但她希望这种憎恨不必是主动的、恶毒的和无休止的,而是可以通过彼此文明的交往来缓解,让两个人的关系变得可以忍受。既然需要相互礼让,她自己最好也能主动礼让。她决定对维基微笑,并友好地跟她打招呼。

她不知怎的在早餐桌上看着这一幕正在其他人面前发生;而且,在不知不觉中,为了让这一设想成真,吃饭铃声敲响后,她实际上在房间里等了两三分钟,好让维基先下去,而她可以做好进入餐厅的心理准备。然而,这不可能。因为她离开自己的房间时,正好碰上从房间出来的维基。

"你好!"罗奇小姐愉快地说,"今天早上怎么样?"

尽管在过道上以这种方式见到她有些令人诧异,但她还是露出了笑容,而且不知为何,脸上还一直保持着笑容。

然后,有那么一刻,她觉得自己今后可能会与维基在某种程度上相互宽容,因为她的脸上又对她露出了一丝微笑。

"哦,很好,谢谢你,"维基说,"头有点疼,其他都还好。你好吗?"

正是那句"你好吗？"打消了她的念头。因为那闪现的微笑消失了，取而代之的是得意、蔑视、冷漠和不易察觉的嘲讽的表情，罗奇小姐后来在维基的脸上看到过无数次这样的表情，而这一次，当它第一次出现在维基的脸上，它告诉了她即将发生的所有故事。

维基也是如此，她的表情保持了很久，不让人误会。她没有礼貌地给罗奇小姐先下楼的机会，而是自己默不作声地走在前面，害得罗奇小姐像只小绵羊一样，一路跟着她下楼。

罗奇小姐这才知道，这种充满希望的时刻再也不会重现了。于是，她知道这是一场生死之战——一场致命的、充满怨恨的、令人憎恶的、无休止的、不可逆转的战斗。

她仿佛不得不默默地跟随自己丑陋的命运、丑陋的未来，温顺地走下楼梯。

二

斯怀特先生当然在他的座位上，其他人也都在。

斯怀特先生开始谈论她俩昨晚的事情之前自然要好好打量她们两个，他盯了她们很久，以至于斯蒂尔小姐抢在他之前开始说话了。

"你们俩昨晚过得怎么样？"因为她坐在另一张桌子上，所以提高了嗓门，以便房间里每个人都能听到，"你们玩得开心吗？"

斯蒂尔小姐在自己的餐桌上开始谈话并不常见。事实上，这几乎破坏了斯怀特先生的餐厅规矩。人们可以加入斯怀特先生在他餐桌上开始的谈话，但不能在自己的餐桌上先开始谈话。

这本身就表明了这一场合的重要性，揭示了这样一个事实，即罗奇小姐和维基去龙餐厅已经开创了一个可能令人恐慌但绝对令人兴奋的先例，而处于倦怠中的罗莎蒙德茶室，不管它对此事在道德层面有何看法，都打算利用这一既成事实，代为分享这一激动人心的时刻。这就和罗奇小姐每天进城，客人们每天晚上都盼着她回来的原因是一样的。

"是的，非常棒。"罗奇小姐说。接着维基说："是的，我们玩得非常开心。"

"我真希望能和你们一起去，"斯蒂尔小姐说，她像往常一样，有点荒唐地宣泄着她对生活的反感态度，"我自己也会玩得很开心的。"

"是的，我也希望你当时跟我们一起去。"罗奇小姐说着，暗自思忖斯蒂尔小姐究竟会有多喜欢那种场合。沉默了一会儿，斯怀特先生开始说话了。

"你们跳舞，打情骂俏，一直到凌晨吗？"他问道。

"哦，没有，"维基说，"我们十二点之前就回来了。"

"就像灰姑娘一样？"斯蒂尔小姐从她那张桌边说，维基没有回答。

罗奇小姐说:"是的,没错。就像灰姑娘一样。"

让罗奇小姐去回答斯蒂尔小姐的话是维基的特点。既然维基已经在寄宿公寓里站稳了脚跟,她越来越清楚,除了斯怀特先生,她几乎不理会任何人,也几乎不跟任何人说一句话。

"你们是不是饮了葡萄果实里的神药,"斯怀特先生接着说,"追求酒神巴克斯的罪恶狂欢?"

"哦,是的,"罗奇小姐说,"我们喝了不少。"由于斯怀特先生正假装用特罗辛的口吻说话,所以总的看起来,他似乎会相当仁慈。

"今天早上,你有没有感到头痛,"斯怀特先生问,"你的灵魂里有没有悔恨?"

"噢——不算太糟,"维基说,"可能更糟。"

"那你跳了什么舞?"斯怀特先生问,突然之间苦大仇深地停止了特罗辛式的语调,"我猜是爵士吧!"

一阵沉默。

"噢,现在不流行爵士了,"斯蒂尔小姐说,"你过时了,斯怀特先生。现在是'布吉-沃吉'了,对不对?"

维基当然没有回答这个问题,这次罗奇小姐也没有回答——因为她对斯怀特先生和斯蒂尔小姐都感到羞愧,不好意思回答。

"我不知道你们在龙餐厅还可以跳舞,"斯蒂尔小姐说,她又开始卖弄自己对这些事情的了解和宽容,"那里现在有乐队吗?"

"没有,"罗奇小姐说,"不过我们确实跳了一会儿舞——在路上的一个地方。"她想起了维基在那个小酒馆里的可怕表演。

"我猜她,"斯怀特先生一边说,一边看着罗奇小姐,但是显然他是在对维基说话,"跳了一支俄罗斯舞,是吗?"

由于维基没被注视,所以她没有回答,罗奇小姐也没有回答。

"我是说我猜你,"斯怀特先生说,"跳了一支俄罗斯舞,对吗?"

"没有,斯怀特先生,"罗奇小姐说,"我没有跳俄罗斯舞。"

"哦,你没有跳吗?为什么不跳?"

他又开始了。

"我为什么要跳?"罗奇小姐说。

"你为什么不跳呢?你喜欢俄罗斯人,不是吗?"

可怕的是,你必须为这些问题找到答案,而这些答案必然和这些问题一样幼稚。

"没错,"她说,"但这并不意味着我跳了俄罗斯舞。"

她还有什么别的能说呢!

"噢,是吗?"

"是的,它并不意味着那样。"

"哦,好吧,我很高兴知道这一点,"斯怀特先生说,"我们现在不是在西伯利亚大草原上,你知道吗?"

"是的,我知道我们不在。"罗奇小姐说。

"反正至少现在不在。"斯怀特先生说,好像很清楚,如果事情照这样发展下去,他们很快就会在西伯利亚大草原上。

"我希望你会跳一支俄罗斯舞,可以吗?"斯怀特先生说,"如果我懂的话。"他现在是在跟维基说话。

而此刻,因为他正在跟维基而不是罗奇小姐说话,所以俄罗斯舞不但不是一件糟糕的事情,反而奇迹般地变成了一种值得尊敬的和令人愉快的事情。

"哦,可以,我会跳俄罗斯舞,"维基说,"我会跳各种各样的舞蹈。"

"啊——那你一定要给罗奇圣母上几堂课,"斯怀特先生说,"这对她会有用的。你必须给她一些皱纹。"

一阵沉默。

"或者,也许,"斯怀特先生说,"罗奇女士可以给你一些皱纹。是吗?"

罗奇小姐立刻明白了他的意思。他的意思是说,罗奇小姐不如维基年轻,保养得也不如维基好,所以脸上的皱纹也比维基多,她完全可以不要皱纹,把皱纹留给维基。她对斯怀特先生如今为达到目的而不惜一切代价感到惊讶。自从维基来了以后,他的情况越来越糟:似乎每天、每小时都在变糟。

她希望其他人没有完全明白他的意思，因为如果他们明白了，她就很难知道自己该怎么做了。走出房间？在接下来的沉默中，她不知道斯怀特先生接下来会说些什么。

实际上，他没说什么让人听得懂的话。相反，他模仿猫叫。

"喵呜……"斯怀特先生呜呜地叫着，"喵呜！喵呜……喵呜！"

三

不了解斯怀特先生心理过程的人可能会觉得费解，但熟悉他心理过程的人还是像往常一样很清楚他的意思。虽然皱纹这个话题是他自己提出来的，但他现在却以他特有的自由自在的联想方式，让人觉得这件事是那两个女人先提出来的，并说着："喵呜！喵呜！"以暗示这两个女人在讨论彼此的皱纹时都很"刁钻刻薄"。

这时，巴拉特太太掺了一脚。她一直在看报纸，是否正确理解了刚才罗奇小姐遭遇的粗暴侮辱，罗奇小姐不得而知。不过，她确实站在了罗奇小姐这边。

"你怎么了，斯怀特先生？"她微笑着说，"你是病了还是怎么了？"

"不，我没有生病。"斯怀特先生说，一边看着维基和罗奇小姐，一边"喵呜！喵呜！"地叫着。

然后,他假装在桌子底下找一只猫。

"喵咪!"他一边说着,一边打着响指。

"喵咪!……喵咪!……喵咪!"

罗奇小姐和维基都低着头。

"我好像找不到它了,"斯怀特先生说,"好了,别管这个了。我们刚才在说什么?"

"我们在谈论俄罗斯舞蹈,斯怀特先生。"维基一本正经地说。

"哦,是吗?我以为我们在谈皱纹呢。"

"噢,好了,"巴拉特太太说,"我们最好还是别谈皱纹了。我们对皱纹的了解已经够多了,谈论它们毫无必要。"

"是的,确实如此。"罗奇小姐说。

"那么,你同意这种说法吗?"斯怀特先生看着维基说。

"当然。"维基说。

"为什么?"斯怀特先生说,"你还没有什么皱纹,不是吗?至少在我看来没有。"

"哈哈,也许你没有看到一切,斯怀特先生。"维基说。

"看到一切?"斯怀特先生说,"是的,也许我没有……"

这时候,斯怀特先生克制的语气中某些东西让罗奇小姐抬起头来看他。他的话里也有一些东西。斯怀特先生是要"暗示"什么吗?在过去的一个多星期里，有足够的迹象表明他对维基越来越恭维（而对她自己却越来越苛刻，越来越蛮横），但到目前为止，他还没有进一步进入真正的性暗示。

此刻看着他，罗奇小姐突然想到，也许新的斯怀特先生就要登场了。他的神情是不是很激动，近乎狂热？他的谈吐无疑越来越狂野，不正和这种神情不谋而合了吗？

"不过，也许我想看看所有的东西，"斯怀特先生用同样审慎的语气说，并用同样审慎的眼光看着维基，"或者，至少多看一点。"

毫无疑问，他此刻在指什么。哦，天哪——罗奇小姐想——不是这个！不是在昨晚的基础上，也不是在她不眠之夜的上面，更不是在她和维基的争吵和对她的死仇之上——不是一个新的斯怀特先生，一个身体激情失控的老人！也不是为了维基！在这个节骨眼上，不是另一件值得她骄傲的事！（因为她会这样认为：她就是那样的女人。）

"恐怕我不太明白，斯怀特先生。"维基又一本正经地说，但绝不是不高兴的样子。

"你不明白？"斯怀特先生说，"我想，如果我用法语说，你会不会明白？"

这是在指几天前的一次谈话，在那次谈话中，大家一致认为可以用法语表达一些用英语无法表达的东西。

"确实如此,先生。"维基用法语说,"为什么用法语?你今天早上很开心,不是吗?我想您最好继续吃早餐。"

她不能,罗奇小姐想——她不能。世上没有一个女人能堕落到这种地步。但是她做到了。维基到底说了什么,她不知道,因为她自己不会说法语。

"继续,"斯怀特先生说,"我喜欢听你说法语。"

"不,够了,"维基说,"你要是继续这样,我就不说了。"

"那罗奇女士呢?"斯怀特先生说,"她会说法语吗?"

"不会,"罗奇小姐说,"我恐怕不会。"

刹那间,她捕捉到了维基的目光,意识到这次自我表现的目的之一就是要揭示英国小姐更加孤僻和英国化的一面。

第十三章

一

罗奇小姐没有搞错：这是新事物的开始。

几乎可以说，那天早上吃早餐时，斯怀特先生已经感觉到这两个女人之间出现了致命的裂痕，而且（与此同时，他自己对维基的某种或多或少被掩盖的野心或欲望也得到了释放），他急忙利用了这一点。

是的，斯怀特先生已经对维基产生了一种老年的情欲。从现在起，你就无法回避一个日渐明显的事实了。你不会感到惊讶。如果你对一个老人这样和颜悦色，拉拢他，奉承他，挑战他，跟他玩纸牌游戏，对他做鬼脸，把你的野兽般的头发撒在他身上——你就不会感到惊讶了。老人们是出了名的不拘小节,而这毕竟不是值得维基骄傲的事。

很难确定激励老人的力量究竟是欲望还是虚荣。可能两者都有。而且,奇怪的是,其中还夹杂着对罗奇小姐的憎恨。这就好像他找到了另一根可以用来责打罗奇小姐的棍棒。又好像,他怀疑罗奇小姐不喜欢他,所以在反抗她。又好像,他多少知道了她和维基之间关系破裂(也许是维基私下告诉他的),他想通过打击罗奇小姐来取悦维基。不管是什么原因,大家都心知肚明。无论是巧妙还是公开地赞美维基,他都会把罗奇小姐扯进来。他无法在"暗示"维基身体吸引力的同时,不对罗奇小姐缺乏吸引力做出一些补充性的暗示。

还有那些"暗示"!无论维基做什么,无论维基说什么,他都像只猎犬一样盯着她。他自我意识的状态是痛苦的:他整天盯着她,一有机会就扑上去。他没有机会扑上去时,就扭曲她的话,改变她的想法。他扭曲自己的想法和语言,去创造机会。其中包括,他逐渐出现了一种喜欢听她说法语的疯狂行为。

"用法语说这个",他会说,或者"那个用法语怎么说"。维基就会迷人地、迅速、轻快、流利地说出来。她是个难以形容的低俗的女人。后来,他又要求她用德语说一些东西。他一点也听不懂,但他喜欢看着她说自己的方言。同时,这也是打击罗奇小姐的另一种方式。

奇怪的是,他并没有让这一切在其他客人面前表现得太明显。和所有十足的傻瓜一样，他绝不是傻瓜。在他的幼稚之下，隐藏着一种卑鄙的、天生的狡猾。他足够聪明，不知怎的避免了在寄宿公寓内制造公开的丑闻。只有当罗奇小姐一个人在场时，只有他们三个人在一起时，他才真正地释放自己的天性。

维基对这一切的反应也非常有趣。她太聪明了，没有表现出任何确定的高兴和得意，而罗奇小姐非常肯定她实际上是有这种感受的。在用法语、德语和其他方式引导斯怀特先生的同时，她仍然装出一副受到略微惊吓的样子，假装斥责斯怀特先生，哪怕是顽皮可爱的斥责。她的态度主要表现为一种越来越令人难以忍受的自鸣得意。随着斯怀特先生的热情高涨，她的眼睛里出现了一种懒散的神情。她的举止也变得更加懒散。她的走路姿势，她的侧目，她肩膀的移动，都变得懒洋洋的。她很少嘟嘴，也不再让头发垂下来。她没必要这样做。

罗奇小姐注意到的另一件事是，自从来到罗莎蒙德茶室，特别是自从斯怀特先生开始做这种事以来，维基的外国口音变得更加明显了。罗奇小姐也不相信那是真正的德国人说英语的口音。相反，她认为这是维基认为很好听的一种口音，而且纯粹是为了迷人而采用的。

当然，罗奇小姐本人也觉得这很令人厌恶。她尤其痛恨维基使用不定冠词的方式，她以最令人厌恶的方式突出强调这些不定冠词。她不说："你今晚有个好心情，斯怀特先生。"而是说："你今晚有一个好心情,斯怀特先生。"不说:"现在,斯怀特先生,你要抽根烟吗?"而是说:"现在,斯怀特先生,你要抽一根烟吗?"她会说:"现在,我想我要去散一散步。""啊,没关系,我有你们所说的一种直觉!"她在说出这个"一"之前总是要做一分钟的停顿,在这一分钟里充满了难以形容的自我意识的淘气。而且,没有什么特别的原因,这比任何其他事情都令罗奇小姐心烦意乱。

二

就在休息室的下午茶时间,也就是那顿揭露真相的早餐之后的第四天,情况急转直下。

斯蒂尔小姐出去喝茶了,巴拉特太太只喝了一杯就匆匆忙忙地走了,只剩下他们三个人在一起。

不知怎的,话题又回到了跳舞上。不知怎么的,自从听说维基那天晚上和中尉出去跳舞后,斯怀特先生脑子里记住了跳舞这件事。这是不是因为他曾经幻想过把维基搂在怀里跳舞?他甚至还说,这几天他自己也要带维基去跳舞。他说,他会让她见识一些舞蹈。

"但是,我记得你说过,"此刻他对维基说,"你会跳各种各样的舞?"

这是典型的现在时态:现在他记得这个女人说过的每一句话。罗奇小姐自己也记得,四天前的早餐时间,维基正是这样说的,他对她的用词记忆准确。他记住了一切,用来对付维基,用来对付维基的暧昧,用来扭曲和转折。

"真的吗?"维基说,"我不知道我说过这样的话。"

"哦,是的,你说过。她说过吗,罗奇小姐?"

"是的,我记得她说过。"罗奇小姐说。

"啊,好吧,"维基说,"也许我说过一堆言不由衷的话。"

(罗奇小姐注意到,"一堆"这个词是一个美国用语,显然她是从中尉那里学来的,中尉经常用这个词。)

"也许,"斯怀特先生停顿了一下后说道,"你也领过很多舞。"

另一种扭曲。很容易看出他在说什么,但与此同时,除了假装什么也没看到,几乎不可能做其他事情——这就是典型的斯怀特式困境。

由于维基没有选择回答他,斯怀特先生又重复了一遍。

"你什么意思,斯怀特先生?"维基说。

"我是说也许你喜欢领人跳舞,"斯怀特先生说,"也许你以此为爱好?"

"领人跳舞?比如说谁?"

"哦——男人这种物种。什么?难道不是吗?"

"不,斯怀特先生。我当然不是。"

"什么!你不喜欢吗?也喜欢!我打赌她喜欢——你说呢,罗奇小姐？"

"哦——我想她不喜欢。"罗奇小姐说。她不知道自己能否优雅地离开房间。如果斯怀特先生要当着她的面和维基做爱，这无疑是最佳办法。但是，此刻她膝盖上还放着满满一杯茶。

"不过，也许你对此一无所知。"斯怀特先生看着罗奇小姐说。

有三种方式来回应他这句话。一种是沉闷而熟悉的"你什么意思"；另一种是令人尴尬的，同样熟悉的沉默；第三种（鉴于他的意图非常明显，是要让她遭受一个男人对一个女人最严重的侮辱）是把她杯子里的茶浇到他脸上。但她最好不要这么做，也最好不要说："你什么意思？"以防他更详细地解释他的意思。于是，她保持沉默。不过，斯怀特先生最好不要太过分。

幸运的是，他改变了话题。

"据我所知，这个小镇的一些舞会上发生了一些有趣的事情。"他说。他是在暗示最近发生的丑闻,关于镇上一家酒店里的女孩和美国人，这些丑闻已经登上了当地的报纸。

"是的。一些很有趣的事情。"维基说，"我看到过。"

"是的，"罗奇小姐说，"我也看到过。"

"事实上，去找他们似乎不太安全。"维基说。

"确实，"罗奇小姐说，"很不安全。"

就在这时，斯怀特先生开始过分了。

"哦，没关系，"斯怀特先生说，"你们不用担心。"

沉默了一阵。接着罗奇小姐仔细考虑之后，端起茶杯，放在桌子上，向门口走去。

"你怎么了？"斯怀特先生说，"你要去哪儿？"

"没什么，"罗奇小姐说，"我出去一下，就这样。"

"哦——你们两个！"维基说，"你们俩就不能不吵吗？"

"好了——回来吧。"斯怀特先生说。而维基说："别吵了！"

"不，我要出去。"罗奇小姐说完，就出去了。

"我们的贵妇人，"她听见斯怀特先生在她关上门后说，"好像有点生气了。"

第十四章

一

此时，这个神秘人物就是中尉。

由于对中尉这个神出鬼没的人有所了解，所以他的缺席和沉默几乎没有令罗奇小姐感到困扰。她很好奇，维基对此有何看法，她是否也同样没有感到困扰。

自然，她们之间对他只字不提，这让总体的气氛更加紧张。

"你们的美国朋友呢？"有一天，斯怀特先生问她们俩。罗奇小姐说她不知道。维基没有回答。

她突然想到，维基可能是在和他秘密会面。但她并不真的相信这一点，就像她并不真的相信维基其实是个德国间谍一样。但是，这两件事却在她脑海中挥之不去。

在沉寂了八天之后，中尉打来了电话，这在某种程度上解开了谜团，也在某种程度上加深了这个谜团。

午饭时间，希拉走过来对罗奇小姐说："小姐，派克中尉的电话。"

罗奇小姐预料到了这种情况，但她没有预料到自己会做出现在这样的举动。

"噢……"她说着，犹豫了一下，"呃……你能告诉他我不在吗？你能告诉他我出去吃午饭了——或者去做别的什么事吗？"

"好的，小姐。"希拉说着走开了。

在接下来的沉默中，她不敢看维基，尽管她知道维基在看着她。她知道斯怀特先生在看着她。她知道房间里的每个人都在以某种方式看着她。她看着自己的食物，不知道自己为什么要这样做。

很快，她就明白了自己的动机。这只不过是一种报复——是对维基突然产生的一种报复冲动——维基认为英国小姐是嫉妒中尉对维基表现出的兴趣。这将"证明"她——这将证明她是真正的"英国小姐"！多日来，她一直渴望与维基一吐为快，让她自己对中尉的完全无动于衷一目了然。现在，她的一个举动就达到了目的。她为自己的所作所为感到高兴，但也为中尉感到遗憾。他不幸被卷入了这种女性政治中。

其实，她也很想见见他。

希拉回来了。

"抱歉，小姐，"她对罗奇小姐说，但又瞥了一眼维基，"他说如果你不在，他能跟库格曼小姐说话吗？"（这是寄宿公寓里的一个笑话，希拉对这个德国女人的名字只字不提。）

维基站了起来。

"好的，我这就去。"她说着就出去了。罗奇小姐看着自己的食物，当然看不到她的表情。

她没有预料到这一点，但是她应该早预料到的。现在怎么办？

房间里鸦雀无声。他们和她一样，都在等着看接下来会发生什么。她抬头瞥了一眼斯怀特先生和巴拉特太太，发现他们并没有看她。但是，她注意到，他们不看她的方式也是一种看的方式。

维基回来了。一阵良久的沉默，然后斯蒂尔小姐起身离开了房间。用餐结束了。奇怪的是，斯怀特先生也起身跟着出去了。在他之后，巴拉特太太走了，普雷斯特先生紧随其后也出去了。只剩下她和维基两个人。仿佛其他客人已经决定不再打扰她们了。

她的盘子里还剩下一点食物，在可怕的沉默中，她让自己把它吃完。不，这种沉默并不可怕——只是太傻了。她决定打破这种沉默。

"喔，"她说，站起身来，把餐巾放进餐巾环里，"中尉说了些什么？"

"哦，没什么，"维基说，也站起来做同样的事，"他好像想让我今晚出去一趟，仅此而已。"

"那你去吗？"罗奇小姐说，仍在忙着摆弄她的餐巾和餐巾环。

停顿了一下。然后，维基用一种罗奇小姐永远也不会忘记的眼神，带着罗奇小姐从未听过的更浓重的外国口音，安抚地拍了拍罗奇小姐的肩膀，回答。

"不去，"维基说，"那不是我，亲爱的。我不抢。我更不抢男人。"

罗奇小姐刚想说什么，但维基仍然拍着她，继续说。

"不，亲爱的。我推掉了。别害怕。我不抢。我不是强盗。"

然后，她最后说了一遍"不，我不是强盗。不要惊慌，我不抢。"这个德国女人以一种庄重的方式把这个英国女人独自留在了罗莎蒙德茶室的餐厅里。

二

噢……噢……噢！

她在公园的河边散步。她走在大风和红黄相间的夕阳中——这夕阳似乎是在模仿德纳罗印钞公司的明信片作品，她叹息着寒冷和大风，以及记忆中那个女人的话。

"不要惊慌，我不是强盗！"强盗！强盗！噢……噢……噢！

她错过了下午茶。她已经下定决心，她无法面对它。她本以为她可以在外面什么地方喝杯茶。但是当她走到外面时，她在任何地方都坐不住，于是她决定在风中漫步。

"不，我不抢男人。"还有那难以形容的怨恨和居高临下的眼神！那种居高临下——首先是那种居高临下——把真实情况扭曲成她似乎可以居高临下的可怕样子！

"那不是我。我不抢。"这句话的所有含义！首先，她冷静地假设自己处于一种抢夺的位置——在这种情况下，中尉的爱慕显然已经从罗奇小姐身上转移到了她自己身上！然后，在这位"蛇蝎美人"的生活中，类似的情况不断发生，以至于她不得不制定一条特别的规则来应对——她现在（不顾罗奇小姐扭曲而过激的嫉妒心）维持着自己的标准，英勇地克制住了抢夺的发生。然后（这是最可怕的扭曲），罗奇小姐拒绝接电话，是因为她对中尉偏爱另一个女人感到生气——因为她在赌气，所以不想跟他说话。这就是事情被扭曲成的模样——这就是维基在她肩膀上安抚式拍拍的真实意图。真的，用不了多久，她就会对这个女人造成伤害。罗奇小姐的棕色眼睛在愤怒的夕阳下闪烁着黑色的光芒，她在风中艰难地前行着。

然后又暗示她想要那个中尉，那个男人，到现在已经完全受不了她了！好吧，这可能有点夸张，但实际上就是事实。

好像如果她想要他,她就不能接他的电话,单独约个时间跟他见面似的!他替她打听过了,没有吗——不是维基吗?

不能再这样下去了,她必须跟她摊牌了。既然暗示失败了,她必须直截了当地告诉维基,她对这个男人没有丝毫的兴趣——她受他的欢迎。她必须把这一点说清楚,否则她就不能再和这个女人住在同一屋檐下了。

那就摊牌吧。什么时候呢?现在吗?是的——为什么现在不去——为什么不回去,现在就摊牌?她转身背对着夕阳和风。

风停了,此时在她身后,寂静让她突然感到恐惧,但她的决心未变。

维基现在会在哪里呢?在喝茶吗?那她必须把她从下午茶时间叫出来,问她能不能单独和她说几句话。

如果她拒绝呢?不行,她不能这么做。

或许,她可能在自己的房间里。她通常喝完茶就回房间,并在那里待很长时间。她在房间里做了什么,无人知晓——可能是用秘密无线发射机向纳粹德国发送情报。

不管她在哪里——她一定要找到她,跟她摊牌。

她回到罗莎蒙德茶室时,天快黑了。她把钥匙插进门时,心跳得更快了。昏暗的油灯在大厅里燃烧着,照亮了大厅的桌子、含锡的铜锣和用黑色胶带纵横交错粘起来的绿色信架。

她爬上楼梯时，听见休息室里传来斯怀特先生洪亮的声音。她经过门口，驻足倾听了一会儿，却没听见维基的声音。

在楼梯顶部，她从维基的门下看见里面灯亮着。她走进自己的房间，打开灯，匆忙地关上了门。现在就去！现在就去！

她在房间里来回踱步，看着镜子里的自己，又来回踱步。她打开房门，听了听，几乎要把门关上了，又在房间里来回踱步，看着镜子里的自己。

突然，她听见维基打开房门走出来了。就是现在！就是现在！她走到门口。

"哦——维基，"她说，"我这会儿能跟你说句话吗？"

听到自己这样平静地叫她"维基"，她很惊讶，但也很高兴。也许这件事可以用一种或多或少友好的方式来解决，也许这件事可以或多或少顺利地解决。

"好的，"维基说，"什么事？"她走进房间。她穿戴整齐，准备出门。

"哦，只是关于你今天午餐时说的一些话。"罗奇小姐说，微微吞了一下口水，但仍保持平静。

"是的，"维基说，一副天真而略带疑惑的表情，"什么？"

"哦——只是你说的一些关于——占有——男人的事。"（她无法让自己重复那个可怕的"抢"字！）

"是的,"维基说,"我记得。那又怎样?"

"喔,只是,"罗奇小姐再次吞吞吐吐地说,"涉及这个特别的男人……"一时间,她说不下去了。

"没错,"维基鼓励她说,"这个特别的男人?"

"呃,只是我对他一点兴趣都没有……我相信他对我也没有丝毫兴趣……所以我不想让你觉得有那种事情存在,就这样。"

维基停了一会儿,看着她。然后,带着一种听儿童故事时难以置信的、着迷的神情,带着一种无限仁慈的神情,不知怎的夹杂着一种无限怨恨的神情,她伸出手拍了拍罗奇小姐的脸颊。

"真的!"维基再次用她那最阴沉的喉音说道,"你真是一个可爱的人,不是吗?"

然后她又拍了拍罗奇小姐的脸颊,走到门口。

"没错,你真是一个相当可爱的人!"她说着,就走到楼道上去了。

现在怎么办?叫她回来?出去把她拉回来?打她的脸?把她踢下楼梯?

罗奇小姐没有这样做,相反,她走到楼梯平台上,听着维基一路下楼。即使在她的脚步声中,也透着一种恶意的、细腻的、和蔼并宽容的东西。接着,罗奇小姐听到大门被关上的声音。

斯怀特先生的鼻音从休息室紧闭的门后传了出来……

第十五章

　　罗莎蒙德茶室虽然客房已经座无虚席，但餐厅里还有很多空位，佩恩夫人对利益的热爱压倒了其他一切考虑，她会毫不犹豫地在必要的时候让她的常住客人与陌生人同桌进餐。这些陌生人是洛克顿的临时访客，有时只来吃一顿饭，有时来两三天，有时长达一周。

　　这对常住客人来说是一种煎熬，但对陌生人来说更是如此，他们被困在房间中央，被一种沉默的好奇和似乎不喜欢的气氛包围着，不敢说话，对食物和服务采取一种胆怯和试探的态度，并且非常高兴能再次走出房间。

　　在这种情况下，电梯的轰隆隆声、刀叉与盘子撞击的寂静似乎显得尤为可怕,就连斯怀特先生,虽然他说话,但是说得更少了——他不愿意把自己的个性强加给那些只是路过的陌生人,因为他们无法在时间上完全或充分地吸收他的个性。

在这些不速之客中,有一位钢琴调音师,名叫阿尔伯特·布伦特,留着浓密的小胡子,已过中年。他不是来给钢琴调音的,因为罗莎蒙德茶室里没有这种东西,但他是佩恩夫人的私人老友。(令人难以置信的是,佩恩夫人竟然有自己的私生活,她像其他女人一样,吃饭、喝酒、喝茶、看电影、拥有爱恨情仇。)当他来到罗莎蒙德茶室这片"领地"时,佩恩夫人在餐厅为他提供午餐,并在角落里给他安排了一张桌子。

这个体面的人对人性很感兴趣,在客人们不知道的情况下,他对客人们进行了研究并得出了结论。

从外面这样看,这些客人——在这个死气沉沉的餐厅里,在这所死气沉沉的房子里,在这条死气沉沉的街道上,在这个死气沉沉的小城镇里——在历史上最致命的战争中最致命的、灰色的、死气沉沉的冬天里——从一个旁观者的角度来看,他们呈现出一种非同寻常的景象。

阿尔伯特·布伦特喜欢聊天和喝啤酒,他不明白人们怎么能以这种方式生活——他们怎么会达到这种迟钝、麻木、无所事事、愚蠢和沉默的状态,而且还在继续忍受这种状态。他认为,这足以让任何人彻底疯狂。

他们不说，不笑，似乎不喜欢他们的食物；他们似乎不出门，似乎没有任何兴趣爱好，似乎也不太喜欢彼此，甚至似乎不讨厌彼此，他们似乎什么都不做。他们所做的似乎只是一个接一个地缓慢走进餐厅，跟女招待低声说几句，彼此嘀咕几声请求递盐，在椅子上挪动一下，偶尔适度地咳嗽或擤擤鼻子，坐下，吃东西，等待，吃东西，坐下，最后又一个接一个地缓慢出来，一声不吭，去天知道哪里做天知道什么的事情……这一切都超出了阿尔伯特·布伦特的想象，他大部分时间都住在伦敦，一直密切关注着世界局势和战争。

他认为，他们中大多数人都是非常普通的寄宿公寓的样本。普雷斯特先生他不太有把握，但是斯蒂尔小姐和巴拉特太太是很容易辨认的类型。那个大嗓门、鼻音重、傻乎乎的男人也是一个类型，不过比一般人要傻得多。他觉得那两个年轻女人也是一个类型。

他研究了这两个人，他观察，其中一个是外国人。这两个女人都很普通，不过黑皮肤的那个有一张"漂亮"的脸蛋。她们俩都不可能结婚——老处女类型——除非运气好，否则不可能结婚——有这么多美国人在，结婚也不是不可能。让他感到困惑的是，这里可怕的气氛似乎也让这两位女士很沮丧。她们相对年轻——年轻到可以谈笑风生，展示出一些活泼的迹象、一些对生活的反应。但是她们没有——相反，她们似乎在某种程度上比其他人更沉闷、更愚蠢、更死气沉沉、更毫无生气。

阿尔伯特·布伦特并不了解实际情况。钢琴调音师并不知道，在这个寂静、灰暗、充满冬日气息的餐厅里，在这个表面上是欲望和激情的太平间里（电梯在隆隆作响，刀叉在盘子上刮来刮去），地狱般的反感和难以平息的仇恨正一浪高过一浪，汹涌澎湃！

他不知道，在这两个女人之间，存在着一段在寄宿公寓，甚至在女性历史上都绝无仅有的恩怨情仇——她们中的一个在德纳罗式的夕阳下逆风而行，满脑子都是邪恶甚至是杀人的念头，但在人格上却依然是无可指责的。

第十六章

一

就像罗莎蒙德茶室的客人偶尔会受到外界的观察和评价一样，斯怀特先生、库格曼小姐和罗奇小姐之间现存的关系也受到了内部的关注。

奇怪的是，与他们三人同坐一桌的巴拉特太太观察得最少。也许她离得太近了。不管怎么说，巴拉特太太吃饭的时候，事实上在其他大多数时候，都是在一种梦境中。她当然不知道罗奇小姐和她的德国朋友之间有什么摩擦，或者起摩擦的原因。她认为她们在一起一定很"愉快"。

另一方面，她也意识到斯怀特先生对罗奇小姐怀恨在心，而她朦胧地认为这个人就是个恶霸，不过他很少会找她自己的麻烦。因此，当她看到斯怀特先生太过分时，她就会特意去帮助罗奇小姐。

但是，经常是斯怀特先生做得太过分时，她却不知道发生了什么，于是，出于无知，她拒绝给予支持。

斯蒂尔小姐看到更多。她看清了斯怀特先生是个什么样的人，也看清了他选择了罗奇小姐作为他变态迫害的猎物，她也尽可能地去帮助罗奇小姐。不过，由于她坐在单独的一张桌子上，要做到这一点并不容易，因此尽管她所做的事情倍受赞赏，但实际上她做得很少。

除此之外，由于她本人并没有受到过斯怀特先生的骚扰，所以她不相信任何人，尤其是聪明而又相对年轻的罗奇小姐，会把这么一个可笑的老头子放在心上，会因为他的言行而受到严重的伤害或折磨。

在其他方面，她也比巴拉特太太注意得多。她注意到，斯怀特先生一开始就对维基表现出一种不健康的、老掉牙的兴趣。她注意到随着这种兴趣的出现，对罗奇小姐的迫害也同时增加了。她无法解释这一点，但她注意到了。

她不确定自己对这个德国女孩的看法。她起初很喜欢她，但也意识到她有点过于聪明、轻浮，而且健谈，但是一种典型的非英国人的方式。她曾经真的认为她会是一个"活跃气氛"的好影响。但有趣的是，她来了没多久，非但没让气氛活跃起来，反而让气氛变得死气沉沉。在餐厅里，她不再那么聪明幽默，而且，在唤起她从斯怀特先生那里唤起的东西时，不仅给寄宿公寓带来了沉闷，而且引入了一些相当丑陋的东西，一种这里以前从未有过的东西。

她也不确定这个德国姑娘和罗奇小姐是否真的像被认为的那样是好朋友。她在吃饭的时候观察她们，注意到除非万不得已，她们并不交谈，而且似乎完全避免与对方对视。对于斯怀特先生笨拙的言语暗示和对自己的挑逗，维基虽然不是完全鼓励，但也没有完全阻止，但当他把注意力转向罗奇小姐并开始攻击她时，维基却没有试图帮她的朋友解围。这一切都相当奇怪——这一切都不确定，但是相当奇怪。

当然，斯蒂尔小姐对三人单独相处时发生的事情一无所知，如果有人告诉她，在她的眼前，在她的眼皮底下，两个女人之间发生了寄宿公寓历史上几乎绝无仅有的恩怨，她一定会非常惊讶，难以置信。

普雷斯特先生一个人待在角落里，拒绝与人交谈，对寄宿公寓发生的一切显然充耳不闻，但实际上他比其他旁观者观察得更仔细，理解得更透彻。

普雷斯特先生认为这个老头是个吵闹、唠叨、乱七八糟的家伙，应该把他送进精神病院。他既喜欢又同情罗奇小姐。他认为这个德国女人是个可怕的家伙，你在任何地方都可能遇到这样的女人。在那张桌子上，在那三个人之间，一定发生了什么十分肮脏的事情。

二

罗奇小姐有自己的工作要做，她都是在自己的卧室里，在煤气炉前完成这些工作，大部分时间是在上午，有时也在下午或晚上。但无论从哪个角度看，这些工作都不足以让她完全忙起来或让她满意，她常常希望可以再次每天乘坐火车往返伦敦。

罗奇小姐也不喜欢等自己的房间收拾好了才能进屋工作，更不喜欢等房间收拾好了，自己一个人点火，然后安定下来完成工作，而没有来自同事的外部要求的刺激。事实上，没过多久，罗奇小姐就发现自己对工作产生了一种厌恶感，甚至尽可能地逃避工作，以购物为借口，在洛克顿的街道上漫无目的地闲逛。

在这个小城，战争以其小偷小摸的特性将它变得和伦敦一样繁忙，对于女人的个人需求来说，商店里几乎所有的东西都让人沮丧、恼火或耽搁。

没有丝袜，没有洗发水，没有香水，没有发卡，没有指甲油，没有指甲油去除剂，没有丝带，没有表盘玻璃，当你等待不知道会不会到货的表盘玻璃时没有手表借给你；没有甘油，没有手电筒的电池，没有剪刀，没有织补用的羊毛，没有橄榄油……这个小偷——不知为何对可可（只要你有钱就能买到可可洗澡）毫无兴趣——在这里、在那里，无处不在……

这个小偷也是个贪得无厌的读者，罗奇小姐在图书馆花了很多时间，都没有找到她想借走的东西。在这里，她不止一次碰到斯怀特先生，他几乎每天都要去换书，一副怒气冲冲、不屑一顾的样子。

罗奇小姐听了斯怀特先生和其他读者的话后，发现图书馆是这座城市最令人沮丧的地方之一。她总是听见有人问图书管理员："这本书好看吗？"或者"你能推荐一本好书吗？"或者"我想要一本好的历史书。"或者"我想给我的侄子借本书，他刚拿到数学学位。"或者"这本书有趣吗？"有时，他也会苦口婆心地说："那本书一点也不好。"就像在说服一个实际上在骗人的助手下次最好做得更好，否则会惹上麻烦……

这让罗奇小姐很沮丧，因为这让她怀疑读者的文化水平总体上是否比斯怀特先生高出许多。她还知道，这些读者中有很多人来自洛克顿附近的寄宿公寓，而洛克顿只是成千上万个同类小镇中的一个，它们分布在世界各地，躲避着世界大战。

在她看来，在世界大战期间，她并不适合小镇的寄宿生活。

三

一位丧偶的裁缝——波尔顿夫人——委托罗奇小姐一项任务，罗奇小姐刚来镇上时与这位裁缝非常友好，但后来她离开了。罗奇小姐的职责就是持续关注这位裁缝十七岁的儿子，并偶尔带他出去喝茶，这个孩子到时候就要加入皇家空军。

这个男孩——约翰·波顿——引起了罗奇小姐的兴趣，因为他在这个年龄有着画水彩画的决定性天赋，而且他并不想从事房地产中介行业，虽然他的家族关系为他指明了这个方向（当然，他也不想加入皇家空军，但这不是重点）。战后，他想以水彩画家的身份谋生，并向罗奇小姐倾诉了很多内心的想法。

罗奇小姐尽可能地支持他的这一志向——并不是因为她真的相信他的水彩绘画天赋足以让他以此谋生，而是因为她认为，从总体上说，这个志向是值得称赞的，而且比从事房地产中介生意的志向要好。

他是一个英俊的男孩，面色苍白，脸上有一些与他年龄相称的斑点。

一个下午，他们去散步，他坐在小镇高处田野里的一棵被砍倒的树上，越来越天真地向罗奇小姐倾诉，并认真而谦虚地阐述了他想做的事情以及他所遭遇到的各方反对。

"唔，你做你想做的事情——这是生活中唯一重要的事。"罗奇小姐说。看着这个不快乐、不知所措的男孩，回想起自己失望的青春岁月，回想起自己关于"教育"的严肃而令人振奋的理论，意识到他很快就会加入皇家空军，而且很多年都不可能再出来，她对他产生了一种温暖、快乐、简单、悲伤的母性情感。

这之后,她和他一起在镇上喝茶。从商店出来时,他们碰到了进来买蛋糕的维基。

"噢——哈罗!"罗奇小姐说,并勉强挤出一个微笑。维基回了她一个"哈罗",也勉强挤出一丝微笑。

然后,她看了看罗奇小姐和那个男孩,目光闪烁,但却充满了探寻的意味。

第十七章

关于一些事情,特别是战争问题,罗奇小姐就像一只鸵鸟那样逃避,而且是有意地、坚定地这样做。在许多方面,她认为鸵鸟比猫头鹰更聪明。如果你不能做任何事情来缓解局势,那么思考它、谈论它、对它产生任何兴趣又有什么意义呢?

她知道,有很多非战斗人员都在思考、谈论战争,并对战争产生了浓厚的兴趣。此外,还有相当一部分非战斗人员非常享受战争。比如斯怀特先生,如果不是因为食物短缺和他个人与俄罗斯人之间的纠纷,他一定会对这场战争赞不绝口。即使是在食物和俄罗斯人的影响下,他仍然非常喜欢这场战争。要让一个热爱战争的人保持沉默是很困难的。

罗奇小姐对这种态度的厌恶使她走向了另一个极端。她不忍心去想战争的事情，因此她拒绝去思考战争的细节或总体形式，如果她被迫去参加关于这个主题的知识竞赛，她的分数可能会比全国任何人都低。仅仅是军队制服的外观就让她感到如此痛苦，她无法仔细观察，除了最显而易见的种类之外，她无法区分这些制服代表的军衔、兵团和种类。她无法未经准备的情况下观察到中尉和上尉之间的区别，更不用说中队长和联队长之间的区别了——她尤其不喜欢那些对这些区别幸灾乐祸的非战斗人员。所有的徽章、勋章和杠杠对她来说都像个谜，如果被问及"Wren"（鹪鹩）、"Waaf"（英国皇家空军女子辅助部队）、"Naafi"（陆军和空军学院）或"Ensa"（英国全国劳军演出协会）等词的实际含义，在大多数情况下她都无法提供答案。她甚至从来没有好好问过中尉他现在在做什么，或者当第二战场开始时他可能会扮演什么角色。可怜又可怕的是，她根本不想听。她把头埋在沙子里，不想与此事有任何关系。

同样，除了报纸头条，她几乎不看报纸上的战争新闻。她只想弄清正义的一方是前进、后退还是原地不动，仅此而已。至于从早到晚收听无线电台（尤其是斯怀特先生为这项娱乐活动带来的测试赛精神），她非常讨厌，如果可能的话，她总是会离开房间。

就这样,她躲起来不去面对战争(或者说尝试躲起来,但很不成功)。她最近还让自己藏起来,以躲避另一个事实——圣诞节的来临。有一段时期,也就是在圣诞节之前的六七个星期里,人们就开始谈论在圣诞节前做什么或圣诞节后做什么,而罗奇小姐对这种态度采取了一种坚决的、鸵鸟式的立场。她拒绝考虑、提及,甚至拒绝完全相信圣诞节的临近。她觉得,这种事不会再发生了。在目前的情况下,他们不能再愚蠢地这样做了。

但他们还是这样做了。当然,斯怀特先生是一个明显的圣诞主义者,是一切令人恼火和压抑的事情的天生领导者,其他人都追随他。

"好吧,"斯蒂尔小姐说,暗指战争新闻普遍有所改善,"无论如何,这个圣诞节我们应该更快乐。也许到了下一个圣诞节,我们就会真正快乐起来。"

"是的,"斯怀特先生说,"我们恰好有一个相当有趣的小方法,可以渡过难关。"

他的神情和鼻音里夹杂着一种肃穆和谦虚的语气,给人的印象是他自己一直有一种有趣的小方法,帮助罗莎蒙德茶室和茶室外的所有人渡过了难关。

"是的,"斯怀特先生说,"我想,我们可以说是断送了希特勒朋友的大好前程了。"

听到这句话，罗奇小姐瞥了维基一眼，发现她的脸上露出了一副不满和逃避的表情，以前当希特勒被负面评价时，她也在维基的脸上看到过这种表情。

随着圣诞节的临近，人们都在谈论斯怀特先生要和维基一起去看电影的事。

维基说，她会"带着"他去。早在这个时间到来之前，斯怀特先生就对这次出游表现出了过度的兴奋，几乎每天都在谈论这件事，甚至连这么纯洁的事情也都要精心地做一些暗示性评价。好像一想到要和维基单独去看电影，也许是和她单独坐在黑暗中，他就沾沾自喜。他好像觉得这次外出标志着，或者说即将标志着，他和她的关系又有了新的进展。

尽管如此，罗奇小姐依然坚决否认圣诞节的临近，但是圣诞贺卡最终还是不顾一切地送达了（罗奇小姐认为应该停止这种做法，因为邮递员四处奔波，人力不足，诸如此类），圣诞装饰还是挂上了（你能相信吗？），沉闷的棉毛做的雪花片出现在一些商店的橱窗上。

罗奇小姐的信念动摇了。然而，她并没有完全接受这个事实，即和平和与人为善的季节已经来临，直到圣诞节前夕，她从伦敦旅行回来，大约傍晚六点钟的时候，她发现中尉在休息室里——他和斯怀特先生、维基·库格曼、一瓶开着的威士忌、一壶水和几个水杯。

第十八章

一

啊——那个圣诞节！——那个充满仇恨、恐惧、痛苦、恐怖和耻辱的圣诞节！一切都始于那一刻。

从火车上下来时，她已经下定决心，因为是圣诞节，她要努力让事情顺利进行，甚至努力和解！

"好极了！——你来得正是时候，"中尉说，他正在往杯子里倒威士忌，"这段时间你到哪儿去了？"实际上，她觉得这个问题用来问他更合适。

"你好，善良的女士。"斯怀特先生带着他一贯的嘲讽说道。他坐在沙发上,她从一开始就注意到,他处于心情格外激动的状态。这可能是因为那天下午他和维基一起去看了电影。

维基什么也没说,也不看她的眼睛。

"没什么,都是一些临时的事情,"罗奇小姐欢快地说,因为今天是圣诞节,她已经下定决心要让事情顺利进行,"你觉得你们都在干什么?"

她再次试图吸引维基的目光,但维基却不看她。

"你是什么时候来的?"她对中尉说,原来他一刻钟前才出现。来了不到五分钟,他就下楼去找佩恩夫人,拿了杯子和水。因为今天是平安夜,又是中尉做的,所以罗奇小姐推测他们不会因为在休息室里喝威士忌而被赶出去,但是她从未预料到这样的事情会发生。

当中尉把威士忌倒入酒杯并加水时,一个沉默而有趣的时刻出现了,罗奇小姐心想他会先把第一杯酒给谁——是她自己还是维基。他先给罗奇小姐倒了一杯,尽管当时维基离他更近一些。

然后,他给维基倒了一杯,又拿了一杯走过去递给斯怀特先生,斯怀特先生起初拒绝了。

"噢,来吧!"中尉用老办法说,当斯怀特先生再次拒绝时,他又说,"噢,来吧!振作起来吧!一年只有一次圣诞节,不是吗?"

斯怀特先生让步了。

显然，借着圣诞节的东风，中尉想要为所欲为。事实上，从他的外表来看，认识他的人都了解，这几天他一定喝了不少酒。从这个借口可能被视为有效的最早日期开始，他就一直在以这种方式为所欲为。

"唔，"罗奇小姐说，"你们俩电影看得怎么样？"

她要让这个女人跟她对视，哪怕她因此而死去。

但是维基没有回答她，也没有看她。斯怀特先生也没有。

难道他们根本不打算回答吗？中尉挽救了这个尴尬的局面，问道："什么——你们俩去看过电影吗？"

"是的。真的，"斯怀特先生说，"我们参观了万影楼——闪烁的幻影大厦——让我们疲惫不堪的灵魂得到了极大的放松。"

"好样的。"中尉说。

"随后，"斯怀特先生说，"我们一起结伴去了一家茶馆——或者说糖果店——在那里，我们享用了岩皮饼，喝了茶，开心地促膝长谈。"

"挺好。"中尉略显尴尬地说，然后坐了下来。此刻，他们都坐下来了，除了斯怀特先生，其他人都有点尴尬。或者至少在罗奇小姐看来是这样的。

"于是，"斯怀特先生看着维基说，"在令人高兴的液体的刺激下，在丘比特之箭的袭击下，我向这位美丽的女士求婚了！"

他以一种胜利者的姿态喝了一大口威士忌。

（哈罗，罗奇小姐想，这是怎么回事？这看起来是个玩笑吗？还是背后有什么隐情？她看到，在玩笑背后，斯怀特先生，比她一开始想象的还要更加激动。事实上，她不知道自己是否曾见过他如此激动的样子。在这种状态下给他喝威士忌明智吗？）

"真的吗？"中尉说，"那位美丽的女士是怎么回答的？"

"啊，"他说，"这位美丽的女士既没有答应我，也没拒绝我。她让她的骑士内心惴惴不安。"

他又喝了一大口威士忌，可以说是豪饮。

中尉注意到了这一点。

"威士忌喝下去感觉怎么样？"他问。

"非常好，谢谢你，"斯怀特先生说，"非常好的烈酒。非常好的良药。很暖和。很好。"

"原来这就是你们俩一直在忙的事，是吗？"中尉对维基说。

"哦，是的，"维基说，"恐怕我一直在无情地勾引他。"（"勾引"！）

"是的，"斯怀特先生说，"我应该说她确实是！她很会逗人开心，是不是？是的——她很会逗人开心，是不是？"

情况不妙了。难道他喝了两口威士忌（两口没有经验的豪饮），脑子就坏掉了？

"是的，"斯怀特先生说，"她是个彻头彻尾的荡妇！她是个卖弄风骚的女人。她也知道这一点。不是吗？什么？"

"真的，"维基说着向中尉求助，"他真是个放荡的人，不是吗？他真是个花花公子，对不对？"（"花花公子"！）

就连平时对这些恶行充耳不闻的中尉也有点看傻眼，于是赶紧转移话题。

"你们看了什么电影？"他问道。

"我们看了，"斯怀特先生说，"我们看到，一个奥基——杰克那类人，身边围绕着各式各样的美女。还有一个惊悚片——警匪片——那让我们热血沸腾。"接着，他又喝了一口威士忌。

"哦，那就是我看过的同一部电影了，"罗奇小姐说，试图平息事态，"我觉得那个警匪片相当好。"

但这并没有让斯怀特先生平静下来。

"举起手来，大个子！"斯怀特先生喊道，"踩上去，小子！带他们去兜兜风！给他们点颜色看看！"

"噢，"中尉说，用手指了指，"看来电影确实让你兴奋了，斯怀特先生。"

"是的，"维基说，"我想，你最好冷静下来，斯怀特先生，否则我们就不能带你出去了。"

"是的，"中尉说，"你可别在晚饭时让我们出丑。""哎呀，你要出去吗?"罗奇小姐说。

"你这话什么意思?"中尉说,"我们当然要出去。我们大家都要出去。"

喝完杯子里的酒,他走到酒瓶前说:"来吧,满上。"

二

他又给斯怀特先生斟满了酒,而斯怀特先生没有推辞。她觉得这样做不对,像这样去刺激一个老人,但她也不合适去说什么——事实上,作为一个所谓的"扫兴鬼",她说什么都是没有底气的——她不知道到底会发生什么事。

这还不算什么,二十分钟后,情况更糟了。

到那个时候,中尉已经喝醉了,他把罗奇小姐叫作罗契、维基叫成维克,而斯怀特先生被叫作斯怀提,或者"老前辈",并且热切地怂恿他出洋相。

斯蒂尔小姐进来后,中尉坚持要她喝一杯,因为没有杯子了,他就亲自下楼去拿杯子。佩恩夫人会怎么想,只有天知道了。

中尉宣布他们要去"河畔太阳"吃饭。罗奇小姐突然希望,今天是平安夜,"河畔太阳"餐厅可能没有座位给他们,因此这次外出可能不得不放弃。她向中尉提到了这点,但他说没关系,他已经订好了八点钟的座位。

斯蒂尔小姐果断地接受了邀请,并豪爽地喝了杯酒,却相当害怕。当中尉开始催促她参加聚会时,她更加害怕了,最后慌忙找了个借口笑着离开了房间。

"这位老姑娘怎么了?"中尉说,"她为什么不来?"接着,他走到斯怀特先生跟前,给他的酒杯添满了酒。

这时,罗奇小姐鼓足勇气出面干预。

"不行,"她说,"你不能这样。他已经喝够了。你真的不能给他添了!"

"哦,老天,"中尉说,"就让这老家伙好好开心一次,好吗?圣诞节只有一次,不是吗?让这老家伙好好开心一次吧。"

"就是,"维基说,"就让这个傻老头玩得开心吧!"于是,斯怀特先生的酒杯又斟满了酒。

只有罗奇小姐注意到巴拉特太太把头伸进了房间,吓得立刻退了出去。佩恩夫人接下来就会上来,到时候就麻烦了。

七点半到了,斯怀特先生在喝完重新倒满的威士忌后又吵闹了一阵子,这时已经陷入了安静的昏睡中。这时,瓶子里的酒也不够中尉喝了,他提议他们去"河畔太阳",吃晚饭之前在那里先喝一点。

斯怀特先生站了起来,摇摇晃晃地走到壁炉前放下酒杯。罗奇小姐觉得他好像要摔倒。

一听这话,大家都慌了神。"我确信他不应该去,"罗奇小姐在一旁对中尉说,"让他在这儿吃顿饭,然后安静地上床睡觉吧!"可是,中尉说:"噢——让这老家伙来开心开心吧!"此时,他几乎要暴躁了,维基再次支持他。"来吗?我当然要来。"斯怀特先生说。

后来又发生了一次恐慌,因为斯怀特先生回房间后,却神秘地没再出来,等找他时,发现他已经穿着大衣,却找不到自己的鸭舌帽。他一心想戴一顶鸭舌帽。一顶圆顶帽(他有两顶)绝对不行。

整个房间都找遍了,最后终于找到了,中尉从楼梯上走下来时,想知道哪个是老姑娘的房间,因为他想再次邀请她加入他们。

"噢,算了吧!我们快点到那边去。"罗奇小姐说,她现在更想走了,而不是留下来,维基这一次站在了她这边。

在新鲜空气中,斯怀特先生似乎恢复了一些,维基和中尉挽着他在黑夜中行走。他继续在说维基是个"爱逗人开心的人"。

"她真的是个爱逗人开心的人。"他说,"没错,她就是个爱卖弄风骚的人!难道她不知道——难道她不喜欢这样吗!"

然后,他用几种不同的方式重复了这句话好几次:"我不知道是该给她一个欢乐的吻,还是把她放在我的膝盖上打她的屁股。"

他用一种放荡的方式思考着这两个选择,一路呓语,来到了酒吧。

这是战争，罗奇小姐在黑暗中再次提醒自己，这是战争！必须体谅——这一切都是战争造成的。只有战争才会把一个醉醺醺的美国人带到宁静的河畔寄宿公寓，以这种方式造成如此疯狂而不雅的一幕。战争牵动着他们的神经，牵动着中尉的神经，甚至可能牵动着斯怀特先生的神经——造成了这种激动的状态和（尽管他的行为通常是可恶的）与他性格完全不符的行为方式。战争让她自己神经紧张，她敢说，也让维基神经紧张，如果这个女人还有神经的话。

三

他们一来到"河畔太阳"酒吧，就幸运地在角落里找到一张桌子，斯怀特先生的脸上浮现出愤怒、沉思和蔑视的表情，他变得沉默不语。虽然他和维基的约会以及威士忌酒让他兴奋不已，他被引诱来到这里，但到公共酒吧并不是真正应该发生的事情，而现在他不想让步，让别人从他的表情中看出，他以为这里是公共酒吧。斯怀特先生是一个坚持自己原则的人。

而且他现在已经饿了，对送来的饮品没什么兴趣。

事实上，直到他们去了餐厅（不情愿的中尉迫于侍者的唠叨，最后只好陪他们进了餐厅），斯怀特先生才恢复了生气。事实上，食物似乎比酒水更能刺激他的头脑，汤一出现，他就开始假装用特罗辛的口吻说话，满屋子的人都听见了。

"我说，这汤真不错。"他说，并且对鸡肉啧啧称赞，对服务员啧啧称赞，对两个女服务员啧啧称赞（甚至是那个没有在他们坐的那张桌子上服务的女服务员），对奶酪啧啧称赞，对餐厅的摆设啧啧称赞（这一点得到了他的认可），啧啧，啧啧，啧啧。他几乎要以最讨人喜欢的方式称赞房间里的其他用餐者，但最终被中尉说服了。

斯怀特先生突然沉默了下来，然后慢慢开始打嗝（打嗝时他的表情非常严肃，精神也非常集中），中尉知道是时候带他回家了。

"来吧，我们现在回家去。"他说着，就扶斯怀特先生站了起来。

"你说得很对，"他对身旁的罗奇小姐说，"我们不该把这老家伙带出来。"

（这就是中尉带个人的烦恼。他有一种善良。时不时就会冒出来，让你几乎完全原谅他。）

第十九章

一

几分钟后,他们来到了黑漆漆的大街上,斯怀特先生摇摇晃晃地靠在墙上,似乎不易动弹。

"我想,有必要,"斯怀特先生说,"把我带到我的宅子里去。不是吗?可能吗?也许吧?"

"好的,"中尉说,"那就走吧。快走吧。"

"什么?"斯怀特先生说,"可能?也许?不行?不可能?什么地方?仍然?"

"是的,"中尉说,"现在走吧。这是我的胳膊。抓住我的胳膊了吗?

抓紧了吗?"

"走吧,斯怀特先生。"维基说。

"啊——美丽的女士,"斯怀特先生说,"让我魂不守舍的美丽少女。"

"好了,"中尉说,"挽着我的胳膊。"

"钩子。担架。一个,"斯怀特先生说,"见清单。"

"噢,别说了,好吗?"中尉说。

"姑娘。美极了。一个,"斯怀特先生说,"钩子。绷带,两个。对,真的。"

"那么现在,"中尉说,"抓住我的胳膊。"

"法律的武器(胳膊),"斯怀特先生说,"法律。武器。一。一。二。三。 一、二、三,齐步走!"

但是,尽管斯怀特先生这样说,他自己却没有朝前走。

"要帮忙吗?"黑暗中一个陌生人说。

"不用,没关系,非常感谢,"中尉说,"我想我能应付得了。"

"也是四月,"斯怀特先生说,"十一月有三十天。"

说完这句话,他的身体突然往前倾斜,中尉抓住了他,罗奇小姐挽着他另一边的胳膊,他们一起开始了回家的旅程。

"钩子。担架,"斯怀特先生说,"看清单。搭好帐篷。"

"没关系,"中尉说,"我们会的。"

"阿拉伯人，"斯怀特先生说，"把他们折起来。"

"是的，没错，"中尉安慰道，"阿拉伯人。"

斯怀特先生现在换了一种说法，从新的角度看问题。

"有些人做，"他说，"有些人不做。"

"那肯定的。"中尉说。

"不是因为他们做了。"斯怀特先生厌世地说，仿佛对人类感到绝望，沉默了将近一分钟。

"你觉得我们能把他弄上楼吗？"罗奇小姐说。

"可以的，"中尉说，"他的腿脚还不错。我们能行。""射击！"斯怀特先生突然叫道，"我保证！一个挡开！"

"安静一点儿，斯怀特先生。"中尉说，因为他们已经快到罗莎蒙德茶室了。

"上帝保佑，"斯怀特先生说，他的声音变得更小声、更认真了，"名副其实的猛推！"

"现在，请安静。"他们走到罗莎蒙德茶室门口时，中尉说。奇迹般的是，斯怀特先生似乎看出了事态的严重性。当维基用钥匙开门以及他被领进屋时，他一直保持沉默。事实上，除了在楼梯上和到房间时他喃喃自语了四五次"尊敬的律师"和"尊敬的律师和合作者"之外，他在沉默中体面地完成了这次旅行。

二

维基不知什么时候消失了。罗奇小姐打开灯,中尉把他扶到床上。

"好了,把他交给我吧。"他这么说道,罗奇小姐就回自己的房间去了。

到房间里,她才发现自己腋下夹着斯怀特先生的帽子,不知道是否应该把它还回去。

她走到楼梯口,听了听,又进了自己的房间,然后又出来听了听,最后,四五分钟过去了,她下了楼,在斯怀特先生的门外听了听。

没有听到什么声音,她轻轻敲了敲门,中尉过来开了门。

"进来吧,"他说,"他现在好多了。"

中尉很快就把斯怀特先生搞定了,他已经穿着睡衣裤坐在床上了。中尉手里拿着他的睡袍,正在劝他穿上。

"来吧,"他说,"把睡袍穿上。"

"啊哈,"斯怀特先生说,他虽然一点也不清醒,但显然比刚才要清醒多了,"罗奇女士!请进,罗奇女士!"

"来吧,"中尉说着,把斯怀特先生的一只胳膊塞进了袍子里,"穿上它。"

"罗奇女士快进来!"斯怀特先生说,平静地让中尉把睡袍套在自己身上,"罗奇女士——英国小姐!普里姆小姐。罗奇女士——假正经的女人……好妒忌的罗奇小姐。"

这时维基进来了。她是否听到了斯怀特先生刚才说的话，罗奇小姐不得而知——永远也不会知道。

"他怎么样了？"维基说。

"他很好，"中尉说，"来吧。你进来吧。"说着他把被子掀开，将斯怀特先生推到床上，又给他盖上被子。

"呃，我走了。"罗奇小姐说。

"别傻了，"中尉说，给斯怀特先生掖了掖被子，"这正是我们去喝酒的时候。现在才九点一刻。"

"不，对不起。我真的得走了。"罗奇小姐走到门口。

"噢，别犯傻了，"中尉说，"现在才九点一刻，不是吗？"

然后，维基做了一件出人意料的事。

"是的。如果她想要走的话，你就让她去吧。"她用平缓的语调说道，看也不看罗奇小姐一眼，就走到床边，"你好吗，亲爱的老斯怀特？"她说，"感觉好些吗？"

"噢——"中尉看着罗奇小姐开口想说话，但罗奇小姐立即打断了他。

"不，请不要来劝我，"她说，声音中带着愤怒，"我想睡觉了。我累了。谢谢你的晚餐。晚安。"

然后她逃回楼上自己的房间。

几分钟后,当她听到中尉和维基一起离开房子的声音后,她从卧室出来,走进浴室,在那里她剧烈地呕吐起来。

她发现,这个女人对她的身体和精神都造成了影响。

三

她的皮制发光时钟告诉她,现在是凌晨一点差一刻。

呕吐之后,她睡得很浅,而现在却完全清醒。维基和中尉还没有回来。否则,她应该听得见。

真奇怪,她的直觉怎么总是对的。那天晚上从她回到家,发现中尉拿着酒瓶和酒杯时,她就知道灾难即将来临。现在,它果然来了!

这并不仅仅是整个晚上令人厌恶的耻辱——斯怀特先生污秽的激动和他对维基的龌龊行为——他后来在酒店餐厅里的表现,以及之后在回家的路上的表现。可以想见,这一切都可以归功于"圣诞节"。但最后一刻他的表露却让她感到身体不适。

"罗奇女士——英国小姐。古板小姐。假正经的女人。好嫉妒的罗奇小姐。"

飞机又一次在空中咆哮而过……它们的轰鸣声弥漫了方圆几英里的天空……

完全相同的话……不可能是斯怀特先生自己想出来的。这些话是维基告诉他的——那些想法是维基灌输到他脑子里的。要不是他喝多了，几乎可以肯定老人家是不会说出来的——通常情况下，他是不可能会说出来的——但是现在，秘密恰好泄露出来了。

所以，他们独处时就这样议论她。原来这就是那个女人趁机散播的毒药，或者说是充满恶意地注入的毒液。

知道有两个人在议论她，对罗奇小姐来说已经够震惊的了（对任何人来说，这种消息都是一种震惊，除非它被立即跟进并且知道这种议论是非常正面的）；但知道有两个这样的人在议论她，而且是以这样的方式谈论她，她相信这已经超出了她所能承受的范围。

她敢肯定，他们肯定已经议论过了她的生活了！如果她对他们有任何了解的话，那就是他们谈了又谈，说了又说。

真的，她原以为自己已经摸透了这个女人最低的底线，她曾以为自己知道她的底线在哪里，可以忍受。但现在，这些底线已经坍塌了，打开了通往变幻莫测、无穷无尽的深渊。她必须离开这个地方：她必须离开，到别的地方去。

但是，为什么是她要走？那么去哪里呢？而且在圣诞节离开吗？

"好嫉妒的罗奇小姐"。她的直觉又一次多么正确。她一早就预见到，这就是那个女人要采取的邪恶行动。她在黑暗中清醒地躺着，就像现在的她一样,她已经猜到维基会以某种方式把情况扭曲成似乎是她在吃醋。她曾试图与之抗衡。首先,当中尉打来电话时,她拒绝接听;然后,她鼓起勇气去找那个女人摊牌。而她付出的痛苦得到的所有回应却是"真的,你真是个可爱的人!"——现在又背着她毒害一个半痴呆的老人。

现在很容易解释斯怀特先生对她实施的那些额外的欺侮,这些欺侮似乎很奇怪地与他对维基日益增长的迷恋并行不悖。这个老头显然无法抗拒这种诱惑。受这个女人鼓动,受他们私下谈话的鼓动,他真的能够让自己被误导,这是他们两个人之间的一种游戏。

她为什么要下决心这样陷害她?这让她想起了她在学校的日子——包括她的学生时代和做女教师的时期——在这些时期里会无缘无故地出现这种邪恶的事态发展——逐渐神秘地出现针对个人的阴谋、诽谤、恶意结盟、排挤,最后发展成公开的仇恨和折磨。难道她要在三十九岁时重返校园?

"是的,如果她想走就让她走吧。"维基说。她说这话时平淡的语气——这是什么意味?很明显,她再也不想被打扰了。她已经忍耐了很久,对这位善妒的英国小姐也忍耐得够久了:现在她必须在自己的妒火中煎熬。

如果她对斯怀特先生是这样说的,难道她不是也可以对中尉说同样的话吗？不——没有，因为她还没有机会。她今晚就有机会。她今晚要给中尉讲一些精彩的故事。中尉会相信吗？会的——几乎可以肯定。但不知怎的，她并不太在意这个愚蠢的中尉会知道什么或相信什么。他是个好人。他不像斯怀特先生那样跟她作对，他不参与私人的阴谋——学校里发生的那种阴谋。

他们该回来了，不是吗？他们现在在哪里？可能在河边的座位上。维基胜利了。维基把那个洗衣店老板娘收入囊中了！

飞机还在不停地飞过……

她听到楼下有很轻的声音，然后，她想象着钥匙插进锁里，前门被关上了。

然后，在飞机的轰鸣声中，她听到维基上楼来到楼道，关上了自己房间的门。

这就是事件的尾声。在离她不到十码的地方，在飞机的轰隆声中，维基正在脱衣服……这就是她快乐的平安夜。

不，现在已经是圣诞节了！

第二十章

一

罗奇小姐假定，在其他地方，某个地方，即使是在战争时期，圣诞节也有很多欢乐和美好的东西，但这并不在她的经验范围之内。多年来，对她来说，圣诞节只是与沉闷甚至邪恶、愚昧甚至疯狂联系在一起，与吃喝玩乐联系在一起，让她的精神不堪重负，在节礼日和整个节日结束之前，想摆脱它是无望的。它的颜色是肮脏的灰色，它的噪音是关着门的商店发出的噪音，它的气味是吃过火鸡和馅料后的火鸡和馅料的气味。

上午十一点半，疯狂又开始了。当她坐在卧室的煤气炉前，打算认真地读一本荒诞不经的手稿时，中尉敲响了她的房门（她注意到是先敲她的房门，尽管维基在房间里），并邀请她下楼到休息室去，他打算在那里为大家打开一瓶杜松子酒和一瓶橘子酒（两瓶酒都从他的口袋里鼓出来了）。她说她会去的，然后中尉就离开，去敲维基的门。

尽管下楼又会遇到维基和斯怀特先生，本来她希望在午餐时间之前不要见到他们，但她实在不知道自己还能做些什么。

早餐时的气氛非常奇怪。她原以为斯怀特先生会悔恨交加，尴尬不已，不知该往哪儿看好。但他一点也没有。他直视着她的眼睛，用同样挑剔和轻蔑的眼光看着她，就好像是她喝醉了酒，出了丑，而不是他。她突然想到，这个弱智的男人可能已经把前一天晚上的事情忘得一干二净了。

无论如何，大家都没有提及此事。尤其值得注意的是，斯蒂尔小姐什么也没说——通常情况下，她会想听听他们外出的情况。罗奇小姐还记得斯蒂尔小姐在昨天庆祝时最初阶段惊恐地笑着退场。

然而，斯蒂尔小姐却欢快地跟身边四周的人问候"圣诞快乐"，很难确定人们对昨晚的事情到底知道多少，他们到底有多出洋相，以及这个过错的责任到底是平均分配到还是不平均分配了。

二

她听到中尉在维基的房间里待了很久，然后他们出来到楼下去了。

罗奇小姐现在决定去换衣服,所以直到大约十分钟后,她自己才下楼到休息室去。

她一打开门,就意识到,十二点差一刻,圣诞节的疯狂和邪恶已经如火如荼地展开了。每个人都喝了一杯橘子杜松子酒,所有人都到齐了。斯蒂尔小姐在,巴拉特太太在,就连佩恩夫人(非同寻常但典型的圣诞节现象!)也在那里。最重要的是,巴拉特太太在空军服役的四十岁的儿子也来了,他昨晚很晚才到这里,来陪他母亲过圣诞节。

他已经被介绍给大家了。佩恩夫人和巴拉特太太儿子的出现,以一种圣诞节特有的方式让一切都完全乱了套,让人感觉是在伦敦参加一个陌生人的拥挤鸡尾酒会,而不是在熟悉的罗莎蒙德茶室休息室。

这似乎都是中尉干的好事,但罗奇小姐有种感觉,即使没有中尉,仅仅因为是圣诞节,同样的事情也会以某种方式发生。圣诞节的疯狂是任何人都无法抵挡的。它不是偷偷摸摸地潜入,就是粗暴地撞击,闯入全国各地每一个谨慎的堡垒。

当然,中尉表现出了本能的精明,他给大家带来的是杜松子酒和橙汁,而不是威士忌。杜松子酒装在小杯里,加上橙汁,就成了"鸡尾酒",老太太们在圣诞节可以喝这种酒。威士忌,尤其是用大玻璃杯装的威士忌,则属于生饮,是不允许的。

不过,杜松子酒的烈性和威士忌的烈性一样,很快就让老老少少的各位变得侃侃而谈，又很愚蠢。罗奇小姐很仁慈地与巴拉特太太和她的儿子待在一个角落里，她甚至意识到自己也很健谈，也觉得自己很傻。

在一天的这个时候喝酒，总是会让她头脑发热，觉得自己很傻。圣诞节又一次重新来临了。其实，她早就预料到自己会变傻，也已经计划好要以自己的一种适度、温和的方式来变傻。她约好了十二点三刻在"河畔太阳"酒吧和那个叫波尔顿的男孩见面,请他喝一杯"圣诞"饮料。她以为,这样就可以让她远离麻烦。然而,她却在这里,十二点钟,而且普尔顿男孩还在她前面，她已经傻了！圣诞节剥夺了一个人对自己或其他人进行任何理智或有计划调整的权利。

由于嘈杂和混乱，她得以在十二点半时悄悄从休息室溜出来。她很快穿过了街道，向"河畔太阳"走去——沉浸在圣诞节灰色欢乐中的街道，商店紧闭的窗户上贴着棉毛做的雪花片，穿着圣诞风格衣服、拿着圣诞礼物玩具的孩子们。

在酒吧里，她找到了正在等她的波尔顿男孩，他已经喝了两杯啤酒。因此，她觉得他相当傻。此外，他现在还在等待他的"圣诞"饮料——一小杯杜松子酒。罗奇小姐觉得这很傻，不知道他的母亲是否会同意。

不过，他是个善良、单纯的男孩，在一刻钟的时间里，她很享受跟他聊天。然后，正如她早就知道会发生的那样，中尉带着维基走了进来,虽然他们在房间的另一侧,但她太清楚他们的存在和他们的目光,以至于无法再享受下去了……

午餐时间是两点差一刻钟,整个餐厅弥漫着一片圣诞节的混乱气氛。每张餐桌上都摆着半瓶白葡萄酒,佩恩夫人摆放酒瓶的方式令人惊奇——为了让巴拉特太太能和她儿子坐在一起,罗奇小姐被安排(大概是希拉主动安排的)和普雷斯特先生坐在一起。为什么是和普雷斯特先生坐,而不是斯蒂尔小姐,罗奇小姐不得而知。为什么不是普雷斯特先生被安排到斯怀特那桌,而让巴拉特太太和她儿子单独坐一桌呢,她也不得而知。这些都是圣诞节的秘密。

普雷斯特先生并不是一个活泼的同桌。她并不想要活泼,但普雷斯特先生却比她想象的还要沉闷,这让长时间的沉默中,两个人只能带着不闻不问又饶有兴趣的神情环顾餐厅,或者用手拨弄刀叉,盯着桌布发呆,甚至发现自己脸红了。

她经常好奇,普雷斯特先生活着的确切动机是什么——这个看似空洞、完全无所事事、沉默寡言的人是否有理由存在,以及通过什么方式存在——现在她比以往任何时候更好奇了。

他在这顿饭上说的一句话加深了这一谜团。最近一个多星期以来,他白天都不在罗莎蒙德茶室。

"顺便问一下,"她说,试图让他们之间的一次小谈话继续下去,"我们最近很少见到你，对吗？你去伦敦了吗？"

"是的，"普雷斯特先生说，"没错。我现在回去工作了。午饭后回伦敦。"

这是什么意思？她猜想，他曾经在剧院工作过，但现在是什么工作呢？为什么要在圣诞节工作呢？

她不想问他，而他也不是那种会告诉她的人，除非她开口问。但她觉得，她注意到他说话时眼中闪烁着朦胧的骄傲和愉悦。

三

用餐即将结束时，斯蒂尔小姐致祝酒词，她在十二点半时就已经承认自己"微醺"了。

"嗯，这杯是敬佩恩夫人的，"她说，但是佩恩夫人不在餐厅里，"也祝大家圣诞快乐。"

大家羞涩地低声附和着，一阵碰杯声响起。

"现在这杯是为下一个圣诞节，"斯蒂尔小姐接着说，"我们希望，那会是一个真正的和平圣诞。"

"是的，"巴拉特太太说，"和平的圣诞。"

"是的，"维基阴阳怪气地说，"和平，与理解。"

罗奇小姐竖起了耳朵。这是什么话？她不喜欢维基的语气，也不喜欢她在说"理解"之前的停顿。

请问,她到底想表达什么意思?她的意思是,当和平到来时,德意志民族和她的敌人之间就会恢复谅解?还是说,只是因为缺乏这种"理解",现在的战争才会继续?所以,她觉得纳粹德国和她的对手一样"都在正义的一面"?或者说,纳粹德国事实上比她的对手更"正义",因为她的对手如此愚蠢地误解了她?

罗奇小姐希望她不是有意暗示这一点。维基最近不止一次说过这种有点模棱两可的话。这一次似乎真的一点也不含糊。但是,罗奇小姐希望她错了。

如果她没有说错,如果再有这样的言论,麻烦就大了——罗奇小姐将不得不采取行动。她对这个女人已经很容忍了,非常耐心地消化她所选择的越来越多的自由。但是,如果她现在开始狡猾地暗示,或者公开表示,在当前形势下,纳粹德国是所有国家中最值得同情和支持的一个,这就太过分了,罗奇小姐将被迫采取行动。她不知道自己会做什么,但她会做些什么。

第二十一章

一

你本以为他们会停下来。你本以为在圣诞大餐之后,他们就会收手。但是他们没有。这种情况一直持续到节礼日,节礼日晚上中尉到她房间来看她。

那顿圣诞午餐后,出现了短暂的平静,因为中尉消失了。但是六点差一刻的时候,他又回来了,带着另一瓶威士忌,出现在休息室里。至少,罗奇小姐后来听说他带了一瓶威士忌——他来的时候,她自己正在卧室里。她听到楼下的嘈杂声,大概意识到正在发生和可能发生的事情,所以决定出去散散步,躲避一下。下楼的时候,她路过休息室时,听到了中尉拿着一瓶威士忌招待其他人的声音。

她小心翼翼地直到晚餐开始后五分钟才回来,一进餐厅她就发现(她希望发现的),中尉和维基出去吃饭了。

斯怀特先生显然很聪明,他拒绝了别人的邀请,也可能是没有人邀请他,他就在自己的桌前吵吵闹闹。显然他从楼上的瓶子里拿走了什么东西,不过他的神志还算清醒(如果斯怀特先生还能这么准确地说的话)。巴拉特太太的儿子走了,普雷斯特先生也走了。

第二天,节礼日,中尉在十一点半的时候又来了,不是像前一天早上那样带着杜松子橘子酒,而是带着另一瓶威士忌。这太过分了。他可能又一次用杜松子橘子酒蒙混过关了,但一看到那瓶威士忌,巴拉特太太和斯蒂尔小姐显然都吓了一跳,早早地找借口离开了房间。

斯怀特先生再次接过威士忌,越喝越大声,越喝越激动。

圣诞节的早晨在某种程度上又重演了。罗奇小姐又约了波尔顿家的男孩去"河畔太阳",在那里,又碰上维基和中尉,还有这次陪他们来的斯怀特先生,他们三人远远地注视着他们……

午餐时,斯怀特先生比以往任何时候都要吵闹,整个午餐可能是罗莎蒙德茶室餐厅里最吵闹的一次了。因为中尉决定加入他们的行列,他坐在已经消失的普雷斯特先生那一桌,处于半陶醉状态。在整个用餐过程中,他一直隔着房间对着斯怀特那一桌大喊大叫。

午饭后,休息室里发生了一件不愉快的事,中尉现在已经不是半醉状态了,他坚持要求斯蒂尔小姐喝一杯威士忌,罗奇小姐不得不出面干预。

"不,"罗奇小姐不得不说,"她不想喝,难道你没看见吗?她不想喝!"

"没关系,"斯蒂尔小姐说,"我要走了。没关系,我走了。"说完她就走了。

"你知道,你不能这样把她赶出去,"罗奇小姐说,"如果你想喝酒,为什么不去别的地方喝呢?"

"好吧,"中尉说,"那我们去别的地方吧。我们到你房间去。"

"如果你愿意,可以到我房间去。"维基说。

"不,"斯怀特先生说,"到我房间去。"他看着维基,"什么?你们能到我房间去吗?什么?"

"好吧,我们去你的房间。"中尉说,然后他们就走了。

她听到斯怀特先生边走边说:"没错,你们到我房间来。什么你到我房间来。什么?"

这时她预感到,斯怀特先生的行为很快就会达到某种高潮。他就像一个快过完生日的、兴奋过度的、失去了快乐的孩子,眼睛里闪烁着一种不自然的光彩,一副胆大妄为、无足轻重、歇斯底里的样子,这一切都将导致某种灾难。她确信,这个孩子要么会破坏自己的玩具,要么会做出什么暴行,然后用身体强迫自己尖叫着上床。

等他们走后,她去敲了敲斯蒂尔小姐的门,告诉她可以回去了。斯蒂尔小姐感激地回到了休息室。

"我觉得他们有点过分了,你觉得呢?"她说,"我知道圣诞节就是圣诞节,没有人比我更喜欢找点乐子,但我觉得他们有点过分了。"

罗奇小姐同意了。她心平气和地与斯蒂尔小姐谈了大约二十分钟,然后回到自己的房间想做点事情。

她经过斯怀特先生的房间时,房门半开着,里面还亮着电灯,因为这个下午光线很暗。

她看不到中尉在做什么,因为他不在视线范围内。但是,她看到了斯怀特先生和维基,他们正坐在床边。斯怀特先生正试图亲吻维基的嘴,维基的一条腿翘在半空中。

斯蒂尔小姐说得对。圣诞节是圣诞节,但是他们有点太过分了。

在一个美丽的寄宿公寓里,在一个美丽的圣诞节里,一场美丽战争的一个美丽场景。

二

六点半,中尉敲响了她的房门。

她没有下楼去喝茶,一直沉浸在自己的工作中,也没有意识到时间已经这么晚了。她从楼下传来的嘈杂声中得知,中尉还在屋里,她觉得他可能会上来。

"哈罗,"他说,"我能进来吗?"

据她判断,他几乎又完全清醒了。这个人前后矛盾的表现甚至让人无法相信他还能保持醉态!

"当然,请进。"她说。

圣诞节的邪恶和疯狂如此彻底地渗透了她自己和周围的气氛,以至于她甚至从未想过邀请一个男人进她的卧室谈话会有任何不妥之处。

"你要到楼下去吗?"他坐在她的床上说,"我们想我们最好出去喝一杯。"

"不——我想我不去,"她说,"我还有工作要做,我想你最好别把我扯进来。"

"过来,坐在这里来,"他说着,伸出了手,"我想和你聊聊。"

"是吗?"她说,握住他的手,在他身边坐下,"聊什么事?"

"你究竟到底怎么了?"他说,"我做错什么了吗?或者我做什么了吗?"

"没什么,"她说,"你怎么可能做错什么呢?"

"那是怎么回事?"他说,"那你为什么不出来?你为什么不玩了?"

"没什么事。我只是不想出来，仅此而已。我还有工作要做。"

"可是，为什么？什么原因？你以前经常出来。"

"没有理由。我就是不想去。"

"但是一定有原因的。说吧，什么原因？"

"没什么。没什么。真的没什么。"

"哦，好了。"他说，想要吻她。

"不。"她说着，把头转开了。

"可这是什么呢？"

"没什么。"

一阵沉默。

"是和她有关吗？"中尉说。

"谁？"

"你知道我说的是谁。"

"维基？"

"是的。"

"不，当然不是。为什么要是呢？"

"你确定吗？"

"是的。我当然确定。"

当然，这完全不是事实，但她到底能说什么呢？

"你绝对确定？"他说。

罗奇小姐决定把真实想法说出来。

"我猜她一直在告诉你，"她说，"我吃醋，或者诸如此类的。"

"哦——别人说什么又有什么关系呢？"

"哦——那么她一直是这么说的？"

"哦——这有什么关系？你知道你是我爱的人，不是吗？"

"我是吗？"

"你知道的。"中尉说，并试图再次吻她。

"不。"她说，并再次把头转开。

"我以为你曾经喜欢我。"中尉说。

"我确实喜欢你，"罗奇小姐说，"你到底想说什么？"

（哦，这一切真是一团糟，罗奇小姐心想。他们俩到底在说什么呢？）

"我以为你是认真的。"中尉说。

"我以为你是认真的。"罗奇小姐说。

"嗯，我是认真的，"中尉说，"我不是吗？"

"你是吗？"

"嗯，难道我看起来不像吗？怎么了？我就想知道这些。"

"没什么。"

"我们一起出去吧，别把她扯进来了。"

"她现在在楼下吗?"罗奇小姐问。

"是的。但那没关系。我们两个单独出去吧。"

"不,"罗奇小姐说,"我不想去。"

"为什么?"

"我不知道。"

这是真的。起初她并不知道,后来她才明白这是为什么。她的自尊心不允许她与这样一个女人竞争。也许,她现在有能力单独与中尉约会,并把他赢回来,但没有什么能让她这么做,她甚至都不屑与那个女人竞争。

可怜的中尉怎么会明白这些呢?真是一团糟糕,一团糟糕!

"你不再喜欢我了吗?"

"不,我当然喜欢你。我非常喜欢你。"

"那我们一起出去吧。"

"不。我不想去。"

"噢——好了。"中尉说完,更用力地想要吻她。

"不行。放开我,"罗奇小姐说,"我只想一个人静一静,就这样。"

"啊,别这样!"

"不,放开我。请放开我。真的!"

"噢,我真不懂你。我服了你啦。在我看来,你的行为太娇气了。"

"对不起,"她说,"毫无疑问,我很抱歉。但我想一个人静静。你走吧。离开我。我要你离开我。你离开我,好吗? 求你了。"

中尉看了她一眼,沉默了一会儿。

然后,"噢,见鬼。"他说,带着她从未见过的愤怒表情,起身离开了房间。

三

于是,就这样! 就这样,他穿过那扇门,离开了她的生活,一切都结束了——中尉、他的洗衣事业、他的前后矛盾、他酗酒的习惯、他的失败、他的善良、他在黑暗中给她的亲吻、她的小"浪漫"以及因为他而重新燃起的对生活的兴趣,所有的一切。

问题是,她喜欢这个男人,而且实际上,如果他能以严肃认真的态度对待这件事,她很可能愿意嫁给他。当然,他在某些事情上很愚蠢,而且他喝太多酒了,但是在这样的情况下——离自己的家乡如此遥远,在第二战场开始时等待他的危险阴影下——谁能责怪一个男人喝得太多呢? 酗酒可能是他前后矛盾的原因,而在家乡,在威尔克斯－巴里或其他什么地方,他无疑是一个正常而优秀的公民。

如果刚才发生的谈话有了不同的转机,情况还可能会挽回吗? 不会的,没有什么能改变她当晚不出门的决定。她对那个女人的憎恨超过了她对中尉的任何好感。让自己成为她的"竞争对手",让自己处于与她竞争的地位,让自己在这里得到或在那里失去(鉴于中尉自相矛盾的性格,她很可能在一瞬间失去她所得到的任何东西!)——这将侵犯内心最神圣的自尊和尊严的圣殿,这是她无法承受的。只能这样子了。

当然,要向头脑简单的中尉解释这一点是不可能的,毫无疑问,中尉终其一生都会认为她的行为幼稚、娇气、扭捏、可笑。事实上,他很可能会接受维基显然已经向他提出的解决办法,即她是被嫉妒和憎恨吞噬了——嫉妒和憎恨那个假正经的"英国小姐",这个故作正经的女人,那个变质的老处女!好吧——让他自己去想吧——她真的对他不够在意。

生活为什么要这样对待她,命运又是如何让她陷入这种怪诞、虚幻、邪恶的境地?从某种程度上说,这是一种意外,是生活玩弄的把戏之一。德国女人的邪恶心理并不能对所发生的一切负全部责任。麻烦始于她们三人一起外出的第一个晚上,那纯粹是个意外。维基的名字莫名其妙地出现在电话里,她也莫名其妙地被邀请了,中尉和她自己都没有意识到这一点。如果她的名字没有出现,也没有受到邀请,会发生什么事情呢?整个事件的过程会不会有所不同?

不可能说清楚了。现在也不可能做任何事情了。中尉走了,门也关上了。

四

那天晚上,中尉和维基都不在寄宿公寓里吃晚饭,斯怀特先生也更安静了。

但是,他的眼睛里闪烁着的那种光芒仍然像要破坏玩具的孩子的眼神,罗奇小姐比以往任何时候都更清楚地意识到高潮和暴风雨即将来临。

那天晚上她很早就上床了,到十点钟才勉强入睡。十点半,她被希拉叫醒,不得不穿着睡衣下楼去接电话。

她以为自己又要接听醉醺醺的中尉打来的电话,但事实上不是。电话是从吉尔福德打来的,说她姑妈病得很重。转达这个消息的是斯彭德太太,自从离开洛克顿后,她的姑妈就一直住在她的朋友家。

罗奇小姐问她是否应该马上赶去吉尔福德,但是斯彭德夫人认为没有必要。不过,她应该做好准备,斯彭德太太明天会再打电话给她。

除此以外,她可能还将失去唯一的亲人,她很喜欢这位亲人,并与她保持着联系。就这样,罗奇小姐的好日子到头了。

第二十二章

一

但是,高潮直到几天后才真正出现,而且是在一个星期天的晚上,在餐厅里,在最没有预料到的时候。这完全不是罗奇小姐预想的那种高潮。

星期六晚上,罗奇小姐很晚才从吉尔福德回来,在那里她发现姑妈昏迷不醒,几乎可以肯定将在一周内去世。由于过度疲劳,她几乎一夜未眠。

在暴风雨发生之前,暴风雨的气氛可以说是微乎其微——也就是说,在斯怀特先生、维基·库格曼和罗奇小姐坐在一起的房间里,暴风雨的气氛可以说是微乎其微。

圣诞节的狂风已经消失了,中尉像他的习惯一样,已经完全消失了。死一般的沉闷和无聊笼罩着这所房子,房子里的客人们带着痛苦和茫然的神情看着这一年的结束和下一年的开始。

普雷斯特先生的餐桌上新来了一位瘦小干瘪的老太太,名叫克鲁太太。克鲁太太的出现让现场麻木的氛围更加凝重。

整个用餐的过程中,斯怀特先生很少说话。当然,在他保持沉默的时候,其他人也没有说话。

它发生在用餐结束时,也就是他们要起身前的一分钟左右。如果他们早起一分钟左右,几乎可以肯定根本不会发生这种事。

罗奇小姐一直不记得这件事到底是怎么发生的。斯怀特先生吃饭前一直在听新闻,他在讨论战争和战后的问题。

"是的,"斯怀特先生总结说,"我们生活在一个复杂的世界里,我的主人们。"

每当斯怀特先生这样泛泛地提到这个世界,说它"有趣""奇怪"或"邪恶"时,他总是在后面加上"我的主人们"。

"是的,"维基说,语气中又充满了好奇,"一个非常复杂的世界……一个非常复杂的环境。"

罗奇小姐非常清楚她在说什么。这又像她上次说的"是的,和平——

理解"。她强调局势的复杂性,其背后的暗示一目了然。她的意思是,由于普遍的误解,特别是对纳粹德国的误解,世界正处于一种复杂的状态。

现在,罗奇小姐不会再忍气吞声了。她已经下定决心,她不会再忍受这一切了。她可以忍受,而且已经忍受了这个女人的一切,但不知为什么,这是她最不想忍受的一件事。

她犹豫了一下,然后以一种平静、随意和相当善意的方式说了起来。

"哦,"她说,"我不知道情况有这么复杂。"

"你什么意思?"斯怀特先生尖刻地说,一副老气横秋的样子,"情况没那么复杂。"

"哦,"罗奇小姐说,"我只是觉得情况没那么复杂,仅此而已。"

"我知道。你说过了,"斯怀特先生说,"但我想知道为什么。"

一阵沉默。

"接着说,"斯怀特先生说,"为什么?"

"哦,"罗奇小姐说,"我只是觉得这很简单,就是这样。这只是一切正义和一切邪恶之间的冲突——很简单,就是这样……"

又是一阵沉默,然后维基说了一句话,这句话炸毁了弹药库,暴露了弹药的储存量。

"也许,很简单,"她沉思着说,"对头脑简单的人来说。"

"不,"罗奇小姐说,"实际上,对于头脑简单的人——或者思想扭曲的人——来说,只有复杂。"

"也许,"维基说,"我们最好不要谈论国际政治。"

"是的,也许我们最好不要谈了。"斯怀特先生说,他看着罗奇小姐,好像在说,无论如何,罗奇小姐最好不要这样做。

罗奇小姐就是被这"二对一"的事情弄得焦头烂额。如果不是因为这件事,她也许还能不发脾气,但现在她已经完全控制不住了。

"你是在暗示,"她看着维基说,"我是一个头脑简单的人?"

"我想,也许,"维基说,"我们最好不要谈论国际政治。"

"这不是重点——"罗奇小姐刚开口,斯怀特先生就打断了她。

"不,我想我们最好不要再谈了。"他威胁地瞪着她说。

"是的,但这不是问题的关键——"罗奇小姐开始说,这次斯蒂尔小姐打断了她,她在最后一刻努力避免了一场灾难。

"是的,"她说,"谈论政治从来都不是明智的,不是吗?事实上,我非常同意罗奇小姐的观点——但谈论政治绝非明智之举。"

"是的,"维基说,"我们最好把政治留给那些有资格谈论政治的人。"

又是一个可怕的停顿。

"你这样说是在暗示,"罗奇小姐说,"我没有资格谈论政治吗?"

"真的,"维基微笑着对斯怀特先生说,"她真是个宝贝——不是吗?"

"还是说,"罗奇小姐说,"你比我更有资格了?"

"有可能,"维基说,"你知道,我在世界上走过一些地方。"

"我想我们还是上楼去比较好,你们说呢?"巴拉特太太说,但是没有人回应她,也没有人表示要上楼。

"这是否意味着,"罗奇小姐说,"我没有周游过世界?"

"真的,"维基说,"我不知道你的旅行。我只知道你并不完全——我们怎么说呢?——世界主义观点的人?不是吗?"

"我想我们还是上楼去吧。"巴拉特太太说。

"是的,我想我们该走了,"斯蒂尔小姐说,"我们走吧?"

"那么,世界主义观,"罗奇小姐说,"是否意味着你认为事情很复杂,以至于你支持纳粹在欧洲之前开展和现在仍然进行的谋杀、肮脏和酷刑?"

罗奇小姐知道,她会为自己的所作所为后悔,她真的应该停下来。但是她做不到。使用"世界主义"这个词,狡猾地回到"英国小姐"的主题上,这刺激得让她无法回忆。她也为自己的勇气感到惊讶。究其原因,这场争论从根本上说是不带个人色彩的。如果这是一场关于中尉的争吵,她可能会被怀疑或怀疑自己有私心。但事实并非如此:这是一场关于纳粹德国罪责的争论。而她是不会让这个女人得逞的!

"真的,"维基说,再次向斯怀特先生求助,"她很善辞令——不是吗?"

"很善辞令,"斯怀特先生说,"不过没必要把国籍扯进来。"

"我不是在说国籍,"罗奇小姐说,"我说的是纳粹。"

"那也没有必要,"斯怀特先生说,"去羞辱一个德国女人,在她自己的——"斯怀特先生及时收住了。他头脑一乱,本想说"在她自己的国家"。但是,这句话虽然表面上听起来很好,但实际上是不对的。在她自己的国家,恰恰是那个德国女人不在的地方,斯怀特先生在说完这句话之前就机智地看出了这一点。

"我没有羞辱任何人,"罗奇小姐说,"我只是不希望有人说这样的话,因为在我们周围有人为了他们认为正义的事情在牺牲生命。"

罗奇小姐意识到这无论在修辞上还是在逻辑上都有些软弱无力,但她也没有更好的办法。

"别理她。"维基说,然后看着罗奇小姐。

"她真是一个宝贝。她真是一个可爱的人!"

"如果你继续叫我宝贝,"罗奇小姐说,"如果你继续叫我可爱的人——那就有麻烦了!"

"我想我们还是上楼去吧。"巴拉特太太说着站了起来,斯怀特先生也跟着站起来。

"别理她了,"他说着,把餐巾放进餐巾圈里,"人们常说,地狱里最愤怒的莫过于被蔑视的女人。"

"你这话是什么意思,斯怀特先生?"

"哦,没什么。"斯怀特先生说着,开始向门口走去。

"不,"罗奇小姐说,她也站了起来,"请你告诉我你刚才说了什么?哪个女人被蔑视了?"

"没关系,"斯怀特先生说,"我知道发生了什么事。我心知肚明。"

"是吗?"罗奇小姐说,为了阻止斯怀特先生离开,她拉住他的胳膊,"发生了什么事?请你告诉我?"

"好了,让我上楼去,好吗?"斯怀特先生说着,推开她的手,离开了房间,开始爬上楼梯。罗奇小姐跟在他后面走了出去。

"请你告诉我你是什么意思,斯怀特先生?"

"好了,"斯怀特先生说,继续爬楼梯,"不要烦了,可以吗?这又不是第一次有女人被排挤,不是第一次一个女人被另一个女人气歪了鼻子,这也不是第一次为男人吵架了!"

"你可以告诉我你到底在说什么吗,斯怀特先生?"罗奇小姐跟着他上了楼,"哪个女人被哪个别人排挤了?你说的男人是谁?"

斯怀特先生这时已经到了楼梯的平台上。

"噢——一位穿制服的先生,"斯怀特先生说,"你没必要假装不知道。"

罗奇小姐现在也走到了楼梯平台，这里光线充足（佩恩夫人最近允许在这层楼重新通电），他们面对面站着。

"别理她！"维基在下面喊道，"她真的太可爱了！她没有让我心烦！"

"我想，我们最好停止这一切——好不好！"斯蒂尔小姐也在下面喊道。

"你能告诉我你说的是什么人吗，斯怀特先生？"罗奇小姐问。

"哦，咱们不要为那个男人心烦了，"斯怀特先生说，双手插在裤袋里，"如果你不太在意男人，会好得多，不是吗？这就是你的麻烦。你脑子里都是男人，我的老处女夫人，难道不是吗？"

"斯怀特先生，请你解释一下你这话的意思。"

"听我一点小建议，好吗？"

"好，请问，什么建议？"

"在一定的年龄放过他们，可以吗？让他们超过十八岁。如果你一定要追他们，就等他们过了十八。人们都看见了，你知道的。等他们到了年龄再去找他们！"

现场一片寂静。罗奇小姐一时没反应过来他在说什么。然后，她突然意识到他在暗指那个叫波尔顿的男孩，她失控了。罗奇小姐意识到了他的暗示，想起了她和那个叫波尔顿的男孩一起散步的情景，想起了他们的天真和单纯，想起了在那个男孩畅想自己雄心壮志的时候，她对他所产生的欣喜、悲伤和母性的情感，想到这种关系会引起这样的流言蜚语，罗奇小姐失去了控制。这种污秽的暗示就像污秽的东西在她自己的脑子里翻腾，让她头晕目眩，无法睁开眼睛。

"你怎么敢这么说！"她听到自己在一团黑雾中说，猛地伸出手，一半是想打斯怀特先生，一半是想把这个肮脏的暗示扔掉。

之后发生了什么事，她就不太清楚了。斯怀特先生双手插在口袋里，踉踉跄跄地向后退去。由于双手插在口袋里，他无法保持平衡，下一秒他就倒了下去，靠着墙坐了起来。

罗奇小姐看着他，他也看着罗奇小姐。

她感到维基从她身边迅速走过。

"你没事吧，斯怀特先生？"维基说，"你受伤了吗？"

"她推了我！"斯怀特先生说，"她推了我！"

"你受伤了吗？"维基说。但是斯怀特先生只回答"她推了我"。

这时，佩恩夫人也赶到了现场。

"这都是怎么回事？"佩恩夫人说，"你受伤了吗，斯怀特先生？"

"她推了我。"斯怀特先生说。此时他的语气从原来的惊恐和惊讶变成了怀疑和惊叹。

"是的,"罗奇小姐说,"如果你再这样说的话,我会再推你一次!"

斯怀特先生现在又站了起来,佩恩夫人和维基一左一右搀扶着他,他注视着罗奇小姐。

"所以,你推了我,是吗?"他说,"你会为此付出代价的,罗奇女士!"

"是的,我还会再推你!"罗奇小姐说,"你也没必要假装受了伤!"

"好了,我们去休息室,好吗?"佩恩夫人说,"我觉得这样最好。"

仍然让佩恩夫人和维基搀扶着自己,斯怀特先生慢慢地走进了休息室。

"她推了我!"他进屋以后,罗奇小姐听到他用同样惊恐的语调说道,这也是她听到斯怀特先生说的最后一句话。

她静静地站了一会儿,然后冲上楼进了自己的房间,很快就趴在床上激动地哭了起来。

第二十三章

一

好了，一切都结束了，一切都结束了！……在漆黑的街道上，在她不快乐的绝望中，顺着她熄灭的火把，这个想法中闪现出一丝安慰。可是，无论如何，一切都结束了！

她不知道自己要去哪里，她突然想到今天是星期天晚上。

当她从泪水中恢复过来时，她唯一的愿望就是到外面去。她对着镜子擦了擦眼睛，这时听到有人敲门，斯蒂尔小姐把头探进了房间。

"你别担心，亲爱的，"斯蒂尔小姐充满深意地说，"一切都会水落石出的。"说完，斯蒂尔小姐随即就消失了。

这句话究竟意味着什么，我们无从说起——这是一种传统安慰用语，难以准确解释——但这意味着有人支持她，至少是一个不反对她的人。

现在一切都结束了。即使佩恩夫人没有真的赶她走，她也必须离开。

当然，她应该保持冷静。失去了这一点，她就失去了尊严，而他们却在某种程度上赢了，把她置于错误的境地，或多或少地把她维持在他们引诱她进入的怪诞虚假的位置上。

她想象着，明天一早，这件事就会传遍洛克顿。在所有人都反对她的情况下，会编造什么的故事呢？

当然，她不应该推斯怀特先生，她不应该让自己使用暴力。况且，这个意志薄弱的老头子对自己的言行并不负什么责任。他只是在怒不可遏、无计可施、头脑混乱的情况下，重复了那个女人在他脑子里灌输的东西。那是带着她印记的东西，没有别人能想出关于波尔顿家男孩的那些事。现在，她想起了那天维基离开茶店时，看自己和那个波尔顿男孩的眼神。想起了他们在"河畔太阳"时，她向他们投去的目光。她一定是想好了，然后在罗莎蒙德茶室的某次私下聊天时告诉了斯怀特先生。除了暗示，她可能不会在中尉面前说出来。虽然他是个傻瓜，但他不会相信这种谣传，甚至不会认可这种谣传。不过,你从不知道——你无法真正了解一个人的真实面目……

她究竟要去哪里？她不能回去，但也不能一直走下去。去"河畔太阳"喝一杯怎么样？不——那儿不行——说不定还会见到中尉——但喝一杯怎么样？

她记得河边一栋小房子里有个酒吧，她曾经在那里和波尔顿太太喝过酒。借着手电筒的光——事实上，现在手电筒里根本发不出光了——她找到了那里，大胆地推开了门。

当她推开门的那一刻，她就后悔了，因为酒吧里到处都是男人、烟雾和美国大兵，她在整个人群中看不到第二个女人。

不过，她看到普雷斯特先生一个人站在吧台的最里面，普雷斯特先生一眼就看到了她，微笑着向她招手，然后向她走来。

"哈罗！"他说，"你来这里干什么？过来喝一杯吧。"

他为她点了一杯饮品。

"不过，你在这里干什么？"她说，"你没有在公寓吃晚饭。"

"是的，"他说，"我只是来取回最后的行李。我现在住在雄鹿酒店。"

雄鹿是洛克顿的酒店，每天一镑或三十先令。除了重新回去"工作"——不管那是什么意思——普雷斯特这是发财了吗？

"好吧，"罗奇小姐没话找话，"你应该进来看看我们。"

"哦——我不知道，"普雷斯特先生说，"我有一种感觉，只要有可能，避开在那里吃饭是个好主意。不是吗？"说完，他带着微笑看着她。

这无疑是一位新的普雷斯特先生。

"哦,没错,"她说,回以微笑,并被他的微笑所鼓舞,"不过,你今晚错过了一些东西。"

"是吗?我错过了什么?"

"我们吵了一架,"罗奇小姐说,"或者至少我是吵了一架。恐怕我发脾气了。"

"啊,"普雷斯特先生说,"我以为会有一场争吵。我早就这么想了。"

"是吗?"罗奇小姐说,看着他,对他的智慧感到困惑,"哦,这场争吵无疑今晚来到了。"

"你真行,"普雷斯特先生说,"他们都好吗?那位令人尊敬的斯怀特先生还好吗?"

"噢——他很好。他是跟我吵架的主角。"

"那就更好了,"普雷斯特先生说,"他真是个古怪的人,非常古怪。"

"是的。他是个古怪的人。"

"其他人怎么样呢?那个美国人还在吗——那个中尉——我一直不知道他的名字?"

"没有,我有好几天没见过他了,"罗奇小姐说,然后她又补充道,"他也是个有点滑稽的人。"

"真有趣!"普雷斯特先生说,"我该说他真行!"

"为什么——你对他了解很多吗？"

"哦——只有在城里的所见所闻。"

"为什么——他很有名吗？"

"名声！"普雷斯特先生说。

"什么？"罗奇小姐问道。

"哦——无非就是美酒和美人。"普雷斯特先生说，"主要是美人。"

"美人？"罗奇小姐说着，吞了吞口水……

"我敢说，洛克顿、梅登海德、雷丁，这附近每一个地方。"普雷斯特先生说，"但是重要的不是她们的数量，问题是他要求她们都嫁给他。"

"真的吗？"罗奇小姐说。

"后果就是继而发生的复杂性，"普雷斯特先生说，"你不像我一样去酒馆转转，就不知道这个城镇发生了什么事。"

"所以他要求她们都嫁给他，是吗？"

"是的，好像他有这方面的癖好……噢，我想他有权享受一段美好时光，只要它还在。"

"是的，我想他是有权……"

所以，在这里，中尉的缺席终于有了解释！她必须事后再思考这个问题！现在不行！现在她必须转移话题。

"这么说你要永远离开我们了,普雷斯特先生?"她问道。

"是的。只要我还在工作,我就不会再回来了。现在年轻人都走了,老人们也回来了。"

她看着他,想看看自己是否够大胆,结果果然如此。

"普雷斯特先生,那么,你正在做什么工作呢?"她说,"刚开始吗?"

"哦,老行当。这次扮演邪恶的大叔。"普雷斯特先生说着,腼腆地笑了笑。

看到她略显困惑的神情,普雷斯特先生继续说道。

"《林中宝贝》,"他说,"在温布尔登皇家剧院。如果您到了伦敦,愿意来看看我们吗?"

"噢,当然,"她说,"我很乐意。"

"你周三下午能去吗?"

"哦,可以,我想可以。"

"好吧,如果你能,那就好。"普雷斯特先生从胸前的口袋里掏了掏,"这里有两个座位,我本来想把它们送给这里的一个朋友,但他用不上了。给你,这算是约会吗?"

"哦,谢谢。那就太好了。非常感谢。"罗奇小姐说。

"再来一杯吗?"过了一会儿,普雷斯特先生说。

"不,我想我最好还是不喝了。我想我最好还是走吧。"罗奇小姐说。

普雷斯特先生这时被一位朋友叫住了,他没有劝她留下来。她很高兴,因为她想出去走走,想一想。

"好的,周三见。"普雷斯特先生说。她在喧闹声中离开了普雷斯特先生。

"好的!"罗奇小姐说。

"以后再过来看看我!"

"好的!谢谢你!再见!"罗奇小姐说着,又消失在黑暗中。

所以,现在一切都结束了!

原来中尉是这样的人。这就是她的"恋情"的最后一笔。她早就知道这段"恋情"已经结束了,但是现在看来,这段"恋情"根本就不存在。她一直怀疑的——女店员——一切——都是真的。

毫无疑问,店里的姑娘们也被求过婚,也被带到河边的同一个座位上!

尽管她从未认真考虑过接受他的提议,但还是对他的提议受宠若惊。而且,如果她面对现实,她有时甚至认真想过接受他的求婚,哪怕只是为了摆脱老处女的身份和目前的生活方式。如果她面对现实,她有时并不完全讨厌他在黑暗中的那些吻。她甚至为自己在镇上有一个"她的"美国人而感到自豪。

与此相反,她从来没有收到过任何求婚,因为如果求婚是给所有人的,那就不是求婚,她从来没有得到过"她的"美国人,她只是被愚弄了,被剥夺了一种尊严,这就是维基·库格曼和镇上那些充满敌意的女店员们典型的战时野性和愚蠢的表现。

"老罗奇""老蟑螂"。几个月前,她被赶到大街上,在黑夜中徘徊,就像几个月前,在这一切开始之前的那个晚上一样。"老蟑螂"。这就是她。这就是他们一开始对待她的方式,也就是以后总会这样对待她的方式。她也许早就知道这一点——她也许早就知道最好不要怀疑任何光明命运的可能性。

如果她还没有哭出来,她可以回去哭。但是她已经哭出来了。现在一切都结束了——甚至连眼泪也流干了。

第二十四章

一

但是,一切并没有结束。

非同寻常的第二天以一种非同寻常的方式开始了。

罗奇小姐下楼去吃早餐,路过斯怀特先生房门口时,听到里面有呻吟声。

至少她几乎可以肯定自己听到了,但她没有留下来听。

当她走下楼梯的时候,她突然意识到,斯怀特先生要么是在房间里做瑜伽呼吸练习,她以前并不知道,要么就是他很痛苦。但她怎么也想不出,如此健康、阳刚的男人会有什么痛苦。

她还产生了一个荒唐的想法,以为斯怀特先生知道她路过他的房间,故意发出呻吟给她听的:他在假装自己刚才被人推倒,正在痛苦地呻吟,假称"受伤了"。

二

因为前一天深夜,她和佩恩夫人聊了一会儿,现在才下楼去餐厅吃早餐。她原本并不打算在罗莎蒙德茶室的餐厅里吃饭了。

前一天深夜,她不得不穿着浴袍下楼去接一个电话,跟斯彭德太太聊了她姑妈的情况。电话挂掉后,佩恩夫人进来房间了。

"哦,"她说,"今晚的事我很抱歉,佩恩夫人。我想我得尽快离开这里。"

"哦,不,"佩恩夫人说,"我不希望你走。我希望你不要离开。"

"好吧,"罗奇小姐说,"我真的觉得这样最好。我对发生的事情感到非常抱歉。"

"哦,不,"佩恩夫人说,"我肯定你当时是被深深地激怒了。我想要请走的人不是你,是另一个人。事实上,我要去叫他们走。"

"哦,真的吗?"罗奇小姐说,她不知道佩恩夫人指的是斯怀特先生还是维基。

"是的,"佩恩夫人说,"我不喜欢节礼日发生的一些事情。我一点也不喜欢。"

这么说，佩恩夫人也曾从敞开的门缝中瞥见过当时的一幕！罗奇小姐现在几乎可以肯定，维基就是那个要被请走的人。在寄宿公寓和女房东的心里，这类丑闻的始作俑者和罪魁祸首都是那个女人。

"噢，"她说，"我真的觉得我不能再在那个房间里吃饭了。"

"哦——没关系，"佩恩夫人说，"我们会给你安排一张单独的桌子。这样就可以了。"

事情就这样不了了之了。

三

坐在那张单独的桌子上非常尴尬。

"早上好，巴拉特夫人。"她说，并对她微笑。巴拉特夫人也说"早上好"，并回以微笑。幸运的是，维基背对着她（她在决定厚着脸皮到餐厅吃饭时已经想到这一点了）。

"早上好，斯蒂尔小姐。"她说。斯蒂尔小姐也对她说"早上好"，并微笑着朝她使了一个眼色，这再次表明，所有事情最终都会水落石出。

罗奇小姐坐的单人桌在窗边，靠近新来的克鲁太太的桌子。

罗奇小姐没有说话，对克鲁太太笑了笑，克鲁太太也对她笑了笑，在罗奇小姐看来，那笑容相当不安。

作为一个新来的人，克鲁太太的处境当然非常艰难，她大概把昨晚发生的事情当成了罗莎蒙德茶室的正常行为标准，而且毫无疑问，她认为罗奇小姐随时都会在国际政治问题上与她针锋相对，侮辱她，把她赶上楼，然后推倒在地。

罗奇小姐坐了下来，希拉给她端上了食物。

虽然昨晚她同意被安排在单独的一桌，但罗奇小姐现在怀疑这个决定是否明智。难道这不像是她让自己出了丑，被安排在角落里吗？如果佩恩夫人是站在她这边的，那么不应该是维基被安排在角落里吗？这一切都牵扯不清。

那是一个灰蒙蒙的日子，房间里弥漫着一种可怕的沉闷。按照常理，一场暴风雨应该会让空气清新起来。但事实远非如此，气氛以一种新的方式变得比以往任何时候都更加令人窒息和压抑。

罗奇小姐第一次意识到斯怀特先生不在餐厅里。她真傻！——如果他在楼上呻吟或做瑜伽练习，他怎么会在餐厅里呢？但那是怎么回事呢？他为什么不下来？她以前从来没见过他不在自己的位置上。

斯蒂尔小姐把她的想法说出来了。

"斯怀特先生今早到哪儿去了？"她问，"他不下来可不像他呀。"

"我不知道，"巴拉特太太说，"是的——这肯定不像他的作风。"

这时，维基说话了。

"我觉得他病了,"维基轻声说,"病得很重。"

维基的声音里的某些事告诉罗奇小姐,这句话是对她说的——或者这么说是为了让她听到。

这是怎么回事?这女人又在玩什么新花样?

她和斯怀特先生是不是要把斯怀特先生的病因(如果他有的话)嫁祸给她?

他们是要突然解决受伤的脊椎或类似的东西或者确保一个有利的结果吗?

他们无所不能。

四

早餐后,罗奇小姐要去购物。

她上楼去卧室穿衣服,经过斯怀特先生的房门时,听到了同样的呻吟声。

五六分钟后,她再次下楼,却什么也没听到。她松了一口气,便来到镇上。

四十五分钟之后,她回来路过斯怀特先生的门口时,再次听到斯怀特先生的呻吟声,这次声音更大了,在她看来,他是真的在痛苦地呻吟。

她回到自己的房间，在里面踱了踱步，然后下楼想去找佩恩夫人。

但是楼下没有佩恩夫人的踪影，所有人都不见踪影了，公寓里似乎只剩下她独自和呻吟着的斯怀特先生在一起……

好吧——这不关她的事。如果他生病了而且很痛苦的话，她也会为斯怀特先生感到难过，但是这不关她的事。

尽管如此，她还是感到一种愚蠢的恐惧，觉得自己必须离开这所房子。走出去，待在外面。

她出去走了很长时间，虽然没有消除那种奇怪的恐惧感，但还是平静了下来，然后她在镇上的一家餐馆吃了午饭。

然后她又去散步了，大约三点一刻才回到罗莎蒙德茶室。

第二十五章

一

她一踏进这所房子就意识到了,恐慌已经在这所房子里弥漫开来——而且已经弥漫了相当长的一段时间。

佩恩夫人匆匆走下楼梯,冲进房间时几乎没看她一眼。她听到佩恩夫人在打电话。

她爬上楼梯,呻吟声随着她上楼的脚步越来越响。

"噢……噢……噢……"

斯怀特先生的门关着,她在外面听着。

"噢……噢……噢……"她听到了,在这呻吟的声音底下,是两个陌生男人用平静而平缓的语调说话的声音。只有医生，而且是受到惊吓的医生，才会用这种冷静的语调说话。

斯怀特先生会死吗？是她杀了他吗？

她急忙跑到佩恩夫人的房间。佩恩夫人刚打完电话。

"怎么了，佩恩夫人？"她说，"他病了吗？"

"是的，我猜他病得很重，"佩恩夫人说，"他得动手术。他们正派救护车过来。"

"可是，到底是什么病呢？"罗奇小姐焦急地问，"到底怎么了？"

"他们认为是腹膜炎。"佩恩夫人说，"他必须立即去雷丁动手术。"

"哦！"罗奇小姐说，"那没有别的问题了？"

"你什么意思？"佩恩夫人说。

无法向佩恩夫人解释她的真正意思！她的意思当然是，既然是腹膜炎，跟他的胃有关，那就跟他的摔倒无关，跟她自己也无关。她看到佩恩夫人疑惑地看着她。

"太糟糕了！"她说，但她的声音因为一种解脱而悸动，"有什么事我能做吗？"

"没有，我觉得没什么事。非常感谢你，"佩恩夫人说，"这太突然了，不是吗？我兄弟也是这样。突如其来。我看情况非常不妙。"

佩恩夫人从未听说过的兄弟也是死于这种病吗？罗奇小姐不想问。

斯怀特先生会死吗？看起来，佩恩夫人好像觉得他会死。

"嗯，如果有什么我能做的，告诉我一声。"罗奇小姐离开房间时这样说，佩恩夫人说她会的。

她上楼时又听见那呻吟声！是这个男人完全缺乏毅力，还是那些呻吟声表达了他真正的痛苦？当然，他的嗓音总是那么嘈杂、鼻音重、铿锵有力，而且他也不是那种会对自己的病轻描淡写的人。尽管如此，她还是莫名其妙地相信了那些呻吟声。他们为什么不给他注射止痛药什么的？

二

四点钟救护车来的时候，罗奇小姐正在大厅里。

她穿着外出的衣服，因为她没有想到要脱掉它们。在这段时间里，她一直在房间里走来走去，并不时到楼梯口听听外面的情况。

斯怀特先生的房门打开了，呻吟声从里面传了出来，顺着楼梯传到楼下。

佩恩夫人和希拉也在，但没有其他人在场。

躺在担架的白毯子里，斯怀特先生呻吟着，他的脸色比她预料的还要苍白（她当然预料到会有一张苍白的脸）。

"噢……噢……噢……"他呻吟着，当担架停在门口时，他引起她的注意,看着她,对着她呻吟。

"不应该有人陪他去吗?"她对佩恩夫人说。

"是的!去吧!你和他一起去。你能行吗?去吧!你和他一起去!"佩恩夫人回答她。

"好吧,那就我去。"

就这样,这位前女教师和寄宿公寓的恶霸一起坐上了开往雷丁的救护车。

三

救护车在昏暗的小镇上缓缓行驶,她坐在对面的座位上看着他。她本想握住他的手,但他的手在毯子下面。

在车内的电灯下,他看着她,呻吟,然后继续看着她。

他的眼神中没有责备,没有厌恶——只有对发生在他身上的一切的强烈神秘感,以及对他内心痛苦的专注。他的眼神既遥远同时又内敛。如果说他的眼神是在对罗奇小姐表达什么,那就是在请她做出解释。

当他们走到乡村时,他们开始走得更快了,她和救护员聊了几句,救护员解释说,出于某种医学原因,在这种情况下不能使用止痛药……

斯怀特先生还在呻吟,他试图坐起来看看窗外,似乎想知道他们要去哪里,似乎看他们要去哪里是他的事。然后,她握住了他的手。

"别担心,斯怀特先生,"她说,"我们现在马上就到了。不会太久的。你很快就会不疼了。"

他让她握着他的手,看着她的眼睛,仍然在呻吟。但她想,或者说她喜欢这样想,他的呻吟更加平和、更加顺从。

在医院的急诊入口处,斯怀特先生在一片漆黑中被从她身边迅速带走,她被送进一间等候室——很像火车站的候车室——里面一盏微弱的电灯照亮了椅子和一张毫无意义的桌子。

半小时后,她沿着散发着乙醚气味的宽敞走廊走着,被带进了一间病房,病房很大(她是多么熟悉这些痛苦宫殿里的乙醚气味啊!),在中间的屏风后面,斯怀特先生正在呻吟。

"噢……噢……噢……"

他没有再看她,只是对着天花板呻吟。

真的没什么事可以做。谢天谢地,那位"和蔼可亲"的修女告诉她,他马上就去手术室了,留下来没什么意义。

她又摸了摸他的手,说:"好了,再见,斯怀特先生。你很快就要去手术室了。你很快就不会痛了。"但是,他对着天花板呻吟着,没有看她,甚至好像没有听见她的话。

她离开后,在雷丁的黑夜里迷迷糊糊地走到车站,幸运地搭上了一列火车，朝家的方向前进，不知道斯怀特先生是否会死掉。

四

斯怀特先生要死了。

罗奇小姐走后，斯怀特先生并没有立即被送进手术室，因为由于人手不足和其他战时条件的限制，安排上出现了问题——当然，战争对医院的兴趣完全不亚于对商店和其他所有地方和事物的兴趣。

在漫长的等待中，斯怀特先生的呻吟声越来越大，以至于病房另一侧的一个病人——一个粗人，也奄奄一息了——喊道："噢，你给我闭嘴，行不行！闭嘴！"那个粗野的、奄奄一息的人一直在打瞌睡，他觉得现在是半夜，斯怀特先生没有权利在这个时候发出这样的声音。在公共病房里，这种不愉快的误判和事件并不少见。

但是，不管斯怀特先生有没有听到，他都没有闭嘴。在他的呻吟声中，可以听到一些和罗奇小姐在救护车上从他的眼睛里观察到的同样的东西——对发生在他身上的事情的强烈神秘感，以及对他内在痛苦的高度集中。作为一个一生中几乎没有生过一天病的人，一个对疼痛一无所知的人，一个一生的嗜好实际上只是给别人带来痛苦的人，他的呻吟似乎带着一种质疑、抱怨和惊讶的侮辱感。

最后，他们来了，把他带到了手术室，对面的粗人喊道："好极了！"

五

手术后,他被送回病房,直到早上七点左右才完全恢复意识。在神志不清的情况下,他只想喝杯茶。

虽然斯怀特先生的情况很糟,但此时他的情况还没有糟到让他如愿以偿的地步,他连一杯茶都喝不到。

他什么也不想要,只想喝杯茶,他想象自己是在火车站里喝茶。他说他要赶火车,在自助餐柜台前争论不休,时而虚张声势,时而苦苦哀求。

后来,他明白是因为他付不起茶钱,他们才不给他茶喝,于是他恳求走近他的护士把钱包给他。他锲而不舍,护士们终于把钱包从他的衣服里拿出来,让他把玩。

"是吗?真的吗?喝茶吗?"当护士们试图安抚他时,他对护士们说。

年轻的护士们回答说"是的,确实",然后就像医院公共病房里的年轻护士一样,对着奄奄一息的病人咯咯地笑着,互相使着眼色。

到当天上午十一点,负责人才意识到他已经没有活命的机会了。因此,他得到了他想要的东西,用讨厌的医院用语来说,让他更加"舒服"了——也许"不舒服"这个词,大概是医院用来形容这种幸福状态之前的长期呻吟折磨的词语。

当斯怀特先生的声音渐渐变小时,他嘴里喃喃自语着"是的!确实……"他还提到了罗奇小姐。"罗奇女士?"他用一种充满希望的口气说,"罗奇女士?"最后,好像终于满意了,"罗奇女士!"实际上,这才是他的最后的话。

下午四点钟,从屏风后面传来的熟悉的急促呼吸声响彻了监听室(里面正在喝茶),并以惊人的速度达到了一个显然永远无法达到的高潮。

斯怀特先生死了。

就这样,这个残酷、苛刻、愚蠢、不顾及他人、不谙世事的人,这个终生对仆人和老妇人唠唠叨叨的人,这个迷惑不解的小混混和小吹牛皮的人,在不到四十八小时的时间里,在他无忧无虑、叱咤风云的壮年时期,突然死去了。寄宿公寓的暴风骤雨一下子神奇地平息了。

第二十六章

一

"是的。他倒下后不久,我就觉得有坏事要发生了。"

罗奇小姐没有在餐厅的独立餐桌前起身过去与库格曼小姐对峙,而是悄悄地离开了房间,上楼拿了帽子和大衣,又在黑夜中走了一圈!

这是令人困惑的一天,对于罗奇小姐来说,这一天与死亡有着双重的关系,佩恩夫人的电话被打爆了。

起初,医院说斯怀特先生的情况跟预期的一样好,可是到了中午,他们就不抱希望了;傍晚五点,罗莎蒙德茶室接到了他去世的消息。

晚饭前,罗奇小姐被叫去接电话,与斯彭德太太谈论她姑妈的事。

在谈话过程中，斯彭德太太告诉罗奇小姐，她姑妈去世后，她将从遗嘱中获得大约五百英镑。罗奇小姐一直都知道姑妈会给她留下"一些东西"，但这个消息还是让她大吃一惊。

"五百英镑！"她惊呼道。当时在房间里的佩恩夫人一定听到了，因为当罗奇小姐打完电话后，她幽默地说："有人给你五百英镑吗？"罗奇小姐只好回答说："是的，看来是这样！"

她还没来得及思考这笔钱对她未来生活可能产生的影响（反正姑妈还没死，她也不想让她死），开饭的锣声就敲响了。

当他们都坐定之后，大家都想知道由谁来宣布斯怀特先生去世的消息。一般来说，这种事情应该由斯怀特先生自己来做，但当时的情况恰恰不允许这样做，最后斯蒂尔小姐承担了这个任务。

"呃，"她说，"斯怀特先生的事很可怕，不是吗？""是的，"罗奇小姐说，"太可怕了。"巴拉特太太说："是的，令人震惊。"维基说："是的，太可怕了。绝对可怕。"斯蒂尔小姐说："我是说，这太突然了，不是吗？"

"是的，"巴拉特太太说，"太突然了，令人震惊。直到听说他被救护车拉走，我才知道事情真的很严重。你们有人事先知道吗？"

"是的，"维基，"事实上，我是有预感的。"

"真的吗？"巴拉特太太说，然后维基开始说了。

"是的，"她说，"他摔倒后不久，我就觉得有糟糕的事情要发生了。"

然后，罗奇小姐并没有顺从最初的冲动，站起来与库格曼小姐对峙，而是悄悄地离开了房间，上楼拿了帽子和外套，又出去在黑夜中散步了。

二

"是的。他摔倒后不久，我就觉得有糟糕的事情要发生了。"

她必须保持冷静！她必须振作起来！她设法以平静的方式离开了房间，现在她必须保持平静。

也许那女人不是故意的。也许她的意思是，在他摔倒的时候，只是巧合，她发现斯怀特先生有些不对劲。也许维基完全没有恶意。也许她，罗奇小姐，有邪恶扭曲的想法。

胡说八道！她当然是故意的！"他摔倒后不久。"她说出这句话时的语气，那种严肃而不含蓄的语气，证明了她是故意的。那声音油腔滑调，沉着冷静，认为摔倒导致了疾病，导致了死亡，这是理所当然的。摔倒当然是由推搡引起的。而罗奇小姐，已经是一个"英国小姐"，一个假正经的老处女，一个嫉妒心极强的老处女，一个对十几岁男孩性骚扰的制造者，现在又成了一个杀人犯！

哦，天哪，她原以为一切都结束了，没想到又来了，又来了。她以为这个女人已经做了最坏的事情，以为斯怀特先生已经做了他最坏的打算，以为斯怀特先生的死是额外的、无偿的，是最后的高潮，可是没有,一切又回来了。

如果她不是故意的,为什么要提到摔倒的事?任何人都应该知道,对于在老人临死前将他推倒这件事,她感到抱歉,只有见鬼的怨恨才会让她提及此事。那到底是什么见鬼的怨恨占据了这个女人的内心?

但最糟糕的是,最糟糕的是——在这一指控中,是否有任何模糊的可以相信的真相或一半甚至四分之一的真相呢?摔倒是否绝对不可能以某种隐晦的方式与疾病有关或引发疾病?腹膜炎到底是什么?难道她在临死前都要担心,她在一生中唯一允许自己发怒的时刻造成了死亡?这就是维基灌输给她的思想——故意要灌输给她的思想——她又怎么能摆脱掉呢?

不,不!她绝不能让步。她必须信守对自己的承诺,保持冷静。她处于紧张状态。最近的一切对她来说都太过沉重了。她几乎要精神错乱了。她被那个女人逼疯了。显然,这正是那个女人想要做的,而她却逍遥法外。

但如果你杀了一个老人,你怎么能保持冷静?你的余生怎么可能再平静下来?

她发现自己到了车站。她发现自己总是在这些黑色的场合和游荡中走向火车站。这是不是潜意识里的一种冲动,想要离开这个小镇,坐火车去什么地方,回伦敦去?

她现在要去哪里？她要去哪里呢，有大致的方向吗？现在，她在那个屋檐下无法再度过哪怕一个晚上了。但是，她去哪儿呢？一个杀人犯会去哪里生活呢？她要去哪里度过懊悔的余生呢？

她必须振作起来。这简直是疯了。任何理智的人，只要知道她脑子里在想什么，并客观地看待她，就会发现她已经疯了。

如果她是个疯子，她可以做一件疯狂的事。如果她有足够的勇气，她现在就可以做。她决定了。

麦基医生住在洛克顿另一侧半山腰上的一栋乔治亚风格的房子里，就在那天晚餐前，他在诊室里听到了铃声。

医生是个身材瘦高、戴着眼镜的男人，看上去像个校长，行为举止也像个和蔼可亲的人，此刻正沉浸在与所得税有关的文件和数字中。这些事情很复杂，而此时此刻，医生已经筋疲力尽、疲惫不堪了。因此，门铃的声音让他感到不安。

半分钟后，他那又傻又胖的新女仆——他现在已经对训练她感到绝望了——没敲门就走进房间，说有位女士要见他。

"哦，是吗？"他站起来，低声说，"是谁，你认识吗？"

"不，我不认识。"他那又傻又胖的新女仆说。

"那么，你能去问问她是谁吗？"

"好的，先生。"她说完，就出去了。

医生意识到，就在晚饭前，他几乎肯定要见那位女士了，于是他不高兴地在房间里来回踱步。他听见外面大厅里有人在嘀嘀咕咕，接着他那个又傻又胖的新女仆回来了。

"您好，先生，"她说，"她说她的名字是罗奇小姐。"

她说这话的时候，好像罗奇小姐只是说说而已，并不是真的就叫这个名字。这是她愚蠢的典型表现。医生对罗奇小姐这个名字一无所知，但他想他必须去见见她。

"好吧，"他说，"你去带她进来吧！"

过了一会儿，罗奇小姐进来了，他和她握了握手，微笑着说："你好。"

他看到的是一位身材苗条的女士，年近四十或刚过四十，面容姣好，一双棕色的眼睛炯炯有神。虽然她和颜悦色地向他打招呼，但似乎并不自在，他不知道这究竟是怎么回事，这次见面要花多长时间。

他让她坐到椅子上，然后在她对面坐下，然后露出一副和蔼但又防备的神情，在这熟悉的诊室停顿期间，医生们都会露出这样的表情。

"嗯……"他说，"我能——呃——吗？"

"非常抱歉这样打扰您，"罗奇小姐说，"您愿意见我真是太好了。"

"不客气，"医生说，"跟我说说吧。"

"恐怕您会觉得这很傻，"罗奇小姐说，"但是，这恰恰是我很想请教您的一件事，就是这样。"

这时，医生怀疑罗奇小姐害怕自己怀孕了，并悲观地预感到这将是一次漫长的面谈。

"没关系，"他说，"你说吧。"

"呃——是关于斯怀特先生的。您知道的——就在教堂街。我想您被叫去看过他。"

"是的，没错。"医生说，他现在感到困惑，但他更喜欢谈斯怀特先生而不是怀孕。

"呃，恐怕您会觉得这很傻，但是这正是我想了解的事情。"

他希望她不要继续说这很傻，而是直接把话说出来。

"不会的，没关系，"他说，"你说吧。"

"嗯，是这样的。我只是想知道，如果有没有可能——想来是可能的——他摔了一跤——在他生病的前一天晚上他确实摔了一跤——我不能细说，这一切真的太傻了——我住在同一所房子里，您看……"

"他摔得严重吗？"医生只是出于好奇地问道。

"哦，没有。没什么大碍。事实上，摔倒后他一直在走动，完全正常。那么，唯一的问题是——我唯一想问您的是——他的病会不会和这有任何可能的联系——这两者之间会不会有任何可能的联系？"

医生看着罗奇小姐，快速地思考着。谢天谢地，他有了一个简单而真实的答案，也许两分钟就能把她打发出这个房间。但他必须确定，罗奇小姐并不想把这次摔倒和斯怀特先生的病联系起来。不,这种事肯定是可笑的,是不可能的。任何复杂的心理因素都不可能产生这种想法。

"呃,"他决定这样说,"我可以给你一个非常简单而直接的答复。"

"是吗?"罗奇小姐说,她那双清澈透明的眼睛望着他,"什么答复?"

"没有丝毫联系。"他说,"没有任何的联系。"

看到那双清澈透明的眼睛里流露出的如释重负的神情,他知道自己安全了,便继续说。

"八竿子打不着,没有一丝联系。"他说,"你可以不用再怀疑这点了。"

"哦,感谢上帝,"罗奇小姐说,"这就是我想知道的一切。"

有那么一瞬间,医生以为罗奇小姐要哭了。

"是的,"他说,"你可以放心了。恐怕可怜的斯怀特先生就像他们说的那样,是自作自受。"

"哦,谢天谢地。"罗奇小姐说。

"事实上,"医生说,"我一直在为他治疗消化不良,所有症状都有。就像你知道的那样,事情就那样突然发生了。"

"哦,谢谢您,"罗奇小姐说,"非常感谢。"

"不客气,"医生说,装作一副要起身的样子,"你还有什么想知道的吗?"

罗奇小姐站了起来。

"不,没别的事。我只是想问问您,仅此而已。我怕您会觉得我很傻。"

"嗯,这个想法确实傻!"医生幽默地承认,然后也站了起来,"不过,我知道人们对这些事情会有什么想法。"

"哦,感谢您,"罗奇小姐说着走向门口,"我对您真是感激不尽。"

他带着她走到大厅的前门,心想,她走得这么快,又没给他添麻烦,他真是感激不尽。

"您能给我一份账单吗,或者您能告诉我,我欠您多少钱吗,或者别的什么的?"罗奇小姐说。

"不,不用付钱,"医生说,"我非常高兴。"

"哦,您真是太好了。"罗奇小姐说。"不客气。"医生说。"再次感谢您。"他们握手告别时,罗奇小姐。"恐怕天很黑了。"医生说。"没关系,我有手电筒。非常感谢您。晚安!"罗奇小姐说。罗奇小姐说完就走了。

回到诊室后,医生沉思了片刻,觉得刚才的谈话有些奇怪。他很高兴能够说出真相,而且他意识到自己说得很委婉、很好。

他突然意识到,摔倒可能会被医学专家认为是某种次要原因,但是他当时并没有意识到这一点，当然他也不会告诉这个可怜的女人。他又回到了他的所得税问题上，永远地忘记了她。

他不知道，此时此刻，这个可怜的女人几乎是在黑夜中飞奔下山，她的心中充满了神圣的幸福——那种神圣的、宁静的幸福，只有解脱才能带来，而不是单纯的喜悦或快乐，它超越了人类已知的任何喜悦或快乐。

这个可怜的女人在她神圣的幸福中决定，当晚就收拾好衣服，明天就回伦敦。她不知道要去哪里，但她会找到地方去的——警察局或劳改所，如果有必要的话。

第二十七章

一

奇怪的是,那种神圣而宁静的幸福感,在第二天早上,以一种安静而又不失变化的方式,依然伴随着她。事实上,这种感觉持续了一整天。

前一天晚上,她已经告诉佩恩夫人她打算离开,而今天早上,她比往常起得更早,早餐前就来到佩恩夫人的房间,给她在伦敦公寓的雇主林塞尔先生打电话。她有点担心这么早打电话会打扰到他,但她知道他的习惯是七点起床。

他很惊讶在这个时候听到她的声音,但语气却很亲切,在互致问候之后,他开玩笑地问有什么可以为她效劳的。

"喔,"她说,"事实上,有件事你可以做,如果你能办到的话。你看,我得突然离开这个地方。事实上,我今天就得搬走。"

"哦,是吗?"林塞尔先生说,"遇到什么麻烦了吗?"

圣诞节前见到林塞尔先生时,她已经告诉过他,她在现在这个地方不太开心,她看到他现在会一如既往地愉快地理解她。他是个好人。

"是的,"她说,很高兴佩恩夫人不在房间里,她看了看门,发现门是关好的,"相当多。这一切都很荒唐,但我真的过得很糟糕。"

"哦,天哪。"好心的林塞尔先生说。

"哦,重点是,"罗奇小姐说,"我得去伦敦找个住处,不知道您能不能帮我。"

"哦,天哪,"林塞尔先生说,"如今这有点困难,不是吗?"

"是的,我知道,但我不介意去哪里。我是说我不介意花多少钱。一个人当然可以住进非常昂贵的酒店,不是吗?我是说很贵的地方。"

"嗯,我明白你的意思,"林塞尔先生说,"嗯……现在让我想想……你是说一个非常昂贵的地方?"

"是的。我只需要住一两个晚上,然后我就可以找别的地方了。"

"好的,我明白了。你是说像克拉里奇那样的地方吗?因为我在那里有些关系,我想我可以把你弄进去。"

有那么一瞬间,罗奇小姐有点心动。克拉里奇!王子们的度假胜地！但是，由于心情平静，她觉得自己甚至可以应付克拉里奇。

"是的，"她说，"可以，非常好。你觉得能搞定吗？"

"呃，我试试。"林塞尔先生说。过了一会儿，他说等他试过之后再给她打电话，然后就挂断了电话。

克拉里奇酒店！从罗莎蒙德茶室到克拉里奇酒店！罗奇小姐心里别提多高兴。

二

当罗奇小姐走进餐厅吃早餐的时候，她的内心仍然非常喜悦，她的身上还残留着昨晚降临在她身上的那种奇妙而神圣的幸福感。正因为如此，再加上斯蒂尔小姐的一句话，她才得以向维基实施报复。

她走到自己的单人桌子旁，发现斯蒂尔小姐看她的眼神比平时更多了。最后，斯蒂尔小姐才开口说话。

"今天早晨你看起来美滋滋的。"她微笑着和蔼地说。

"是的，"罗奇小姐说，"我感觉状态非常好。"

"你现在真的是一个富有的继承人了吗？"斯蒂尔小姐说，"你要继承一大笔钱，是真的吗？"

佩恩夫人显然已经跟大家八卦过了，而这正是个关键时刻。正常情况下，罗奇小姐会实话实说，不会有丝毫含糊。通常她会说，严格来说，她还没有得到钱,五百英镑也不是斯蒂尔小姐口中所说的巨款。但今天,因为那份宁静和幸福的余韵,她却没有这么做。她故意表现出一种优越感,来一出恶作剧。她瞥了一眼维基,看见她正默默地往嘴里塞食物。

"是的,"她说,"很不错。无论如何,对我来说已经足够了。"

房间里充满了某种感觉,仿佛不是五百英镑,而是五千英镑。

"喔,如果有人应得的话,我相信这是你应得的,"斯蒂尔小姐说,"那么你今天就要离开我们了吗?"

"是的,没错。我要回城了。"

"你住哪儿?"斯蒂尔小姐问,"你有什么好去处吗?"

罗奇小姐又瞥了一眼正吃东西、沉默不语的维基,又一次故意含糊其词。

"嗯,现在很难找到住的地方,"罗奇小姐说,"所以,我暂时住在克拉里奇酒店。"

"克拉里奇!"斯蒂尔小姐说,"我说!你真的是个有钱的继承人,不是吗?"

罗奇小姐觉得斯蒂尔小姐不是真的在跟她说话,而是像她自己一样,实际上是在跟维基说话。

"嗯,一切都非常好。"她说。

"极好,"斯蒂尔小姐说,"我说过一切都会水落石出,不是吗?"

"是的,你说过。确实如此。"

即将入住克拉里奇酒店的女继承人看着沉默不语的德国女人,不知道自己是否应该进一步惩罚她。她决定,她有心情这样做,而且她会这样做。

"不过,让我真正高兴的是,"她说,"昨晚我去见了医生——斯怀特先生的医生……"

"哦,是吗?"

"你知道吗?我担心我推倒他和他的病之间会有某种联系,但他告诉我绝对没有联系——没有任何可能的联系。"

"当然没有,"斯蒂尔小姐近乎愤怒地说,此时她无疑是在瞥维基,"认为有联系这种想法就太荒唐了……但我很高兴医生告诉了你。"

罗奇小姐也看着维基。

此时此刻,看到她黯然神伤,默默地吃着饭(顺便说一句,她的吃相一直很难看,但这只是一个细节),无话可说,而且她不是一个去克拉里奇酒店的女继承人,而是一个即将被驱逐出寄宿公寓的外国人。在这个寄宿公寓里,她现在显然遭到了所有人的唾弃——看到她这样,罗奇小姐觉得自己终于以某种方式报了仇。

罗奇小姐是个有分寸的女人,她的复仇观念也很有分寸。在那一刻,她完全满足了,此后也是如此。

第二十八章

一

她打算赶十一点二十五分的火车去伦敦,在这之前,她两次被叫到佩恩夫人的房间接电话。第一个电话是林塞尔先生打来的,他告诉她,他已经想办法让她住进了克拉里奇酒店;第二个电话是中尉打来的,他邀请她晚上和他一起见面。她解释说,因为她要去伦敦,所以不能陪他。中尉说,这太遗憾了,因为两天后他就要搬离洛克顿了,要到离这里有一百五十多英里远的地方去,而且是永久性的,如果他们能在他走之前见上一面就好了。她礼貌地表示同意,但不知道能做些什么。然后他说,等他在伦敦休假的时候一定要去看看她,他会给她"写信"。

作为他完美的自相矛盾中最后的一段，他没有问给她写信可以寄到伦敦哪里，就准备挂电话了。她指出了这一点，并告诉他，他可以随时向里夫斯和林塞尔求助。不过，她十分肯定，她永远不会收到中尉的来信，也永远不会再见到他了。

想到维基和她自己一样再也见不到中尉了，她不禁让自己有点幸灾乐祸起来。完全可以想象，中尉也曾向维基提议她嫁给他。她是那种会对这种建议信以为真的人，而她再也见不到他，会让她非常沮丧。不知怎的，一切现在似乎都对那个女人不利。

十一点十分，当她还在想着出租车会不会来接她去车站时，突然在包里发现了两个当天下午在温布尔登皇家剧院演出的座位，这让她一下子慌了神。在过去几天的兴奋中，她完全忘记了普雷斯特先生！她快速地想了想，然后意识到没关系，她能应付得来。事实上，那天下午去剧院对她大有好处，没有什么比这更好的了。

她向斯蒂尔小姐和佩恩夫人道别，有人找过巴拉特太太，但没找到。然后，她向希拉道别，并给了她小费，希拉帮她提着行李箱上了出租车。她只带走了一个行李箱，其余的东西都打算邮寄走。

直到她坐在火车上，火车开动了，她才恍然大悟，其实她没有必要离开罗莎蒙德茶室，返回伦敦。斯怀特先生已经死了，维基也被赶走了，她本来很容易忍受有时候有点愚蠢的斯蒂尔小姐和慵懒的巴拉特太太。可是她现在在这里,再也回不去了!

这些都是心理上的意外、失误和复杂因素,它们支配着一个人的行动和命运。

二

到达帕丁顿后,她把行李箱放在行李寄存处,然后又给林塞尔先生打了一个电话,说有一件关于手稿的事,她觉得可能很紧急,早上在电话里忘了说。事情并不紧急,林赛尔先生心情愉快,可能是喝了雪利酒的缘故,他问她最近怎么样,并建议她六点半到克拉里奇酒吧和他喝一杯,因为他那时会在布鲁克街附近。她欣然接受了,并觉得这简直就是天堂,在她初来乍到的时候,能有一个熟悉情况的人在这个又大又可怕的酒店里陪着她。

她在拥挤的里昂餐厅吃了一顿自助午餐,然后乘坐公交车转区间火车前往温布尔登。

普雷斯特先生让她记住,不是在温布尔登剧院,而是温布尔登皇家剧院,她必须找到这个地方。

她在大幕拉开前一刻钟到达剧院。这个中型剧场里挤满了大人和兴奋的孩子们,她找了个靠后九排的座位坐下。面对拥挤的场内,她感到很内疚,因为她身边的座位被浪费了,但也无可奈何。

在幕布拉开之前，孩子们都快疯了，而当灯光最后熄灭时，孩子们又充满了惊喜的期待。

接着，在装饰大幕背景下的黑暗舞台上，在可怕的绿色灯光下，一个可怕的绿色怪物出现了，它有着可怕的、闪闪发光的绿色睫毛和长长的、闪闪发光的绿色指甲。这个怪物宣布，它要以各种可能的方式对所有相关人员造成各种伤害。接着，在舞台另一边耀眼的银光中，一个仙女用一种既挑衅又平静和自信的语气宣布，这些破坏都不会发生。现在我们就来看看谁是对的。孩子们似乎对此感到相当无聊，但罗奇小姐却非常兴奋和好奇。

然后，灯光亮起，舞台上的布景一应俱全，许多人欢声笑语，接着，普雷斯特先生扮演的一位邪恶而又荒唐的叔叔出场了，他穿着绿色的衣服，十分荒唐可笑。

普雷斯特先生的一言一行都引来了观众的欢呼和笑声，罗奇小姐一眼就看出他将成为这出剧的焦点。

普雷斯特先生！你怎么能相信这就是普雷斯特先生？然而他就在这里。他就在这儿，化着妆、穿着可笑的衣服！他在这里，一屋子的孩子对他尖叫，他在这里回应他们,对他们眨眼睛——跳舞、唱歌、摔倒、裤子出问题、兴高采烈地取得胜利！

不知怎的，他的胜利似乎也是罗奇小姐的胜利，她的心也随之快乐起来。她从来没有意识到孩子们也能发出这样的声音——她真的忘了还有孩子这种东西——而这就是邀请她来看演出的罗莎蒙德茶室的普雷斯特先生，他就这样光荣地让她想起了她不该遗忘的东西!

"普通"的普雷斯特先生……是的，确实"普通"——这里比罗莎蒙德茶室要"普通"得多——也许有时还很粗俗——然而，与这些孩子在一起时，他却与"普通"截然相反，是多么耀眼，多么光彩，多么崇高!

哦，是的，普雷斯特先生独自一人坐在那张桌子旁，原来是一匹黑马，没错!

看着他，她有一种强烈的、想哭的冲动，她大致猜到了这位阿奇·普雷斯特的真实情况——猜到了这位年迈的喜剧演员由于战争和演员短缺，终于在这个有点偏僻的剧院找到了一份工作，尽管他年事已高，退休已久，但他的表演还是让所有人，甚至他自己，都大吃一惊。

中场休息之后，这些小疯子们——孩子们——的兴奋丝毫没有减弱的迹象，临近结束时，他们陷入了一种狂热——木痛苦的笑声和歇斯底里的尖叫。

在压轴戏之前的短短一幕中，普雷斯特先生已经让他们唱了起来（首先是全场的对唱，然后是惊人的齐唱），他走上前来，对他们表示信任。

他解释说，他要对另一位喜剧演员耍各种花招，他希望孩子们在他向他们求助时，能坚持说他没有做过这些事。

孩子们悄悄地同意了这一说法，似乎很不情愿，然后普雷斯特先生开始了表演。他走到另一位喜剧演员身后，把他的帽子往下一压，遮住他的眼睛。然后，他走到孩子们面前说：

"不是我干的吧，孩子们？"

然后，你就会发现孩子们都站在普雷斯特先生这边。

"不是！"他们喊道。

普雷斯特先生继续着这个残酷的阴谋，现在又把另一个喜剧演员绊倒了。

"不是我干的吧，孩子们？"普雷斯特先生问。

"不——是！"他们这样的回答，好像对第二次袭击的这种暗示纯粹是邪恶的，而对第一次袭击可能还有些怀疑。

"不是我干的吧，孩子们？"

"不——是！"

"不是我干的吧，孩子们？"

"不——是！"

这样的游戏一直重复着。普雷斯特先生继续疯狂地叫喊，试图否认自己的罪行，罗奇小姐则看着孩子们——他们大笑着、扭动着、拍着手，一下子又站起来，沉默而凶狠地看着舞台，一下子又坐下来，用眼睛呼吁他们的父母理解这极度刺激的场面，搓着手，蹦蹦跳跳，喊着"不——是！""不——是！""不——是！"

这时，一个穿着深蓝色西服、沉默寡言、戴着眼镜、身材魁梧的男人悄悄来到她的座位旁，问她是不是罗奇小姐。她说，是的，没错。然后他解释说，普雷斯特先生让他过来请她到后面去，让他护送她到那里。她在想是现在就走，还是等到结束后再走？她不知道自己想说什么，便说现在就去，那人示意她跟他走。

他带她穿过管弦乐队附近的出口幕布，然后上了几级楼梯，穿过一扇标有"私人专用"字样的门，又上了几级石阶，穿过一扇巨大的铁门，来到舞台上。她以前从未到过剧院的后台，她被一种巨大的紧张气氛和喧闹中的宁静所震撼。

"不——是！"她听到了孩子们的尖叫声，但是在后台听到的声音与在前台听到的完全不同。她还听到舞台上传来巨大的撞击声，以及普雷斯特先生的声音。她站在昏暗的灯光下，和那个穿深蓝色西服的男人一起，透过狭小的空间，注视着普雷斯特先生，只有当他走到舞台前面时，她才能看到他。她还注意到不远处有一群涂脂抹粉的女歌唱演员在等待压轴出场——从这里看，她们似乎被涂得花枝招展，散发着一种粗俗、压抑的魅力、活力和肉感，为整个气氛增添了几分神秘和新奇……

接着,普雷斯特先生最后一次问道:"不是我干的吧,孩子们?"孩子们最后一次喊道:"不——是!"下一刻,普雷斯特先生冲下舞台,看到她后,向她走来。

普雷斯特先生的脸上也化着浓妆,汗水淌满了他那张苍老而充满斗志的脸。

他太激动了,以至于都没有好好跟她打招呼。

"他们是不是很快乐?"他拉着她的胳膊看着她的眼睛说,"他们是不是很可爱?听到他们的声音是不是很开心?他们是不是可爱的孩子?"

看着普雷斯特先生激动的双眼,罗奇小姐相信,她肯定看到了喜悦和胜利的泪水。当然,这可能是汗水瞬间蒙住了他的眼睛,但她相信不是这样的。而且,如果这确实是泪水,她觉得除了喜悦和胜利之外,还有其他原因。他身上有一种非同寻常纯净的神情——一种相互净化的暗示——就好像他在那一刻用他的幽默净化了激动的孩子们,而孩子们也一齐净化了他。

看着普雷斯特先生的净化,罗奇小姐自己也感到被净化了。几个月前,如果有人告诉她,有一天她也会被普雷斯特先生净化,她一定会感到很惊讶——那个角落里孤独沉默的男人,那个戴着"加四"帽子、情绪低落的人,那个闷闷不乐地回房间的人,那个漫步去车站的人,那个在酒吧里游手好闲的人,在他的内心深处,有着对小孩子的爱和净化公众的天赋!

三

"你好吗,亲爱的?"普雷斯特先生平静下来说道,"我得赶紧去换衣服了。查理会照顾你,然后我们去喝茶。"他走了。

如果回到几个月前,当她得知普雷斯特先生有一天会叫她"亲爱的"时,一定也会感到非常惊讶。显然,查理就是那个穿着深蓝色西装、沉默寡言的男人。

查理与她交谈,小声地介绍她的朋友普雷斯特先生在这场喜剧中取得的巨大成功,她瞥了一眼压轴戏,然后穿过另一扇铁门,沿着通道来到普雷斯特先生的化妆间。

普雷斯特先生回来后,她到房间外面等他换衣服,然后被叫进来,看着他用面霜卸妆。他卸妆时非常匆忙,也非常卖力,一边卸妆还一边和她说话。

"哦,亲爱的,你好吗?"他问道,"家里其他人都好吗?"

("亲爱的!")

"哦,"她说,"我已经离开那里了——我受够了。我今天离开的。"

"天哪,"普雷斯特先生说,"我也是!你打算住在伦敦吗?你打算住在哪里?"

出于某种荒谬的原因,她不能告诉像普雷斯特先生这样的人她会住在克拉里奇酒店——这听起来太傻了!

"我暂时还没有完全确定,"她说,"但他们正在为我解决。今天晚上我就知道了!"然后她转移了话题,"我觉得你今天下午的表现非常棒,普雷斯特先生。"

"哦,我不知道……"普雷斯特先生说,突然开始害羞,"那些孩子太棒了。他们只是为了你才这么做的。"

人们不停地敲门,进进出出,普雷斯特先生的化妆间人来人往,忙得不亦乐乎。

过了一会儿,来了一位身材高挑的中年妇女,罗奇小姐经人介绍,认出了这位闪闪发光的仙女,她曾如此镇定自若地与怪物搏斗。她显然和普雷斯特先生很熟,他们谈了一会儿罗奇小姐不明白的事情。

"今天下午你自己表现得非常好,阿奇,"中年妇女接着说,"如果我可以这么说的话。"

"是的,"普雷斯特先生说,"事情进展得很顺利,不是吗?那些孩子们真了不起。他们从来没有这么好过。"

"是的,他太棒了,不是吗?"罗奇小姐说。这位中年女士一边表示赞同，一边用嘲讽的目光深情地望着普雷斯特先生。

然后，普雷斯特先生和那位中年妇女的谈吐变得比罗奇小姐习惯的要粗俗一些，接着，普雷斯特先生穿好衣服，一位穿着便装的丰满漂亮的女歌唱演员加入了他们的行列，所有人都走到舞台门口，进入了战火纷飞的黑暗世界。

普雷斯特先生牵着罗奇小姐的手，两位女士走在前面，一分钟后，所有人都安全到达了一个拥挤的茶水咖啡吧，里面沿着墙壁摆满了大理石桌面的桌子。尽管人很多，但角落里还是为普雷斯特先生留了一张桌子，显然，他在这个地方暂时还是个公众人物。

服务员给他们端上茶，难吃的香肠配美味的薯片、面包片和人造黄油。普雷斯特先生主要和店主以及其他和他搭讪的熟人聊天，罗奇小姐则和中年仙女以及丰满漂亮的女歌唱演员亲切地谈论优惠券、积分和配给问题。

罗奇小姐想，要是他们现在能在罗莎蒙德茶室看到我就好了！

很快，他们就得赶回剧院去准备晚场演出，于是他们就催着罗奇小姐一起回去。刚进舞台大门，两位女士就向她道别，然后飞奔而去。普雷斯特先生问她是否能在黑暗中找到自己的路。她说她很容易就能找到，并急切地向他表示了下午的感谢。

"不用客气，亲爱的，"普雷斯特先生说，"有空就来看看我们。让我们知道你在哪儿。"

"哦，好的，我会的，"罗奇小姐说，她同样热切地希望能再见到普雷斯特先生，但她好像有种感觉，他可能再也见不到普雷斯特先生了，"非常感谢你。再见！"

"再见，亲爱的。"普雷斯特先生说。当他握住她的手时，她最后看了一眼这位矮个子喜剧演员那张粗糙、憔悴、充满斗志的脸——那张净化人和被净化的脸——然后又走进了黑暗之中，对阳光下——或者说是黑幕下——万物的奥秘感到惊讶和困扰。

第二十九章

一

为了到帕丁顿去拿行李箱,她只能在六点半之前到达克拉里奇酒店,而这仅仅是因为她得想办法在车站拦到一辆出租车。

当她到达那家著名的酒店时,一个手持火把的搬运工打开了出租车的车门,她的行李不知怎么就在黑暗中被人"夺"走了,这让她有些惊慌失措。正当她在包里摸索着付车费时,她听到林塞尔先生的声音在她身边响起,她松了一口气。

"我猜就是你。"他说。

有林赛尔先生陪着她,进入克拉里奇酒店的事情,远非她过去半个小时里一直害怕的折磨，而是一次冒险和快乐。

她被带到一个灯光明亮的接待室，一个认识林塞尔先生、穿大衣的年轻人礼貌地指导她进行登记，整个气氛和暗示都表明，罗奇小姐住在克拉里奇酒店根本没有什么不可思议或荒唐之处。

然后，林塞尔先生说，在她做任何事情之前，她都要先喝一杯，然后她就被带到了宽敞明亮的主休息室。

他们在一个角落里找到了一张桌子，林塞尔先生劝她喝威士忌，并要了两大杯。没过多久，她就和林塞尔先生聊得热火朝天，环顾四周，有一种已经安顿下来了的感觉。

她没有认出任何一个与她心目中的王子接近的人。相反，她看到了一两个老太太，很像斯蒂尔小姐或巴拉特太太（只是在更奢华、更宽敞、更舒适的环境中显得无聊至极），还有许多穿着制服的男人，有英国人，也有美国人。

这些制服提醒她，她又回到了事物、世界和战争的中心。尽管有被轰炸的危险，她还是很高兴能回来。你必须正视战争。罗莎蒙德茶室的恐怖和绝望就在于它没有正视战争。罗莎蒙德茶室隐藏在乡间，躲避着战争，在琐碎的寄宿生活中慵懒得几乎无动于衷，更多的是沉浸在当地的图书馆里。而这不是一场以当地图书馆的方式进行的战争。

二

林塞尔先生劝她喝了两大杯威士忌,自己也喝了三杯。然后,在与她讨论出版技术问题时,他兴奋不已,决定与她共进晚餐,并把她带进了餐厅。他们在这里喝了酒。

那是一顿快乐而兴奋的饭,是她和她那头发稀疏、看起来很烦躁、工作很努力的好雇主一起吃的。之后,他坚持要在休息室喝最后一杯白兰地(她自己也在那里喝咖啡),然后他看时间快到九点了,就说他得赶紧走了。

他没有说他要赶到哪里去,她非常肯定那是一个女人——我们亲爱的老朋友的"爱"就在其中。在战争的影响下,"爱情"就像酒一样,到处都在施加一种新的压力,以一种全新的方式影响着以前不会影响到的人。

她送他到外面,那里正在进行一场关于出租车的可怕的战争争论和恐慌,林塞尔先生在慌乱中反复告诫她进去,不要再费心送他了,最后终于和其他五个人一起在一辆出租车上找到了一个位置。

"再见!"他喊道,"明天见。拜拜!"她也喊了声"拜拜"就进去了。

三

尽管有出租车的恐慌,但那种幸福、宁静和净化的感觉仍然在她的心灵深处挥之不去。因为这种感觉,她决定在睡觉前一个人去休息室喝最后一杯。她太幸福、太宁静了,以至于不在意周围的人,也不在意一个人待在休息室里。

她决定来一杯威士忌,不用说,战争在此向她道了晚安——威士忌卖完了。这并没有干扰到她,她点了一大杯粉红杜松子酒。

此时,休息室里正演奏着管弦乐队的乐曲,罗奇小姐坐在那里喝着最后一杯酒,几乎对周围发生的一切都不闻不问。除了宁静和净化的感觉之外,还有一种心境的澄明,在这种心境中,她可以正确地看待过去几个月中发生在她身上的所有事情。

她可以正确看待斯怀特先生了。她为什么要让他激怒和折磨她呢?这个人的问题在于他的心理年龄从来没有超过十一二岁,他的天性使他停留在某个丑陋的阶段,也就是在学校里经常遇到的、那个爱吹牛的小家伙的阶段。如果他长大了,就会摆脱这种状态。

她可以正确看待中尉了。他心志不坚,容易受到酒的影响,身在异国他乡,为兴奋的情绪所激动,对未来充满恐惧,过于急切地想在有生之年过上充实的生活,这个可怜的男人在酒后到处和姑娘们求爱,向她们求婚。他可能是盲目地模仿了某个士兵朋友的求婚方式;他实在是太善良、太谨慎、太缺乏主动性了,以至于他自己都没有想到这一点。奇怪的是,她相信与其他人相比中尉可能更喜欢她,如果她真的努力的话,她可能会得到洗衣店。不管怎么说,如果他不在战争中牺牲,几乎肯定有一天他会娶个妻子,经营他的洗衣店,重新变得理智起来。

她可以正确看待维基了。一个可恶的女人——比邪恶更可恶。当然,她迷恋情爱(但我们不都是这样吗?),而且野蛮的自我中心主义。在她对情爱的痴迷中,还有虚荣。因为虚荣,所以残忍。而且,她的举止、言谈和灵魂都笨拙得可怕,如果你招惹了她的厌恶,和她生活在一起简直就是地狱里的恶魔。不,仔细想想,维基可能既邪恶又可悲。这很难说。

她可能并不真的是罗奇小姐有时认为的那个在集中营里、在体育场里大喊大叫、富有、古怪的德国纳粹(但她也很有可能是!),罗奇小姐现在觉得原谅她很容易。

但她(罗奇小姐)是如何继续这一切的,她又是如何痛苦不堪!在洛克顿的那些夜晚,在一片漆黑中抵达……那些晚餐,在斯怀特先生周围的鸦雀无声中……屏风后面隆隆的电梯声……卧室里的红格子窗帘和滑落的床罩……休息室里的咖啡……德国女人的到来,卧室里的梳子,和斯怀特先生玩单人纸牌游戏……英国小姐,古板小姐,假正经小姐……"真的,你真是个可爱的人"……夕阳下的逆风散步,黑暗中的散步! ……早餐、午餐、下午茶、晚餐……那次推搡……与医生的奇怪面谈……

好了，好了，她认为这都是寄宿公寓生活的一部分，全国各地，甚至全世界的这种地方都在发生着同样的事情。只是她不适合寄宿生活。

她现在在克拉里奇餐厅——从罗莎蒙德茶室到克拉里奇餐厅——现在她必须上床睡觉了。

四

离开人群，从欢快的管弦乐声中走出来，来到豪华的镜面电梯和身穿蓝色制服的服务员面前，罗奇小姐突然感到严肃和寂静，她感到兴奋和明朗的心情从她身上溜走了，她意识到自己非常疲倦。

她还没有看到自己的房间，林塞尔先生已经安排人把她的包送上去了，尽管电梯间的人给了她指示，但她还是找了很久都没有找到自己的房间，最后在光线昏暗、寂静无声、铺着厚厚地毯的走廊里徘徊了三四分钟才找到。

一进门，她就发现这是一间双人房，这让她有些担心，但她的行李箱就在那里（放在一个架子上，看起来非常凄凉），所以没有错，也没有办法。

据推测，他们只有一个双人间，但如果她姑妈没死，她拿不到那五百英镑会怎么样,她也不知道,虽然她自己在银行里存了四百多英镑,但那是为养老和治病准备的,她不是那种会去克拉里奇这样的地方住双人间的人。

房间本身的奢华也让她感到担心,当她发现有一扇门通向私人浴室时,她一半感到高兴,而另一半则感到害怕。

她发现房间里太热了,于是关掉了暖气,在不触犯停电规定的情况下尽量打开窗户,开始整理行李。

为什么她总是抱怨自己得到的一切?

侍者,女服务员,贴身仆从。她看到床边印着几个按键。她对按下其中任何一个按钮的想法感到恐惧,希望今天在这里过夜,第二天早上能逃离这家酒店,不受侍者、女服务员或男仆的骚扰……

她必须洗个私人浴。她必须今晚洗一次,明早再洗一次,而且两次都洗很长时间。她必须悄悄把花出去的钱"洗"回来一点。

当她走进浴室,试图使用浴室里所有奇妙的小玩意儿时(她还没有聪明到可以轻易做到这一点),她突然想到,如果在她回到伦敦的那天晚上,警报声突然响起,闪电战再次降临伦敦,那就太有趣了。那可真是她的运气,毫无疑问,它总会回来的。还是她又开始病态了?

然后,罗奇小姐对未来一无所知,对二月即将降临伦敦的闪电战一无所知,对飞弹、火箭、诺曼底、阿纳姆、阿登、柏林、原子弹一无所知,也不关心,她钻进浴缸,在里面待了很久。

然后,她出来擦干身子,穿上睡衣,最后刷了牙,然后回到双人间。在这种情况下,另一张床的存在让她觉得,她是在和自己那个不快乐的幽灵睡在一起。

然后,罗奇小姐——这位寂寞囚徒——不得不选择她要睡的床,而她选择了离窗户最近的那张床,然后上了床,盯着天花板看,然后觉得这张床舒服极了,这才是最重要的,而且这里又可爱又安静,这也是最重要的。然后她觉得自己想睡觉了,可能会睡个好觉,所以一切都很好,事实上非常好。然后她意识到,如果没有晚安,那会是件糟糕的事,因为她明天一大早就得起来去找住处。当然,她还得去办公室,因为林塞尔先生离开她时说了"明天见",他并没有意识到她还得找住处。

然后她想,她可以给林塞尔先生打个电话,问问她是不是不用去了,然后她又想,这可能会冒犯他,毕竟他对她那么好,然后她又确信不会冒犯他,因为他是个好人,然后是这件事,然后是那件事,然后又是这件事,直到最后她熄了灯,翻了个身,调整了一下枕头,满怀希望地准备睡觉——上帝助佑我们,上帝助佑我们所有人,每一个人,我们所有人。

图书在版编目（CIP）数据

寂寞囚徒 /（英）帕特里克·汉密尔顿著；邹文华译. -- 上海：上海文艺出版社，2025. --（域外故事会社会悬疑小说系列）. -- ISBN 978-7-5321-9218-2

I. I561.45

中国国家版本馆CIP数据核字第2025JD8334号

寂寞囚徒

著　　者：[英]帕特里克·汉密尔顿
译　　者：邹文华
责任编辑：胡　捷
装帧设计：周　睿
责任督印：张　凯

出版：上海文艺出版社
出品：上海故事会文化传媒有限公司
（201101上海市闵行区号景路159弄A座3楼www.storychina.cn）
发行：上海文艺出版社发行中心
（上海市闵行区号景路159弄A座2楼206室）
印刷：上海中华印刷有限公司
开本：889毫米x1194毫米　1/32　印张10.25
版次：2025年3月第1版　2025年3月第1次印刷
ISBN：978-7-5321-9218-2/I.7236
定价：45.00元

版权所有·不准翻印

上海故事会文化传媒有限公司出品（01208）www.storychina.cn

想看更多精彩故事？
扫码下载故事会APP

上海故事会文化传媒有限公司所有图书可办理邮购，免收邮费（挂号除外）
汇款地址：上海市闵行区号景路159弄A座2楼206室（201101）；
收款人：上海故事会文化传媒有限公司出版发行部
联系电话：021-53204159
如发现本书有质量问题，请与印刷厂质量科联系T:021-60829062